新时代天山文丛
—第七辑—

最后一枚戒指

阿拉提·阿斯木——著

新疆人民出版社
（新疆少数民族出版基地）

图书在版编目（CIP）数据

最后一枚戒指 / 阿拉提·阿斯木著. —乌鲁木齐：新疆人民出版社(新疆少数民族出版基地)，2025. 2.
(新时代天山文丛). — ISBN 978-7-228-21558-4

Ⅰ. I247.5

中国国家版本馆 CIP 数据核字第 20258CH572 号

最后一枚戒指

ZUIHOU YIMEI JIEZHI

出 版 人	李翠玲	出版统筹	陈 漠 陶小红
责任编辑	邢建刚	封面设计	姚亚龙
版式设计	刘堪海	责任校对	朱梦瑶
责任技术编辑	马凌珊	封面题字	席时珞
封面绘画	波力亚		

出版发行	新 疆 人 民 出 版 社 (新疆少数民族出版基地)
地　　址	乌鲁木齐市解放南路 348 号
邮　　编	830001
电　　话	0991-2825887（总编室）　0991-2837939（营销发行部）
制　　作	新疆生产建设兵团印刷厂
印　　刷	新疆新华印务有限责任公司

开　　本	787mm × 1092mm　1/16
印　　张	16
字　　数	200 千字
版　　次	2025 年 2 月第 1 版
印　　次	2025 年 2 月第 1 次印刷
定　　价	68.00 元

目　录

第 一 章	美好春光抚慰心田	1
第 二 章	友谊引领前行的方向	19
第 三 章	正义定会战胜邪恶	29
第 四 章	繁华世间的阴晴圆缺	43
第 五 章	广阔田野鲜花盛开	53
第 六 章	幸福有时自己会敲门	77
第 七 章	希望的曙光就在前方	95
第 八 章	黎明呼唤太阳的光芒	111
第 九 章	不经历风雨怎么见彩虹	133
第 十 章	伊犁那个美好的正午	149
第十一章	时间是那暖心的玫瑰	165
第十二章	暖风吹拂柳叶低唱	179

第十三章　真情永驻的人心驿站　199
第十四章　最后一枚戒指金灿灿　225

第一章

美好春光抚慰心田

第一章　美好春光抚慰心田

在一个春天的中午，艾尼瓦尔夫妇是自己找上门来的。他们一进门，屋子里顿时飘起了烤包子浓浓的香味，尤其是那肉馅中黑胡椒的味道，闻着就刺激人的食欲。显然，这香味是从艾尼瓦尔的手提包里散发出来的。

站在他身后的胖女人有点拘谨，工笔画一样精美的驼羔眼不敢看人，显得极不自然。母亲虽然不认识他们，但是按照她为人处世的经验，来的都是客，便笑脸相迎，请他们就座。而后，母亲仔细地瞧了几眼艾尼瓦尔，顿时眼睛亮了，盯着他疲惫的面庞说，哎呀，老天爷呀，这不是热西黛的儿子艾尼瓦尔吗？艾尼瓦尔听到这句话，立马站起来说，是的，沙代提妈妈，我就是艾尼瓦尔。母亲说，哎呀，孩子，你看你，这么多年了，你这是从哪儿来呀？这些年，你像天上的雄鹰一样飞到哪里去了呀？

母亲这一问，我又认真地瞧了一眼艾尼瓦尔。就是他，我也认出来了。父亲看到这突然发生的场景，笑了，说，哦，是艾尼瓦尔呀，好娃娃这不是自己来了吗？这些年，我还到处打听你的消息呢！好，来得正好，我还准备去你哥哥那个村找你呢！咳，时间就是这样，你不急不躁，它会给你都安排好的。中午了，大家一起吃饭吧！常言道，好客人总是会在开饭的时候到来的。吃完饭，咱们再慢慢聊。

父亲看了一眼手表说，孩子他妈，时间到了，包子好了，可以揭锅了。今天是个好日子，这么多年了，终于见到艾尼瓦尔了。如果你允许我在家里喝酒，今天我起码要喝它个好儿两呢！母亲笑了，说，马路边的渠沟里也能半卧着喝呀，回来照样能耍威风。父亲看着我说，孩子，给你的耳朵交代好，你母亲大人的这些金科玉律，都让它记牢了，将来你是要做证的。时代发展到今天，法律越来越完备，就是少了一条老婆们应该允许他们的丈夫在家里喝酒的律条。

母亲说，不要急，慢慢来，你刚才不是说了嘛，时间会给你安排好的，把酒杯准备好就行了。总有一天，你的愿望会实现。父亲说，那是，这点自信我还是有的。但是，我这愿望要是等到我张不开嘴巴的时候才实现，那就和蔫黄瓜一样没有意思了。

我的注意力此时停在艾尼瓦尔身后的胖女人身上了。朴素，满脸忠厚，是一张善心人的脸。母亲满脸是笑，用平时吃抓饭的大盘子，端来了香喷喷的冒着热气的羊肉包子，放在长条桌上，看了我一眼，说，儿子，你不是客人吧？去备茶。

听到母亲这句话，我回过神儿来，到厨房泡了一壶爸爸最喜欢的湖南黑茶，用托盘把茶壶茶碗一起端了过来。这时候，父亲帮助母亲摆好了洁白的小食碟，看着客人，笑着说，常言道，好客人总是在开饭的时候到，这也是一种缘分啊，今天是个好日子。母亲说，这句话你说了两遍了，医生们说，六十岁以后，老年痴呆症就是这样开始的。父亲说，我也听说了，老婆诅咒丈夫的时候，对丈夫的伤害是很严重的。

这时，艾尼瓦尔接过身边女人递过来的纸包，给了母亲，说，沙代提妈妈，这是我们从水门那边买的烤包子和烤全羊，咱们一起享用吧！母亲说，看你，还花钱买吃的。孩子，这么多年，你为什么不来找我们呢？艾尼瓦尔说，我来过，可你们搬家了，我没有找到你们的新家。母亲把纸包递给我，示意我到厨房把东西盛在盘子里端过来。我走进厨房，从纸包里取出热乎乎的烤包子，还有烤得金黄的烤全羊，放在母亲喜欢的那个景德镇青花瓷盘里，端到了饭桌上。

母亲招呼大家吃包子的时候，自己却没有动手，而是笑着对艾尼瓦尔说，谢谢你来看我们，孩子。那年，你母亲热西黛走的时候，你也就十来岁的样子吧！咳，你看这日子，多快啊。艾尼瓦尔说，是的，沙代提妈妈，那年我妈妈七十五岁，我今年二十五岁，十五年过去了。今天见到您，我非常高兴。他说着，泪水涌出眼眶。此时我的注意力，又转移到了靠着艾尼瓦尔低头吃包子的那个女人身上，不禁猜想，她会是艾尼瓦尔的什么人呢？

父亲拿了一块烤全羊肉，咬了一口，眼睛里立刻泛出幸福的光芒，说，好，真香！我就做不出这种令神仙都垂涎的美味。年轻时只顾贪玩，让很多学习本领的机会都像渠中的水一样白白流走了，要是我当时学会了烤全羊的技术，现在肯定也是大老板了。唉，命运啊！命运！

母亲白了父亲一眼，说，你话太多了，没喝酒怎么就醉了，絮叨个没完。父亲说，我只是嘴痒痒，说说而已嘛。鄙人早戒酒了。母亲说，你少说几句，天会塌下来吗？父亲说，老天爷坚强着呢，不像你这么容易激动。

我又看了一眼拘谨地坐在艾尼瓦尔身边的女人，她只吃了两个包子，看起来依然十分不自在。母亲也看出来了，友好地请她吃包子。于是她拿过一个烤包子，放在了食碟里，有些尴尬。她干笑着看了一眼母亲，又把视线移开了。艾尼瓦尔说，几年前，我到你们以前的院子找过你们，说你们搬家了。母亲说，巴掌大的城市，鼻子下面就是嘴，你怎么不问呢？咳，命运这个东西呀。对了，在你哥哥那边，你上学了吗？艾尼瓦尔说，没有。我哥哥他们那个村，是河边上的一个渔村，离乡里的学校远，没有办法上学。从前我在市里的时候，只读过三年小学。父亲插话说，你母亲走的那一年，我们本想把你留在我们家，可你那个犟哥哥卡米力就是不同意，硬是把你带走了。这时，母亲认真地看了一眼坐在艾尼瓦尔身边的女人，问艾尼瓦尔，孩子，这位妹子是谁？艾尼瓦尔说，是我的妻子。

听到这句话，我蒙了。

这女人少说也比他大十几岁，怎么会是他的妻子呢？我看了母亲一眼，母亲也是满脸的疑惑。母亲说，哦，什么时候结的婚？艾尼瓦尔说，两年了。母亲说，你怎么没有请我们参加婚礼呢？艾尼瓦尔说，就是因为没有找到你们的新家。我介绍一下，她叫博斯坦古丽。我们认识的时候，她是苹果园区里的清洁员，扫马路的，是乡下人，老家在南山松树头林场。我干脆都说了吧，当年她嫁给了城里的一个木匠，不幸的是，他男人五年前病死了，他们有三个儿子。我们结婚后，我也就有了三个现成的儿子。

父亲看了一眼母亲，说，好啊，这倒也挺好的。实际上，父亲是在打圆场。母亲说，哦，生活，生活这个东西，就是……我是说呀，生活有的时候就是这样的。博斯坦古丽，你的儿子们多大了？博斯坦古丽小声说，老大艾孜木上高中了，老二艾孜买提和老三艾尼江在读初中。

听她们的对话，我已经明白了一些情况，但脑袋里还是有些蒙。爸爸看着艾尼瓦尔，说，孩子，婚礼你们是到你哥哥那里办的吗？我听出来了，爸爸是有意这样问的。艾尼瓦尔接过话题说，哥哥不知道我们成家的事情，博斯坦古丽的家人也不知道，我们自己办的。我十四岁的时候就离开哥哥了，他把我送到县里他认识的一个叫艾山江的打馕师傅那里，要我学打馕，说，要学个手艺，将来日子就好过了。我学了三年，出徒后，师傅给我置办了一个馕铺子，我就自己干了。

母亲说，那你现在就是那瓦伊（维吾尔语，意为打馕的人）了？艾尼瓦尔说，是的，我很早就自立了。但是，自立是件孤独的事情。每年秋天，只回哥哥家里住几天，就回到县里继续打馕。目的是存钱娶媳妇，成个家。嫂子米娜娃尔给我介绍了邻村的一个姑娘，比我大七八岁的样子，右眼有毛病，看不见，我没有同意。我说，我是一个健全的人，也要娶一个眼睛眉毛鼻子都健全的健康人。嫂子说，少一个眼睛不碍事。少一个眼睛怎么啦？一个人一只眼睛不够用吗？我不干。哥哥也劝我，我还是不干，嫂子就不高兴了。其实她给我介绍的那个姑娘，是她家的一个亲戚，因为有眼疾，嫁不出去才要嫁给我。见我依然态度坚决，嫂子一气之下就把我的身世讲了出来，说我不是母亲热西黛亲生的，不过就是个抱养的孩子。为这，我和嫂子闹翻了，也不怎么去哥哥家里了。回到县里，我心里一直想着嫂子说的这件事儿，有机会就打听这事儿是不是真的。但是，没有人能准确回答我。后来，我从一位经常来买馕的老先生夏米里那里知道了你们的情况。夏米里先生说，经常听你问起这事儿，本来不想惹这棘手的麻烦，但后来我想，还是不能把这个秘密带到坟墓里去。真相，有时是咬人心肺的东西，我来给你指条路吧！去城里邮电局，找一个叫阿吾提的人，外号邮差，是一个老练的男人。这家人和你的母亲热西黛是老乡。关于你的身世、你亲生母亲的事情，他们镜子一样知道（意为心如明镜）。于是我就去邮电局打听您家的住址，今天就找来了。

听到这里，父亲脸上的笑容没有了。

我看了一眼母亲，似乎她也蔫了，眼睛盯着瓷盘里飘香的包子，在想心事儿。屋子里安静下来，父亲看着我，眨眨眼，又看着耷拉着脑袋想心事儿的母亲，没有说话。这时，艾尼瓦尔的老婆动了动，看了一眼自己的男人说，我想说几句话，可以吗？艾尼瓦尔点了点头说，可以呀。

博斯坦古丽看着母亲说，不好意思，我们打搅你们了。艾尼瓦尔也是无路可走，才冒昧地闯到你们家里来。这才进门，就给你们出了难题。艾尼瓦尔，他比我小十五岁，也是命运的安排，我们结合在了一起。那年，他听嫂子说他是妈妈收养的，就结下了心病，但又一直打听不到自己的身世，就非常苦恼，慢慢地学会了喝酒。那天晚上他喝多了，回家的路上，让一辆拉核桃的卡车给撞了，司机开车跑了。当时我正在清扫马路，看见受伤的艾尼瓦尔躺在路边，我过去喊了他几声，没有反应。我就拦住一个路过的小伙子，请他帮忙把艾尼瓦尔放在我的三轮车上，送到了友谊医院。检查结果是头部受伤、身上多处骨折，住了一个多月医院，出来在家里又养了两个多月，才慢慢地恢复了。在医院代他家人签字做手术、交费、送饭、看护，出院后康复照顾，都是我做的。这样，我们就慢慢熟悉了。他知道了我的情况，也给我讲了他的事情，于是我们相互间也就有了感情。后来，他提出要娶我。我说，最大的麻烦是我的年龄，比你大十五岁，将来会成为你的累赘。可他说，那都不是事儿。如果那天不是你送我上医院抢救，我这年轻的生命也就到了终点。于是他坚持要娶我，说喜事我们自己办。我被他坚决的态度感动了，于是我们领了结婚证，只请了我们各自的几个朋友，就把婚事给办了。我这样说的意思是，我和艾尼瓦尔结婚，没有任何企图，是那个夜晚将我们这两个不幸的人连在了一起。

艾尼瓦尔插话了，说，沙代提妈妈，我当时就是这么个情况。我妻子博斯坦古丽是一位好母亲。靠自己扫马路，把三个儿子拉扯大，都送进学校读书了，孩子们学习极好，我非常佩服她。我们的结合是对的，如果时间有眼睛，它可以看见我的妻子博斯坦古丽是人间开不败的鲜花。我们都明白，如果她给家里人说了，我给哥哥讲了，他们是不会同意我们结合的。我们俩都是靠双手维持生计的普通人，我们不会被别人关注，我们就像是被时间遗忘的两个人，虽然活得很辛苦，但是我们活得很愉快。只是，在寻找亲生母亲的这个事情上，我必须像一个男子汉，一定要找到我的亲生母亲。

母亲听到这里，慢慢地抬起头，看着艾尼瓦尔说，是这样啊，孩子，为什么不早一点来找我们呢？说着，流下了眼泪。她从盘子里拿起一个烤包子，放在艾尼瓦尔的食碟里说，孩子，再吃一个。

艾尼瓦尔站起来说，谢谢，沙代提妈妈。而后，母亲又拿起一块烤全羊肉，放在博斯坦古丽的食碟里，请她吃肉。她也和她男人一样，站起来，向母亲表示了感谢，紧靠着她男人坐下了。她靠在艾尼瓦尔身边的那个形象，像黄永玉的油画一样温暖人心。

博斯坦古丽不再那么拘谨，变得自然了一些。母亲问她，住院的时候，你们花了不少钱吧？博斯坦古丽说，是的，我们把艾尼瓦尔打馕挣的钱都用上了，但还是不够。我的工资，只够我和孩子们的生活费。幸运的是，我们得到了一位好心医生的帮助。医院里有一位女医生，叫王辉，是艾尼瓦尔的主治医生，她了解到我们的情况后，给我们借了两万多块钱，帮助我们渡过了难关。艾尼瓦尔痊愈后我们每个月还她一千块钱，用了两年多的时间，现在已经全部还清了。

母亲说，哦，王辉，是市人民医院的医生吗？博斯坦古丽说，是的。我们现在是朋友了，她的家人喜欢吃馕，她就经常来买馕，我也给她家送馕，她总是要给我馕钱，我不要，她就送我鸡蛋。过年过节我们都有来往，每年春节我们全家去她家拜年，每次都牵着一只大公羊过去，艾尼瓦尔现场宰了，收拾好，把肉放进冰柜里。这是我们对王辉医生的报答。当年艾尼瓦尔和艾山江师傅学习打馕的时候，师傅教给他许多做人的道理。

艾尼瓦尔说，师傅给我说过一句话，我印象深刻：双手互相洗，手再把脸洗（维吾尔族谚语，意为给人以好处，自己也会得到好处；给了别人方便，自己也会得到方便）。父亲说，说得好，孩子，这就是做人。母亲说，那个王辉医生，是个好人。博斯坦古丽说，是的，是一个好人。我就常说，艾尼瓦尔很幸运，遇到了这样一个好医生。父亲说，可以，这个王辉，要是个男子汉，我俩一定能成为好朋友。母亲说，你就是一个严肃不起来的人啊。父亲说，老了，这可能就是快糊涂了的征兆吧！

父亲觉察到母亲情绪的变化，也严肃起来了。他看着艾尼瓦尔，说，孩子，你们受苦了。应该早早地来找我们呀！这巴掌大的城市，怎么能找不到呢？你们县里那个给你介绍我们情况的老先生叫什么来着？艾尼瓦尔说，叫夏米里，退休前是一位人民教师。父亲说，哦，我想起来了，夏米里，我们是老朋友，只是近些年来联系得有点少了。关于找亲生母亲这件事。你是对的，既然你嫂子说破了你的秘密，那你就应该把你的亲生母亲找出来，向她说声谢谢。等到生命之灯从眼中熄灭的时候，你可以笑着到坟墓里去，给那些亡故的朋友们讲你母亲的事，告诉他们你不是从墙缝里蹦出来的，你也是一个有主儿的人，是第一口干净盐巴的享用者。

母亲瞪了父亲一眼。

父亲有点来劲了，他昂着头，傲慢地看着母亲说，老婆子，这种事情，从来都是男人说话，是土疙瘩还是金疙瘩，都是男人来定夺。今天你谦让一下，下面的故事，就由我来告诉艾尼瓦尔和博斯坦古丽吧！这么多年来，我们也没有主动找过艾尼瓦尔，我有责任。首先我不是一个称职的长辈。

母亲说，孩子他爸，你先不要自责了，你讲吧。把那些没有见过人世的、渴望诞生的、风光灿烂的词汇都用上，把真相说出来。

父亲不耐烦了，话里带话地说，那您喝茶吧，夫人。在家里，父亲习惯于用“你”来称呼母亲，到了斗嘴需要讽刺母亲的时候，父亲就立马用上“您”，温柔地拿捏着母亲的神经。父亲说，好的，我会按照您的指示，把一切美好的词汇，都献给我们的好孩子艾尼瓦尔，就当是我们祝贺他成家的一个礼物。

母亲说,孩子他爸,你这是在说真话吗？在艾尼瓦尔十岁的时候,你我都没有坚持留下这个可怜的孩子,我们是有愧的。其实,那时候,你是可以强硬起来,说服他的那个肉头哥哥卡米力的。父亲说,老婆子,现在都什么年代了,说话要文明一点,打人骂人不要糟蹋人嘛,谁的头也不是肉头啊！母亲说,你不要打扰我,男人就是越老越贼。当年要不是你腰软,艾尼瓦尔就留在我们家里了。如果当年你把喝酒的本事使出来,今天的艾尼瓦尔,就是居来提的好弟弟了。

父亲说,老婆子,我的肺活量不行。今天你当家,就男人一下吧,还是你给艾尼瓦尔他们把从前的事儿说清楚。母亲说,让我男人一下,那你这个真男人呢？你刚才不是还说这种事儿从来都是男人说话吗？父亲说,老婆子,艾尼瓦尔和博斯坦古丽还在等着呢,你就辛苦一下,智慧一下,哲学一下,把从前的那些事儿,告诉孩子们吧！

看他们斗嘴斗得难解难分,我插话了。我说,妈,还是您说吧。家里来客人的时候,爸总是有点怵您。父亲瞪了我一眼,说,儿子嘛,养不好就是鼻子下面的叛徒。

艾尼瓦尔似乎听出了父母亲有相互推托的意思,有点难为情地说,沙代提妈妈,我们给你们添麻烦了。母亲说,不是那么回事儿,这些话是应该说清楚。儿子,你说,你爸怵我？你是儿子,你要看透爸爸才对。要是有一天他扔下我们娘儿俩跑了,倒霉的是我们。他还怵呢,都是装的！你爸是这城里男人群里最好的演员,什么样的戏都能演,男扮女装也行。

我看着父亲说,爸,那还是您说吧。父亲说,这会儿我真的不敢说了,刚才还有一点胆子,现在已经完全蔫儿了。怕明天你妈妈在早茶里给我下迷魂药。母亲笑了,说,你还是拐着弯弯糟蹋我。好了,孩子他爸,你就说吧。

父亲把他所知道的一切，都告诉了艾尼瓦尔。那些情节、细节，我听着非常吃惊，甚至不敢相信。当苦难和不顺，像看不见的齿轮，总是咬住一个人的命运不放，好像这个人就是为了经历苦难才来到这人世间的。

在父亲讲述的过程中，母亲要求的那些词汇一个也没有出现，但人物关系，亲情脉络却非常清晰。最后，父亲说，你的亲生母亲叫阿娜尔古丽，她现在在乌鲁木齐，家住二道桥一带。我有一个同学，叫帕尔哈提，他了解你亲生母亲阿娜尔古丽的情况，你可以先找我的这个同学，我会给他打电话的，他会安排你们见面的。孩子，情况就是这样。以后的事情，咱们电话联系，你跑一趟不容易。你放心，以你现在这个决心，肯定可以找到亲生母亲。现在，我要感谢你沙代提妈妈对我的宽容，我终于把话讲完了。年轻的时候，要对老婆好一点，不然就是我这个下场。你们的沙代提妈妈平常咳嗽两声，我都吓得趴在地上找我的心脏。现在，她要我出去买肉，我都是提两瓶子山西老陈醋回来，脑袋出了问题，都是被吓的。我现在得出去到对面的酒吧里喝上二两，要不我就神经错乱了。

那天，父亲把艾尼瓦尔的身世，都告诉了他。

父亲出去后，母亲又补充了好多情况。实际上，把父亲不好意思讲的内容都说出来了。后来，母亲又给我说了好多细节。我十分同情艾尼瓦尔，心里在想，如果当年他哥哥卡米力同意他留在我们家，今天的他会是什么样的命运呢？然而，没有假如。当艾尼瓦尔和老婆准备起身告别的时候，母亲问博斯坦古丽，说，你有那个王辉医生家里的电话吗？博斯坦古丽说，有。母亲说，能把号码给我吗？我想给她打个电话，和她交个朋友，好好请她吃顿饭，我要感谢她在你们最困难的时候帮助了你们，真是个好人啊。博斯坦古丽从包里取出一张纸片，递给了母亲。母亲看过后，交给我说，抄下来。我抄好后，把纸片还给了博斯坦古丽。

第二天早晨，仍旧是一个童话一样美丽的艳阳天。

柔和的阳光照射进我家客厅，在我们的周围荡漾。美好的早晨，总是给人一种亲切温馨的感觉。父亲听到母亲要请那个王医生吃饭的消息，高兴极了，说，你就是有智慧，脑子好用。有人说过，一个人一生要交好两个朋友。一个是医生，生老病死都能用得上。还有一个是打馕的师傅，什么时候都饿不着，一个电话就能送最好的馕来。太好了，应该和这个王医生交朋友，是她救了艾尼瓦尔的命。好，怎么请？饭馆里请还是往家里喊？母亲说，先不急。你刚才说一个人一生要交好两个朋友，可以前你和那些哥们儿喝酒的时候，好像说的是要交好三个朋友，最后一个是女朋友，说什么时候老婆突然没了，就能顺利地接上。今天你少说了一个。父亲说，你听错了，那是魔鬼钻进你梦里扰乱你呢。你应该知道，我不是那种为女朋友作践自己的人！上天把人世间最好的你赐给了我，如果我还胡思乱想，那我还是人吗？母亲说，哦，可能我记错了。父亲说，我们这个岁数了，误会还是常常会有的，不奇怪嘛。咱们还是在家里请吧，我给你们烤烤肉，专门给你们挑选肋条肉，嫩嫩的，吃一串想两串，吃两串想六串，串串挠痒心瓣，你的脸蛋就像银粉金粉一样漂亮了。母亲说，我知道你的鬼心思，你是想借机喝几杯吧。父亲说，一个女人，不对，我说准确一点，一个老婆，只有在尊重自己丈夫的爱好的前提下，才能让生活更加和谐美好。

母亲决定在家里请客了。

父亲暗暗高兴，把要我采购的食材，都一一写好给我，说，今后这样的事情，你要和我配合好，站在我一边，帮我说话。而且，不能让你妈发现你的心是向着我的。

周末，艾尼瓦尔和博斯坦古丽带着王医生来了。母亲看到王医生，很是高兴，心里乐开了花，上前和王医生拥抱，说，您胖胖的，很漂亮，胖胖的人都是心地善良的好人。王医生笑了，说，谢谢您，大姐，很高兴认识您。

母亲把客人请到客厅里坐好，一阵寒暄后，宴席开始。后来母亲说，王医生这个人，第一眼我就瞧着顺眼，也是艾尼瓦尔他们有福气，遇到了一个好人。那天的饭菜非常丰盛，母亲把提前烤好的点心都拿出来和蜂蜜、酥油、奶酪、黑加仑酱、糖稀、肉馕一起摆了一桌。开始上的清茶，到上奶茶的时候，母亲把做好的抓饭包子端来了，父亲做的烧烤也上来了，而后是鸽子汤。还有我从外面买的面肺子和烤全羊。羊烤得金黄金黄的，看着就有食欲。客人们吃完饭，开始喝茶聊天。这时，父亲把艾尼瓦尔叫出来，说，陪我说说话。她们女人有她们的聊法，她们说话用词儿和我们不一样。她们说话的时候，大量的省略主语和宾语，逻辑是交叉逆行的。艾尼瓦尔听不懂，越听越糊涂。其实，父亲的意思是要艾尼瓦尔出来陪他喝酒。

父亲是个爱酒的人，他对酒的认知超乎寻常，总有着高深的见解，不过父亲喝酒从不讲究下酒菜。

这是父亲多年的习惯，有的时候一小盘花生米、一盘凉拌黄瓜，也能喝下一瓶烈酒。父亲就是不喜欢独饮，夏天的时候，约不上朋友，他会自己烤几串烤肉，在后院的梨树下，和梨树说话，和梨树碰杯，也能潇洒一回。有一次，他和梨树说话碰杯的时候，母亲看见了，躲在一棵苹果树后面偷听。父亲和梨树碰过杯以后，摸着粗糙的树皮说，老朋友，实际上，我对不起你。这二十多年来，我年年秋天摘你的梨子享用，储存在地窖里冬天时调理脾胃，就是一次也没有感谢过你，一次也没有请你喝过酒。今天，我要由衷地感谢你，敬你一杯，请你原谅我的无知和健忘。实际上，我对老婆也是这样，这么多年了，给我做饭洗衣服，照看孩子，操心生活都是她的事，我就像个老爷。就这样，我还和她过不去，和她斗嘴，找她的不是，一句感谢的话都没有。就因为你，我今天才发现自己的问题，我太不是东西了。喝完这酒，我要做一个知道感恩的人，天天给老婆按摩的人，天天准备早茶的人……后来，母亲对我说，那天你父亲应该是发现我躲在苹果树后面窥视他了，要不怎么会对着梨树说出一大堆感谢我的话？我说，妈妈，不会的，父亲是一个非常善良的人。

父亲和艾尼瓦尔开始喝酒的时候，客厅里的说话声，像滔滔的江水一浪浪传来，显然母亲已和王医生聊上了。父亲看着艾尼瓦尔，说，人生最大的无聊就是没有酒喝。就像一锅肉、一锅抓饭，要是没有了盐巴，那味道和泥巴一样无味。如果生活里没了酒的滋润，人的大脑会萎缩到蚂蚁的小肚子里去，人生也将变成荒凉的沙漠。艾尼瓦尔和父亲干杯的时候，他笑了，说，叔叔，只要生活继续，只要不缺乏对生活的热爱，生活中就不会没有歌声，更不会没有美酒。父亲说，这个，我也明白，只是你的生活中还没有找到你的另一面。长大不是成长，长大有可能只是时间组成的数字，而成长是一种无处不在的哲学，是能把野菜当佳肴的一种智慧。

父亲只要沾上酒，嘴巴就特别能说。

我说，爸爸，你们谈点轻松的话题不好吗？比如在这样的季节，最好的下酒菜应该是什么呢？父亲说，是的孩子，你有你的逻辑，我有我的逻辑，让我把话说完。酒在酒厂里被生产出来以后，从一个大的容器里，灌进了我手里的这个瓶子，我又从瓶子里把它倒进了我手里的酒杯里。在这几个过程中，酒一开始被酿造出来时的那种纯粹的酒香，还剩多少呢？

艾尼瓦尔说，叔叔，我不知道。父亲看了我一眼。我说，应该还是原来的酒香。因为酒在容器里并没有蒸发。父亲说，是的，看似没有蒸发，但是，当它一次次地转换位置的时候，它固有的一部分浓香，会自然地留入空气里。虽然我们的肉眼看不见，鼻子闻不到，但是我们的意识可以感觉到,这种意识就是一个人成长后具有的经验。

后来母亲说,她和王医生谈得欢畅而热烈。

博斯坦古丽基本上插不了话,只是不停地给她们倒茶。后来母亲说,王医生实际上也是一个心理学家。人间的琐琐碎碎、是是非非,她看得很透彻。聊天时,母亲对王医生说,很高兴能通过博斯坦古丽认识您。您脾性好,天生就是一个善于交朋友的人。欢迎您随时来我们家里做客。我看您喜欢吃面肺子,我可以给您做。我也是喜欢交朋友的人,十天半个月家里不来客人,就觉得无聊。时间这个东西,对于我们每个人来说,都是有限的。我们应该尽可能地过好每一天,在懂得感恩的前提下,珍惜友谊、珍爱生活。今天请您吃饭,主要就是感谢您对艾尼瓦尔的帮助。我们十分钦佩您,所以诚心地愿意和您交朋友。您真是一位善良的人,面对一个陌生的病人,能拿出不少的钱来帮助他看病,真的是非常了不起。我想起了一句谚语:善是路途上的明灯。

王医生对母亲说,救死扶伤本就是医生的天职,何况博斯坦古丽能把一个受伤的陌生人送到医院治病,这是何等的善良和高尚啊,我也是被她感动了,所以看到他们有困难就非常愿意帮助他们。

母亲非常佩服王医生。

母亲对王医生说,您就是有智慧,讲得真好。这个博斯坦古丽,就是一个心地善良的好人啊。艾尼瓦尔出院后,和她结婚了。我也佩服艾尼瓦尔,能下这个决心,娶一个比自己大十几岁的女子。王医生对母亲说,您说的对,艾尼瓦尔是一个知道感恩报恩的人。我们医院里也有人议论她们的婚姻,说这是一种暂时的报恩,一段时间以后,艾尼瓦尔烦了,就会和博斯坦古丽离婚。我不这样看。天下,不是每一个婚姻都是以爱情为基础的。爱情是可以弥补的。可能我这样讲有些片面,违反爱情规律,但是在现实生活中真实存在的艾尼瓦尔以感恩为基础的爱情难道不好吗?这不正是人性中最光辉的一面吗?所以我更佩服我们的艾尼瓦尔，是个男子汉。因为他是一个孤儿，所以更懂得感恩。他们的爱情是比单纯的爱情更加高尚的爱情，我衷心地祝福他们。

母亲对王医生说，我的朋友王医生啊，今天对我们来讲太有意义了，我要把您讲的这些道理，告诉我的朋友和亲人。是啊，对于他们的结合，我们应该多以善良、多以爱心去理解，而不是以异样眼光去看待他们，议论他们。

第二天吃早餐的时候，母亲把她和王医生的对话一一告诉了我们。父亲专注地把手里的鸡蛋剥干净，神神道道地对着鸡蛋壳说着什么，装作没有听见母亲的话，然后把剥好的鸡蛋递给了母亲，说，老婆，我的神啊，谢谢你无数日子里给我做的早餐。这么多年，我一次也没有感谢过你。刚才，剥鸡蛋的时候，那些鸡蛋壳骂我了，说，你的臭嘴就知道吃吗？你一句感谢爱人的话也没有吗？我一下就脸红了。

我看了一眼母亲，她是满脸的不高兴。

这是父亲最擅长的把戏，一旦有什么不合心意的事情，他就装糊涂。母亲说，哦，你这是多少年来头一回孝敬我鸡蛋啊。谢谢你。父亲说，我确实做的不好，今后我要学着每天给你做早餐。母亲说，我刚才讲的那些话，你没有听见吗？父亲故意打岔说，听他们说，鸡蛋的妈妈这几天就要涨价了，我想再买十只母鸡养起来，就喂玉米和旱田里的蚂蚱，到时候不仅鸡肉香鸡蛋还有营养，咱们吃了腿脚也有劲儿。

母亲瞪了父亲一眼，冷冷地说，听说酒也要涨价了，那就是酒鬼们的末日就要到了。父亲说，前几天和哥们儿喝碰面酒，我们的酒班长吐尔逊托合提讲了一个段子，叫《黄线》，很好笑的，我说给你们听。话说一个老板开车遇到红灯停车。交警走过来，说，师傅，你压黄线了，罚款二百元。老板一听急了，瞪着眼睛喊开了，警官，你看清楚，我把黄线压断了吗？

母亲有点不耐烦了。

母亲看着爸爸，说，说了这么多，你到底想说什么？母亲又看着我，说，儿子，你翻译一下，你爸爸的话太深奥了，我没听懂。我说，是个挺有意思的笑话。母亲说，只要你听明白了，我也算听明白了吧。要好好向你爸学习，学习他说话拐弯抹角、故弄玄虚的本事。哎，他爸，阿吾提邮差，阿斗的阿，我刚才说了那么多，你是怎么看呢？父亲说，昨天你们的对话，我和艾尼瓦尔喝酒的时候，从开着的窗户里都听到了。那个王医生了不起，太有智慧了，很想哪天和她喝上几杯，聊一聊我的哲学。好了好了，我不逗你了，说心里话，这王医生说的那些话听似很有道理，站在了伦理道德的至高点上，但是我都不能赞同。博斯坦古丽和艾尼瓦尔的年龄差距这么大，她还在那里人性了、光辉了、高尚了的和稀泥，我不能接受。艾尼瓦尔就好比是苹果树最高枝头上离太阳最近的那只新苹果，而博斯坦古丽已是经历风雨后掉在地上的老苹果，你们只顾自己的感受，就不怕被谴责吗？爱情就是爱情，没有爱情的婚姻能幸福吗？

母亲听到这些话，脸变了，光亮的额头上顿时出现了一片恐怖的黑皱纹，她长长地叹了一口气，说，儿子，闻闻你老爹的嘴巴，是不是一大早就喝上了。父亲笑了，说，我的金子老婆，你怎么经不起逗呀，我是和你说着玩呢。先不说她是治病救人的医生，就冲她能给艾尼瓦尔借钱治病这点，我就敬佩，这是何等的境界啊。我肯定做不到，我就是嘴上的功夫。儿子，你听好，要向王辉医生学习。我现在老了，脑袋有的时候会断片儿，总是忘记自己说过的话。不过嘛，对于爱情你必须有自己的主张，首先你不能怕老婆，家里面的银子你要说了算才行，空麻袋是立不住的……

第二章

友谊引领前行的方向

第二章　友谊引领前行的方向

艾尼瓦尔的亲生母亲阿娜尔古丽和他的养母热西黛都和我们家是老乡。后来我总结这些事情，有这样一种感觉，老乡之间始终有一种本能的黏合性，保持着一种纯粹和无障碍的友好。父亲和母亲，就是这种黏合性的代言人和实践者。不管是老家来的人还是本地的老乡，只要有什么棘手的事情，他们都会冲在前面想方设法帮助解决。

当年，艾尼瓦尔的亲生母亲阿娜尔古丽，也是遇到了麻烦找到了我的父母亲。她怀孕期间，她的丈夫开始在外面和一个游戏人生的女子鬼混，整夜不回家。后来闲言碎语传到她的耳朵里，于是她做好了和丈夫离婚的准备。在艾尼瓦尔出生前的一个月里，她和丈夫离婚了，她不接受任何朋友的劝说，毅然和那个男人彻底断绝了关系。她决定秘密地生下这个孩子，托我母亲给找一个好人家收养。母亲说，你真的忍心把这可怜的孩子送人吗？阿娜尔古丽说，没办法啊！不给人，我将来的生活怎么办？我带个孩子怎么嫁人？没有自己的家庭，我的一生也就完了。请你无论如何也要帮助我，还不能让别人知道我生过孩子。

于是母亲托人找到了一个接生婆,名字叫热依拉汗,有自己的独立院子。母亲把阿娜尔古丽带到热依拉汗家,把情况都说清楚了。母亲还专门叮嘱说,这次接生是不能张扬的,生完孩子还要在你这住上十天半个月才能走,至于接生费、饭钱、辛苦费她不会少你一个子儿,但一定要保密。热依拉汗说,这个我懂。女人的命运往往不是自己能够左右的,何况她也是个不幸的女人。你放心,我会照顾好她的。

关于收养的问题,母亲找到了当时家里条件最好的热西黛。热西黛笑着说,我一个六十岁的人了,还能养娃娃吗?母亲说,牛奶、骨髓汤,后面就是糊糊和手擀面,再往后就是馕,然后娃娃就有了。这种事,您得帮啊,要不还有谁肯帮她遮丑呢?于是,热西黛同意收养了,说,这可怜的阿娜尔古丽要是能生个女孩子就好了。男孩子,都是吃饱了就往外跑的淘气包。

接下来,艾尼瓦尔的养母热西黛按照和母亲商量好的计划精彩登场了。她穿着色彩艳丽的艾德莱斯裙,满是皱纹的脸上抹上一层胭脂和红粉,嘴唇用口红抹得鲜红,用奥斯曼的汁液将双眉涂得又浓又黑,猛一看,还真像个妙龄女子。热西黛最为奇妙的一招是,用一个小枕头,把六十岁的肚子垫高了,放出来的信息是——我热西黛怀孕了。

这个信息不胫而走,在老乡圈里炸开了锅。一时间大嘴小嘴连平时那些沉默的嘴,都变成了野麻雀的贫嘴。有人说,六十岁的奶奶了,还能怀上宝宝,真是天下奇闻啊,她那老汉巴图尔的腿劲可以呀。有人说,这巴图尔老汉主要是营养过剩,每天中午都是一大份羊肉抓饭外加四串烤羊腰子,骨髓里满满的都是能把女人的肚子搞大的元素。也有人说,他的早餐厉害,一碗奶油奶茶,一只牛蹄子,一个窝窝馕,都是长骨髓的东西。还有人说,巴图尔走路的时候,脚步声咚咚咚的,能把窗户上爷爷辈儿的旧玻璃震得哗啦啦地往下掉。这样的闲话,衍生出众多的段子和可以笑掉大牙的笑话。

热西黛还有一个更绝的做法就是主动出击，整天挺着肚子闲逛，看望老乡，造访不经常来往的朋友，到邻居家坐坐。她总是用手扶着肚子，慢腾腾地自说自话，那样子就是想让人相信，她肚子里面已经孕育了小生命。她说，唉，看我，都这把年龄了，多臊啊。主要是我家那不要脸的老贼不是东西，这把年纪了，晚上不好好睡觉，老牛一样折腾。到后来，让我丢人地怀上了。现在也不知道是男是女，我倒喜欢女孩子。女孩子养着有回报，老了会多一件小棉袄。

她的邻居，在街口开裁缝铺子的古丽碧娅说，大姐，您不是不能生育吗？她说，我？我不能生育？天下哪个女人不能生育啊？上天给的身体是干什么的？我是年年盼孩子呀。以前主要是我那老贼巴图尔不行嘛。现在老了，可能老天爷开恩了，就馈赠了嘛。古丽碧娅裁缝说，恭喜您在这个蔫茄子的年龄还怀上孕了，多不容易啊！如果生儿子，您请客吗？热西黛说，当然。儿子女儿我都请客，有了孩子，家才能像个家啊！

街头巷尾各院葡萄架下调侃热西黛枯树发芽的那些话，也传到父母亲的耳朵里了。特别是父亲对热西黛那副打扮有意见，说，过分了吧，谁会相信她的鬼把戏？都多大岁数了，还装什么嫩呀？就说这孩子是她抱养的又怎样？母亲说，人家能看出来吗？父亲说，都是过日子的人，能看不出来吗？母亲说，这辈子，我还是第一次听你这么说啊。你就是了不起，你应该提前给我打个招呼啊。父亲说，没有机会呀。母亲说，哦，是这样。那就是我怠慢你啦。其实，她的这个做法，很有意思，她有她的智慧。这段时间，那个巴图尔大叔也出了名了，人们都跑去买他的莫合烟了。父亲说，人家主要是去取经吧，这不会也是您这位智慧仙女出的主意吧。

每次说事，父亲都这样，为了调侃母亲，随时可以给母亲起外号，看似献殷勤，实为戏耍和逗乐。

当年，艾尼瓦尔的养父巴图尔，在街口借一家茶馆前的廊檐一角，用小推车卖莫合烟，平常话很少。茶馆老板老赛里木就经常调侃说，这个巴图尔的话很值钱。不过，巴图尔的烟是一流的。他从烟商手里买到后，还要在自家的油锅里再加工一遍，就是放清油用大火炒，这是他的秘密。他的烟香，抽着过瘾，因而老顾客多。那时候的清油，也是贵如金。顾客来了，他基本上不和人家搭话。有的烟客问候他，他也只回一声好。有的则不吭气，给钱要烟。他就抬头看人家一眼，意思是，报纸要不要？那烟客点点头，他就递半张旧报纸。那时候，烟民都是用废报纸卷烟，市面上买不到卷烟用的软白纸。时间长了，烟民对报纸上的油墨也上瘾了，都喜欢用报纸卷烟。

艾尼瓦尔听完父亲讲的那些事儿以后，心就开始燃烧，说要带着妻子到乌鲁木齐找他的亲生母亲。父亲没有让他带着妻子去，说，不急，你先去，你妻子博斯坦古丽第二次去见才合适。实际上，父亲是有他的想法。那么大岁数的儿媳去了，不会吓住阿娜尔古丽吗？艾尼瓦尔走后，母亲说，就让他带她去吧。俗话说，哥哥娶谁嫂子即是谁，没有办法。父亲说，年龄相差这么大的婚姻，这两人会有爱情吗？母亲讽刺道，你是专家，多操点心吧。父亲说，我这年龄了，也不会说话了。你总是要强我一头，谦虚一点不好吗？如果你要我操心，我会给他找个小爱人的。母亲说，你不是存有私房钱吗？给自己也找一个吧。父亲说，这可是我永远也不能实现的梦想。我那么一点零花钱，买只鸡蛋的妈妈都不够呀。

那次，艾尼瓦尔激动地去了一趟乌鲁木齐。

因为有父亲的电话安排，在二道桥以东的一个叫玫瑰花园的小区，艾尼瓦尔找到了正在等他的爸爸的同学帕尔哈提。他把艾尼瓦尔直接带到阿娜尔古丽的家里，讲过情况以后，空气瞬间凝固了。阿娜尔古丽和帕尔哈提吵了起来，说，你脑子有毛病吗？莫名其妙！我哪来这么个儿子？你们出去，到第四医院看病去，糟践人嘛，这不是。就把他们赶了出去。事后，母亲听说了，问父亲说，你那个同学，真是没有脑子的人啊，人家男人孩子都在家里呢，能这样说话吗？你事前没有交代吗？你可是有漫山遍野贼经验的人呀。父亲说，能不说嘛，那小子是吃剩饭长大的，有时就犯傻劲儿，说话做事从不考虑后果。这阿娜尔古丽也是，自己的娃娃，她瞒什么呀瞒，认了不就结了吗？母亲说，别站着说话不腰疼，男人不清楚女人的事情。你想过阿娜尔古丽突然多出这么一个儿子，阿娜尔古丽的男人会怎么想？她该怎么给他们解释？

从我懂事的时候起，母亲和父亲就总是喜欢斗嘴，母亲总是能占上风。他们的话总是话里有话，精彩幽默。每当这种时候，我就笑，思考他们那种新奇的说法。在更多的时候，这种斗嘴就像文字游戏，极其有趣。

大概是艾尼瓦尔从乌鲁木齐回来后的第三个月，阿娜尔古丽从乌鲁木齐找到我们家里来了。后来母亲对父亲说，你把我这辈子的人都丢完了，让我指甲缝里针眼大小的污垢都被人看到了。你那个同学帕尔哈提确实是个没脑子的家伙，都是他惹出的麻烦。父亲说，他是个办事不会扭捏，说话不会绕弯的人。

对于母亲而言，那是一个丢人的日子。

那天，阿娜尔古丽站在我们院门前的小渠边，大喊大叫，要我父亲出来说话。实际就是想引来更多人围观，好在街坊邻居们面前臊我们的脸面。她给我的第一印象是一个粗鄙的女人。父亲从屋里出来，略带尴尬地说，是阿娜尔古丽啊，你怎么来了？老同学，快请进屋坐着说。她说，老邮差阿吾提，阿吾提阴阳先生，我今天当着这么多人把话说清楚，我不是你的什么同学，你就是一个伪君子。你把你的孽种赶到乌鲁木齐找我，说他是我当年的儿子，有你这样糟践人的吗？你那个喝酒喝糊涂的同学帕尔哈提，带着你的那个孽种去找我了。当着我男人和孩子们的面，说你那个孽种是我的亲骨肉。你和你的同学，都是舔盘子的货。你说那个娃娃是我的儿子，我生他的时候，你在旁边吗？我怀他的时候，你给我腰上垫过枕头吗？邻居们，你们都听好，就是这个破烂邮差，把他自己的孽种推到我身上，说是我生的儿子。天下有这样的男人吗？你们看，他整天穿得整整齐齐的，实际上就是个无耻的伪君子。你们和这样的人做邻居，你们和你们的后代都是要倒霉的。快把这个人从你们的巷子里赶走，他就不是个人！

母亲本来一直站在大门后面，认真地听着这突如其来的怒骂。过了一会儿，母亲感觉到这个阿娜尔古丽应该骂累了，就走出来，把正准备张嘴说话的父亲拉住了，说，孩子他爸，你不是这女人的对手，回屋去打开窗户听热闹吧。父亲还想说些什么，我麻利地拉住父亲的手，说，爸，咱回家吧。妈妈能对付这个大妈。父亲同我回到院里，母亲迎了上去，说，我的好老乡阿娜尔古丽，你去了大城市发福了呀，脸上阔太太一样金光闪耀了。你也不进屋，有什么事家里说不好吗？我们家的阿吾提，你是知道他脾气的呀，天上飞过一只野鸡，他也能知道是公是母。如果你觉得进屋不方便，我可以给你们安排在邻居家的炕上见面，我这点人情还是有的。不过你这样吵闹，就能说明你是一个有良心的人吗？那个艾尼瓦尔，不就是你生下来要我们帮着给照料安顿的吗？还给娃娃留了奶粉钱和一条毛毯。我不是为了帮你才找到热西黛，收养了那孩子吗？我们这是在积德呀！如果你全忘了，说没有这么一回事儿，那我也就认了。你现在是从大城市来的客人，是我们的老乡，我不能让你在大伙儿面前为难。不是丢脸，因为你现在已经没有脸了。我们家是什么样的人，邻居们都知道，渠边的百年杨树千年橡树也知道。我现在尊敬你，因为你曾经是我们的朋友，是我们有馕大家一起吃的朋友，所以不和你争这艾尼瓦尔是谁的血脉。但是，有一条你要弄清楚，你说这艾尼瓦尔是我男人阿吾提先生的私生子，那么这件事，咱们现在就上法院。如果你把证据拿出来，我认！我这个年龄了，我的男人，为我敬献一个他在野草地里折腾出来的儿子给我晚年做拐杖，这不是上天赐给我的幸福吗？如果你拿不出证据来，我就把当年我写的一份备忘录拿出来呈给法官，那这官司就该你这老美人输了。你刚才说我男人是伪君子，但是这个伪君子认得他的崽子，他比你要善良多了。如果你不和我去法院，我就报警，说你辱骂公民，扰乱社区秩序。不过，话说回来了，我们毕竟是老乡嘛，我们好好说，你是要和我上法院呢，还是让我的儿子居来提报警呢？

刚才还发疯似的乱喊乱叫的阿娜尔古丽，听到母亲这番话，顿时蔫了。刚才闪耀在脸上的神气也不见了。这时，父亲走过来，看着阿娜尔古丽说，老同学，还是进屋喝碗奶茶吧！大老远来一趟，路上一定是累着了。人一累，精神就容易紧张，脑子就容易混乱，嘴巴上来什么就说什么。

母亲瞪了父亲一眼，说，老邮差，你给我滚一边去。邻居们听到这句话，都哈哈哈地笑开了。我们家对面的邻居阿里普大爷，慢慢挤到人群前，看着阿娜尔古丽说，乌鲁木齐我知道，路途遥远啊，近千公里的路呢，小时候我和爷爷去过，坐马车走了三个月。我看你真是累着了，还是先回去休息吧。你到西大桥那边的美食街，吃一碗芫荽馄饨，败火、暖心。回去再好好睡一觉，一切就都好了。明天你再来，进屋聊，等待你的就是抓饭包子了。阿娜尔古丽瞪了一眼阿里普大爷，说，你在说什么呀，乱七八糟的，你们这里的人都不正常。说着，甩着手，扭着屁股走了。

邻居们笑着散了。只有阿里普大爷留下了。父亲走了过去，说，您是最公正的老前辈啊。阿里普大爷说，你不要调侃我，我是有目的的，晚上你提一瓶好酒过来，我在我家后院核桃树下烧烤，我要好好训斥你。父亲说，晚上的酒肉，我全包了，咱们上老水磨那边的烤鱼店，都是河里的野鱼，我请您吃大餐。再说了，我是个干干净净的人，没有欺负过任何女人，心里坦荡。阿里普大爷幽幽地说，我知道，你心好，舌头也好。最重要的是，你有一个好老婆，所以吃饭香，什么时候身子都是热乎乎的。大爷讲这话的时候，我转身看母亲，却不见了她的踪影。

从那以后，一个月、两个月、半年、一年过去了，我们再没有见过阿娜尔古丽。又过了一个春秋，父亲在乌鲁木齐的同学帕尔哈提来电话了，说，老同学啊，你那个老乡阿娜尔古丽是不是不小心吃狼肉了，脑子混乱了嘛，她的家人都送她去住院了。听说在医院里还在骂我呢，说我是全疆一流的二姨子。她这个人名字挺好的，人怎么这么担干(新疆土话，意为差劲)呢？

发生的这些事，我都告知了艾尼瓦尔和他的老婆博斯坦古丽。

我说，就这样了，你不要着急。好在这事儿大家都知道了，总有一天会有一个结果的。他说，真是不好意思，给你们添麻烦了。

这天，我泡了一壶浓酽的湖南黑茶，端过来，请父母喝。父亲就喜欢这茶，不太欣赏奶茶。父亲喝了一口，说，就是香。我从小就喜欢湖南的黑茶，后来就有瘾了。我要感谢湖南茶农，用这样的好茶滋养我的记忆。如果我们家也能像许多人的家那样，任何时候我都能在家里自由地就着青菜萝卜二两三两一下，那该是多么美好的人生啊。就像白天睡彩云，晚上睡星星一样幸福。现在我这温馨美好的家，什么都有，就是没有酒杯。母亲说，他爸，看在岁月的面子上，从今儿以后，允许你在院子里、茶房、葡萄架下、后院里，置一张小桌子，躺在花坛里也行，可以自由地二两三两了。父亲说，我的天，今天是多么光辉的日子啊，一辈子的尊严，今天终于找回来了。母亲说，好了，咱说正事儿吧。哪一天，把艾尼瓦尔和他老婆请过来，做一锅抓饭，把他养母托付我们的事情，给他们交代一下。这件事情是该画个句号了。赖在他们宅院的那家伙，太不要脸了。父亲说，人不要脸，也是本事呢，有些人不要脸才能活的舒服，不像我。母亲说，他爸，老邮差，你有没有个完呀？父亲说，我不说了。说正事儿吧，艾尼瓦尔太可怜了，亲妈养母的事儿，咱就不说了。就是他那个老婆不太合适，比他大十五岁，听着都叫人晕啊。现在这孩子头发都白了。唉，人一旦没了亲生爹娘的疼爱，连老天爷也看着不顺眼啊。

母亲不高兴了，说，他爹，不要再唠叨了，我都累了。人家那宅院，怎么处理，讲讲吧。父亲说，好说，地契在我们手里呢嘛。那个苏来提牙子，这次就彻底玩完了。

第三章

正义定会战胜邪恶

第三章　正义定会战胜邪恶

我是后来才知道，艾尼瓦尔家所有的秘密都在我们家里。在朋友圈里，母亲是比较有威望的。主要是她善解人意，对人热情，还经常请朋友们来家里小聚。一锅抓饭，几壶馨香的酥油奶茶，母亲就能把那些朋友拴在自己周围，说话办事，都能让人信服。因此，艾尼瓦尔的养母热西黛，在其生命就要结束的时候，将后事托付给了母亲。她相信母亲在她入土长眠以后，能把艾尼瓦尔安排好，安排在一个能照得上太阳的地方。这曾是热西黛最强烈的愿望。其实，她最希望母亲能收养艾尼瓦尔，和我一起长大成人，将来互相有个依靠。但是，艾尼瓦尔的哥哥卡米力，也就是艾尼瓦尔的养父巴图尔和前妻的长子坚决不干，硬要把弟弟带走，带到东县那边的河滩渔村一起生活。

据父亲讲，在艾尼瓦尔的养母热西黛告别人世的第二天，父亲把热西黛的遗言给卡米力说了，要留下这个可怜的孩子在城里读书，和居来提一起长大。当时卡米力心里的想法是，只要带走弟弟，就能拿到父亲留下的这个宅院。宅院在城东的一个叫“拐把子”的地方。这个地名无法考证，也不知有什么典故，老得没牙了的前辈们都说不清楚是什么意思。虽然叫起来不上口也不好听，却也就这样一直叫了下来。当时，父亲留了一手，并没有把热西黛留下宅院地契的事情告诉卡米力和艾尼瓦尔。

在牛羊市场做牙子的苏来提正在租住热西黛院子里的两间屋子，因为租期未到，卡米力不好让他搬走。因为父亲曾放话出去，这宅院的地契热西黛已委托了什么人来具体处理，不过需要等到热西黛的周年过完后，这人才会露面。父亲说，有一点我要讲清楚，当时我说这话是讲给卡米力听的。这宅院当年是热西黛的父亲从南疆赶来，专门为女儿置办的。这份财产，和她的丈夫巴图尔都没有关系。而且，热西黛亲口给我说过，这宅院，她留有遗嘱，留给艾尼瓦尔了。那时候，因为卡米力心里想占有这宅院的虫子还没有死，所以坚决要把艾尼瓦尔带走。最不像话的是卡米力没有送艾尼瓦尔上学。那时的河滩渔村没有学校，而乡里的小学在十公里以外的一个中心地带，是寄宿学校。卡米力不想花钱，因此艾尼瓦尔只在城里读了三年小学，就永远地与学校无缘了。一年以后，母亲请来原来的邻居、朋友圈里说话有分量的一些人，把热西黛的周年祭给办了。大家吃过抓饭，再次为亡人祈福，表达了各自的思念。客人们离开后，母亲和父亲商量，热西黛留给艾尼瓦尔的地契，现在还不能过户给他，要等到他长大明事理以后才能办。这样，他的哥哥卡米力，就没有话可说了。这话，父亲也给住在院子里的苏来提牙子说了，现在这地契在谁的手里还不清楚，你呢，就继续住着，租金就不收了，你帮着看护好这宅院就行了。这事儿，我们就做主了。将来，等热西黛委托的那个人露面了，你再搬出来。咱们儿子娃娃说话算数，租金你就放心，到时候我会说话的。

时间如伊犁河水般流逝，一晃七年过去了。住在宅院里的苏来提牙子有了邪念，放出话说，当年热西黛大姐病危的时候，治病需要钱，就把这院子卖给我了。他还真的动了歪脑子,花脏钱整了一个假地契给邻居们看,把许多人都给蒙住了。父亲听到这些话,决定去找他,在邻里间揭穿他,把院子收回来。母亲制止父亲说,不急,先和艾尼瓦尔联系,十年过去了,他今年也该二十岁了。最好让他回城里,咱们给他找个事儿干,再把宅院的手续办到他的名下,热西黛大姐嘱托的事,也就算是圆满了。

然而,事情远没有这么简单。在遥远的东县河滩渔村,卡米力听到苏来提牙子放出来的那些假话,急忙进城和苏来提牙子吵闹,叫他搬家交出宅院。卡米力说,你这不是满嘴胡说吗?这么大的事儿,父母亲不会不告诉我们的。苏来提牙子说,你和这个宅院,半根头发的关系也没有。你爸爸十分明白,当年热西黛大姐的父亲千里迢迢来我们这里,不放心女儿将来的生活,才给她置办了这么个宅院。如果这地契上是你爸爸的名字,他老人家病危的时候,能不把地契交给你吗?你还是回家种地去吧。你就是告到天上,一块破麻袋片子也得不到。父亲说,那年,卡米力来找他了。说那个院子,应该是他们的。父亲说,是的。但是,是属于你弟弟艾尼瓦尔的。问题是,那个持有这地契的热西黛大姐委托的神秘人物,还没有出现。至于这个人什么时候出现,谁也不知道。父亲这样说,主要是想把苏来提牙子和卡米力的贪念都给压住,等艾尼瓦尔长大成人的时候,再拿出地契,把那个混蛋苏来提牙子从院子里赶出去。

当年,为了爱情,执着的热西黛从南疆来到北疆,嫁给了她的心上人巴图尔。她的父亲,一辈子和玉石打交道的吐尔迪心疼女儿,特意跑过来为女儿在这"拐把子"地段买下这所宅院。看到女儿的丈夫,那个靠卖莫合烟谋生的巴图尔,吐尔迪心里暗暗地骂了几句,说,这个叫爱情的东西,最后就是一个没有窝儿的野麻雀。和女儿告别的时候,说,孩子,把自己的生活管好,我给你的那些钱,你自己要用好,穿好吃好,我会经常给你寄钱的。你的这个爱情靠不住,他就是一个穷光蛋嘛。两千多公里的路,你跑来投奔他,值吗? 爱情这东西,我看哄哄嘴巴还可以,但是靠不住啊。热西黛说,谢谢爸爸给我买宅院,我们再也不用租房住了。我是您不孝的女儿,但是我誓死忠于我的爱情。巴图尔是我生命里的亮光,没有他,我的生命会失去光泽。

热西黛的爱情故事,对她自己来讲,是最后的胜利,是上天对她的关照。而对于她父亲吐尔迪来讲,却是一个悲剧。在他看来,女儿嫁的这个沉默的男人,根本不具备养活他女儿的条件。好强的南疆男子汉,哪个没有个挣钱养家的手艺呢? 这小子真是一个靠不住的家伙。

当年,热西黛和巴图尔偷偷恋爱的时候,吐尔迪却决定把她嫁给大她十岁的地毯商吾依洪。吾依洪是一个品质不好的人,喜欢频繁地结婚离婚,时间长的也就四五年,短的一年半载。休妻的理由不是不会做饭,就是晚上不主动给他按腿揉肩,满脑子的封建思想。吾依洪看上身材修长、长相出众的热西黛,当然还有一个重要原因是看中了吐尔迪的玉石生意,也想趁机捞点珍珠玛瑙和金疙瘩银疙瘩。

不想让热西黛蒙在鼓里,淳朴善良的沙吉戴,把这个消息告诉了女儿。大惊失色的热西黛赶紧和巴图尔商量,二人准备逃婚,去遥远的北疆,那个叫伊犁的好地方,静悄悄地过安宁日子。民间有太多的颂词赞美那个地方,说,空气像姑娘的眼睛一样纯净,土地像是用油浇灌的黑油油的,天空像油画一样灿烂,草原上到处是牵着就能回家的马牛羊,人人都像百灵鸟一样歌唱。他们商量好在长途客运站会面一起奔向幸福生活。

可是命运总是捉弄人,先到的巴图尔以为热西黛等不及就先坐车走了,他也就急着上了下一趟车去追赶。而后到的热西黛以为心上人还没有到,就在客运站候车厅的一角傻傻地等。结果被父亲派来的几个壮汉抓了回去,在存放玉石的地窖里关了三天。热西黛满脸泪水地对沙吉戴说，妈妈，我不爱他，我要嫁给我的巴图尔。母亲沙吉戴也流着泪说，孩子，那个巴图尔，连个刮胡子挣钱养家的手艺都没有，他是养不活你的呀。男人不会挣钱怎么能嫁呢？后来在母亲沙吉戴的反复劝说下，热西黛迫不得已嫁给了地毯商吾依洪。于是，热西黛的青春就这样被铺在了她厌恶的那些地毯上了。

生活的富足并没有使热西黛快乐起来，她心里一直装着自己挚爱的恋人巴图尔。日子就这样一天天过去了。她无数次想过出逃，梦里也常梦到那个叫伊犁的好地方，那个让她朝思暮想的巴图尔。但是，她不知道自己的情郎如今在何方，是生是死，她没有一点讯息。

实际上，已经到了伊犁的巴图尔，一直在寻找热西黛。后来他从老家来伊犁做生意的老乡们那里得知，爱人热西黛已经是地毯商吾依洪的老婆了，他的心如同掉进了冰窟，凉透了。第二年，他娶了东县河滩渔村的一个女人，叫库妮杜孜。她是他在筑路队新认识的朋友玉米提给介绍的，就是卡米力的母亲。婚后，他们有了儿子卡米力，女儿热沙来提。巴图尔开始了他在异乡的生活。十年时光无情流逝，而热西黛仍生活在十年前的那个夜晚。她和相爱的人商量逃往异乡过日子的那种热情，还藏在她的心房里。终于有一天，那个地毯商，也不顾岳父的财富诱惑和她离婚了。理由是，热西黛不能生育。他说，十年了，一百多只羊都吃完了，却连半个蛋也没有生下来。于是热西黛拿着母亲背着父亲给的一笔钱，带着母亲偷偷塞给她的十个玉手镯，在一个夜深人静的夜晚，向着县里的长途客运站出发了。

那年，热西黛到了伊犁以后，通过在汉人街做地毯生意的老乡，很快找到了她心爱的巴图尔。她紧紧地抱住他，说，你还是你爸爸的儿子吗？当年为什么扔下我自己跑到伊犁来了？于是，巴图尔把往事的鼻子眼睛眉毛和这些年来困扰他的精神锁链，串在一条线上，都说给了热西黛。为了生活，他娶了现在的老婆库妮杜孜。实际上，这些事情，热西黛在老家的时候，通过那些跑伊犁的地毯商都知道了。她之所以要固执地到伊犁来，纯粹是为了得到自己的爱情，找到自己的幸福。最终巴图尔同意离婚了，但是他老婆库妮杜孜不干，说，我们都两个孩子了，你做父亲的，怎么忍心抛弃自己的骨肉呢？巴图尔说，对不起，库妮杜孜，我们的婚姻一开始就是一个错误，是一种为了活着的凑合，我愿意用我的一切赔偿你。库妮杜孜说，看你说的，唉！这世界上，谁人能赔得起这岁月的损失呢？她拖了几个月，最后还是同意离婚了。因为巴图尔基本上不回家了，在汉人街和热西黛租了一间磨坊主的房子住了进去。在热西黛的资助下，巴图尔干起了卖莫合烟的买卖。离婚的条件，起初热西黛就给他讲过，两个孩子的生活费，她给，母亲会在家乡支持她。如果库妮杜孜想得开，可以经常带孩子到家里来玩儿，她们可以做朋友，前提是不能碰她的巴图尔。于是，热西黛把母亲悄悄给她的十个手镯卖了两个，把钱给到了库妮杜孜手里，说，我真的不是害你，你嫁给巴图尔本身就是错误的。

在后来的日子里，热西黛租了一个宅院，位置在城西那边一个叫大三门的地方，住了进去。开始的几年，库妮杜孜还带着孩子们来家里玩，后来就不怎么来往了，主要是闲话多了，说，这个叫巴图尔的家伙，光天化日之下，养了两个女人。这些话，传到库妮杜孜耳朵里的时候，她完全蔫了，也不让孩子们再去看爸爸了。

母亲说，那个时候，让巴图尔在街头卖莫合烟，是热西黛的主意。而巴图尔的想法是，开一个拉面馆，请一位师傅和几个小伙子，挣不挣钱先不说，起码不赔钱，肚子天天还能沾上油水。热西黛没有同意，说开饭馆太累人，之所以不让男人在筑路队干了，就是怕他累，每天回家像卖血的可怜虫，躺在炕上大半天起不来。母亲说，热西黛想过让男人做地毯生意，但是也觉得是个费心的买卖，需要经常伊犁和田两地奔波进货，就放弃了。而在街面上卖莫合烟，省事。虽然烟走得快，但收入只能勉强糊口。

后来，热西黛在伊犁的这些故事，通过地毯商人之口，传到热西黛母亲沙吉戴的耳朵里。老太太演员一样放声大哭，说，老头子啊，我们女儿过的是什么日子啊，你要去一趟呀，你手里的那些钱财不骂你吗？于是，吐尔迪就安排了一趟去伊犁的行程。他和那些地毯商联手，收了两大卡车地毯，来到伊犁，把地毯卖给了当地的地毯商，用那些赚头，给女儿在那个叫“拐把子”的地方，置办了一处宅院，就是现在那个苏来提牙子占着的宅院。

父亲说到苏来提的时候，说，人不要脸鬼也害怕，那小子脸皮比惠远城的城墙还厚。

父亲说，早些年，苏来提牙子还是个穷光蛋，他能有今天的声势，主要是靠那张嘴皮子，几句话就能把人家嘴里的馕钩出来放进自己的碗里。

他最早在青年广场对面的人民电影院前面卖冰水。直径一米多的大白盆，倒进几桶自来水，盆上搭一块木板，木板上面放一块长宽五十厘米的亮晶晶的冰块，水里放几粒也是亮晶晶的糖精，用力搅和一番，自己尝尝甜度，就开始大声叫卖，也能挣几个糊口钱。到了冬天，他在电影院后面的小市场里卖烤羊肠。确实很辛苦，冷！但他脚上穿的是古老的毡筒，脚不冷全身就热乎。一个冬天下来，也能挣一笔能养活大肚子小肚子（意为养活一家人）的钱。后来，他为了逃避辛苦，来到郊区的牛羊市场做牙子，靠他在电影院和市场里练出来的眼力和嘴皮子，揣摩卖方买方的心思，把人家的死羊说活，促成交易，吃中间的差价。开始也有人不买账，不信他的吹嘘，说，你说的这只羊，根本宰不出二十八公斤肉。他就当着众人的面和对方打赌，把羊牵到南边的屠宰车间，宰羊上秤，刚好二十八公斤。慢慢大家开始服他、认他。不管成交一只几只还是一群羊，他用眼一扫心里就能有一个大概的估算，卖方拿到多少钱合适,买方出到多少钱合算。如果买方觉得贵了,他就从卖方手里要一张一块的或是几张毛票当“引子钱”,握在手心里,朝着对方伸出来的掌心“砸”下去,嘴巴开始水磨的磨盘一样哗啦啦地游说,把哑巴羊邋遢牛,说成是一流的好羊犍牛。总之通过一张巧嘴促成别人的买卖,一天下来,也不少挣钱。时间长了,苏来提牙子发现,远道而来的那些卖牛羊的人,到了傍晚时分会很便宜地卖出手里剩下的牛羊。苏来提牙子抓住这个机会,买下那些牛羊,看管一晚,喂水喂草,第二天太阳升起的时候赶到市场上高价卖出,又能挣一笔钱。渐渐地苏来提牙子手里有了一定的资金,就想出了一个更挣钱的办法,就是直接从牧区牧民手里低价买下那些活蹦乱跳的好羊,赶回集市加价出售,然后再用这笔钱去牧区收购更多的羊。几年下来,苏来提牙子变成了一个有钱人。

苏来提牙子发财以后,钱不存在银行,都放进家里的大木箱里。这是几百年前祖上传下来的习惯,钱放在家里,他经常看着,心里面舒坦。他绝对没有想到,在岁月的打磨下,自己也变成了有钱人。接着,在牛羊市场附近,他置办了一百亩坡地,盖成羊圈,开始从周边的县乡大量收购牛羊,和城里的饭馆老板拉上关系,每天给他们供应上千只羊和上百头牛,把收购、屠宰、销售连为一体,基本上垄断了城里牛羊肉的市场。几年下来,在城里最好的地段,他有了自己的一个大饭店。这也是他多年来的一个梦想。同时,每天的牛羊杂碎和羊皮牛皮,也是一笔不小的收入。这时候,他当年租住的热西黛的那个宅院,成了在他屠宰场打工人的宿舍。父亲找过他几次,他说话的态度完全和从前不一样了,由那种唯唯诺诺的软话变成了句句噎人的重话,而且不承认这宅院是他租住的,说是当年从热西黛大姐的手里买下的。还要父亲不要多管闲事,如果艾尼瓦尔有困难,他会施舍一笔钱给艾尼瓦尔。

父亲气愤地对母亲说,好话已经不起作用了,这家伙就是个赖子,地契在咱们手里,上法院吧。母亲说,上法院,事情就闹大了,仇也结上了。你让他看看地契，把院子让出来就行了。不急，慢慢来，私下把事情解决了最好。去的时候，一定把艾尼瓦尔也带上，这说明我们不是在为自己捞好处，这宅院是艾尼瓦尔这只孤雁的，他应该要回属于自己的财产。

按照父亲的吩咐，我电话联系了在东县的艾尼瓦尔，把他叫了回来。父亲带着我们，来到了苏来提牙子新建的别墅。进门前，父亲对我说，你紧紧跟着我，看我的眼色，如果苏来提牙子胡来，你就打那个电话。

苏来提牙子看了父亲给他的地契，态度十分傲慢，说，这样的地契，我也有一个，你们这个是假的。父亲说，大白天的，你不能说瞎话。我这里还有热西黛的书信，你不要自己往脏水坑里跳。我不希望我们闹翻，把事情闹大。苏来提牙子说，我也一样，不想闹大，更没有时间和你们废话。一句话，这小孤雁要是需要钱，我可以恩赐他五位数字的银子，条件是，今后不要再来烦我。如果你们继续骚扰我，我就对你们不客气。你这个阿吾提邮差，小看我了，我已不是那个二十年前的苏来提牙子了，我现在养的一条狗都值几万块钱。我给你们一笔钱，就从我的眼前消失吧。父亲说，兄弟呀，你怎么变得这样贪婪霸道了呢？苏来提牙子说，什么？你敢说我贪婪霸道？他看了一眼身边一个魁梧的小伙子，非常不耐烦地说，小加，把他们给我赶出去。说完苏来提牙子转身上楼了。父亲看了我一眼，我明白了他的意思。在家的时候，他就料到会有这样的情况发生。我迅速把准备好的号码拨了出去。手机接通以后，我说，肖开提局长，我们已经到那个地方了。同时，我们也慢慢地走到了院子里。父亲小声地对我说，咱们在外面等，肖开提局长马上就会来的。我看了一眼一直没有说话的艾尼瓦尔，他有点紧张，额头上开始冒汗，眼神里也充满了惆怅和恐惧。

肖开提局长，是公安局长，他儿子阿迪力在邮电局工作，曾是父亲的手下。先前父亲找过他，把情况详细地讲了一遍，还把他带到那个宅院实地查看，请求他给他父亲讲一下，过问一下这件事情，不要让孤儿吃亏。当时阿迪力就答应了，说，你也是帮别人，而且那句“不要让孤儿吃亏”说的好，我要好好地给爸爸讲。今天我们出发的时候，父亲又给阿迪力打电话，说，我们尽量自己处理好，如果他们仗势欺人，那我们就给你爸爸打电话，请他出面过问一下。你一定要帮这个忙。

我们刚走出别墅大门，小加啪的一声，狠狠地把门关上了。我心里震了一下，像是有人在我的脊梁上狠狠地踹了一脚。我们走出苏来提牙子的院子，在巷子对面那排高大的白杨树下站住了。此刻，父亲的脸色极为难看，特别是眼睛里没有丝毫的光亮，显然是内心受到了极大的侮辱。艾尼瓦尔也蔫了。这个苏来提牙子，根本就没有把我们当人看。

大概过了十分钟的样子，一辆警车出现在了巷口，我料定应该是肖开提局长的车。车开到我们面前停下了。父亲下意识地走上前去，与正在下车的肖开提局长紧紧地握手。肖开提局长说，阿吾提大哥，情况怎么样？父亲把我们刚才在苏来提牙子家里发生的事情，告诉了肖开提局长。肖开提局长说，走，我们进去说。父亲说，肖开提局长，我们就不进去了吧。肖开提局长看着他身边的一位民警，说，韩主任，你进去把苏来提叫出来。韩主任进去叫人的时候，父亲拉着艾尼瓦尔的手，来到肖开提局长面前，说，肖开提局长，这就是那个艾尼瓦尔，现在在东县打馕，以后打算到城里来生活。肖开提局长说，可以呀，小伙子长得好结实啊，一定是在馕坑火里磨炼出来的。欢迎到我们城里来打馕。现在，城里打馕的人少了。父亲说，这个苏来提牙子，欺负这个孤儿。当年，他就是艾尼瓦尔母亲的房客，现在却霸占了那个院子。肖开提局长说，这事儿，我们查过，就是因为时间太长了，苏来提以为那宅院没有人管了，就产生了邪念。父亲说，霸占孤儿寡母的财产，从来都是大恶。肖开提局长说，这个苏来提牙子，太没良心了。

正说着，韩主任把苏来提牙子叫出来了。苏来提牙子看到肖开提局长，走路姿势突然变了，腿脚开始打战，脸色变得蜡黄。刚才在客厅里的威风全然消失了。他心里已经明白了，肖开提局长能亲自来，看来情况不妙，我小看这个老邮差了。他大步走向肖开提局长，伸出手，准备握手套近乎。他假笑着说，肖局长您好。肖开提局长瞪了他一眼，冷冷地说，不好。苏来提牙子听到这句话，把伸出的手缩了回去，不敢再说话。感到自己就要倒霉了，他的脸色更加难看。可是狡猾的他马上就计上心来，说，肖局长，请到鄙人寒舍小憩。肖开提局长抬起头，看了一眼他那装修华丽的别墅，说，这就是你的别墅吗？苏来提牙子说，是的，局长，是寒舍。肖开提局长说，漂亮，气派。你看那一排排罗马柱，金光闪闪的，一定是镀过金的。苏来提牙子说，不是的，肖局长。肖开提局长说，你应该镀金啊，你有那么多金子放在地窖里，不亮出来谁知道你到底有多少钱？我听他们说，你的钱比市里最近新建的银行里的钱还要多。干脆，你开个银行吧，比起现在的买卖，要干净得多。苏来提牙子立马听出了话外音，却继续装糊涂，说，都是那些嫉妒我的坏人造谣。肖局长，咱们进屋坐一会儿吧。这会儿，我那饭店里的烤全羊刚刚出炉，叫他们送来，您尝尝。肖开提局长说，我知道，你那饭店里烤全羊很有名，三五个朋友进去，喝两三瓶子酒的时间就能吃掉一只小羊羔。我也喜欢吃烤全羊，但是我不敢到你的饭店里吃饭，怕进去就出不来。因为一旦吃上瘾了有可能会唤起我的贪心。说正事吧，讲讲这孩子的宅院。

苏来提牙子像泄了气的皮球，低声下气地说，家里有些事情，我也是不太清楚。刚才阿吾提先生他们刚刚出门，我就和老婆了解了一下这个宅院的情况，因为当年是她一手操办的。她说，当年，从艾尼瓦尔养母那里买下这宅院的时候，钱给了但没有要收据。因为当时热西黛大姐病着，不好意思要。热西黛大姐当时还说，地契找不见了，我们就补了一份。肖开提局长说，我没有时间和你绕弯弯。这件事情，阿吾提大哥给我们局里反映后，我们就派人查了。韩主任，你讲一下情况。韩主任说，这个事情，我们做了多方面了解，那宅院属于艾尼瓦尔无疑，他母亲的遗嘱和留在阿吾提先生这里的地契，就是铁证。不存在你们买过那宅院的情况。据我们了解，你们手里的地契，是花钱买的假证。办这个假证的人，我们已经控制了。苏来提牙子听到这里，立马说，肖局长，这事儿是我老婆搅乱的，真像老人讲的那样，女人头发长见识短啊。我认错，明天就把宅院还给艾尼瓦尔。肖局长说，苏来提，你先把宅院还给人家，再想想这么多年的租金该怎么办！剩下的事情，咱们还要一件件地算。这些年，你屠宰场的事情，你心里是明白的，你赖不掉。你频繁地一车车进南县的牛，价格比市面上便宜一半，来路正吗？你能出示相关的证明吗？拿不出来吧。这样的便宜货，来路不干不净，你是知道的。告诉你，南县那边已经破案了。

苏来提牙子听到这里，额头上冒出了冷汗。说，这可能是工人瞒着我干的，我一定查清楚。韩主任说，我们已经查清楚了，这个屠宰场是你的，前几年，西县的许多牧民丢失了牛羊，群众举报也是拉到你的屠宰场销赃的。这些账，也已经梳理好了。苏来提牙子说，冤枉啊，肖局长，您知道，我手下的小鬼不少。肖开提局长说，这一次，小鬼大鬼都跑不掉，要严惩。你不要耍小聪明，最好老实一点，配合我们，把这些事情处理好。肖开提局长转向父亲，说，阿吾提大哥，这事就这样了，你们放心回家吧。父亲说，谢谢您，肖局长。回家的路上，父亲说，人啊，一旦忘了本，早晚会嘴脸丑陋心生邪念。我想，更重要的是，做人要有起码的底线，要讲最基本的道理呀！

第四章

繁华世间的阴晴圆缺

第四章　繁华世间的阴晴圆缺

一周以后，艾尼瓦尔和妻子从东县搬到城里来了。住进了养母热西黛留给他的宅院。粉刷一新的旧屋宽敞明亮，唤醒了他影像般清晰的记忆。我们都为他高兴。他哥哥卡米力也从东县河滩渔村赶来了，也很高兴，只是对我父亲有意见，责怪这么多年，许多真相连他也隐瞒了。

父亲在工人俱乐部那边给艾尼瓦尔联系了一处空着的馕铺子，准备了几天，开始打馕了。他的妻子博斯坦古丽倒是个能干的女人，总是在每日黎明前，协助艾尼瓦尔做好准备工作，争取清晨最早出馕。还不到中午，就可以打出六坑馕，都是直径四十多厘米的大馕。中午是打烤包子的时间，整个准备工作，和面做馅儿，也都是博斯坦古丽一个人忙活。下午，艾尼瓦尔只打三坑馕，是那种小圆馕，直径二十厘米，馕上面撒一些白芝麻，味道极香，走过路过的人还没走到馕坑前，就已被香味吸引，总是会买几个的。下午两人早早收摊，是艾尼瓦尔在东县学打馕的时候从艾山江师傅那里传承下来的做法。师傅经常是在午饭后休息的时候，给他传授有关馕的历史和一些技巧。一是最好的馕师傅，每天都是要和黎明一起出馕的，以方便清早出门忙生计的人们，所以要早起早睡。二是越是刮风下雨，越是要按时出馕，不能让顾客白跑一趟。三是馕的质量要有保证，对和面、发面、馕坑的火候、慢火烤的时间、中火烤的时间、馕的成色都有要求。

父亲帮着把艾尼瓦尔的三个儿子，从东县的学校，转到了城里的学校。老大艾孜木被安排在了第三中学。母亲说，这个艾尼瓦尔，太善良了，像对自己的骨肉一样抚养这三个孩子，多么不容易啊。原来善良总是藏在不言善良的人的心里的。父亲说，善良的人心胸都是博大宽广的，像天山一样，像泰山一样。那年我去过泰山，极其壮观，就是一座男人山啊。母亲说，也有的男人是可怕的，总是心口不一。听到父母又开始斗嘴，我有意识地把话题引开了。我说，艾尼瓦尔的老大艾孜木也会打馕了。那天，我去买烤包子的时候，他正在打馕呢。母亲说，你也可以学学嘛，体验体验，你就会对生活有更深的认识和理解。父亲说，你妈妈说的对，你要好好学。将来周末休息的时候，可以满脑袋流汗地给你的老婆打馕。如果你再学的好一点，还可以给岳母大人打馕。母亲说，你父亲年轻时就没好好学，所以这是他最大的遗憾。

自从阿娜尔古丽病倒后，一直未能痊愈。她总是无法从那件事里走出来，春夏秋冬，一年又一年，她就是读不懂那些随风飘落的黄叶，只知为这些不幸的叶片哭泣。实际上，这些叶片，有的被无情的风吹到荒野，有的被夹进有心人的书页，但不论去了哪里，都是它们最应有的归宿。然而，阿娜尔古丽却总是纠结在这些叶片的不幸和悲哀之中，无法自拔。

艾尼瓦尔和妻子在周末的下午来看父亲和母亲，说了很多感谢的话语。他们红彤彤的脸蛋儿，像初生的太阳一样可爱，激动的眼神如跳动的火焰，非常耐看。他们还带来了一笔钱，包在崭新的金丝绒手帕里,看样子钱不少。艾尼瓦尔说,这是热西黛妈妈昨晚在梦里托付给我的,要我把这些钱交给你们,请你们每年春天为她播种玫瑰。当晚霞在天边飘舞的时候,她可以看到那朵朵玫瑰艳丽的花瓣,像彩虹一样装扮她的灵魂。

母亲没有说话,她沉默了,眼睛里泛起了泪光。我看了一眼父亲,看他那意思也是不想说话。沉默许久,父亲干咳了一声,意思是要母亲说话。而母亲,漂亮的眼睛还在流泪。父亲说,他妈,你说说吧。母亲擦了一把眼泪,说,不是男人先说话吗?父亲说,那好,我就说了。父亲看着凝望着自己的艾尼瓦尔,说,孩子,谢谢你们,把钱拿走吧。你们放心,每年的春天,我们都会在院子里、院门前的小花坛里种满玫瑰。听到这句话,博斯坦古丽默默地低下了头,泪水止不住地往下流。艾尼瓦尔也哭了。开始是小声抽泣,而后是从喉咙里发出的哀嚎,最后,直接爬在桌子上放声痛哭。博斯坦古丽抓着他的胳膊,无声地安慰他,从包里取出一块洁白的手帕,放在他的手里。艾尼瓦尔用手帕拭去眼泪后,止住了哭声,用哀求的眼神看着母亲,说,沙代提妈妈,这不是钱,是花种。听到这句话,母亲再次流出了眼泪,说,他爸,收下吧。艾尼瓦尔说这是花种,那我们就把它种在院子里吧。母亲的话还没说完,父亲的眼睛眯成了一条线,泪水夺眶而出。

秋天过去了,把时间和空间让给了冬天。

一个月以后,第一场雪飘了下来。雪花,执着地落着,像是离家已久的游子急着回到大地母亲的怀抱。

父亲开始在院子里做马肠子了。这是他最用心最投入的一次,因为母亲已经允许他在家里喝酒了,当然客厅除外。这是一次让父亲感到非常有面子的胜利。为此,他勇敢地拿出自己的私房钱,与一位朋友合伙宰了一匹肥马。两个人在我们院子里折腾了好几天,最终把喝酒最好的下酒菜做出来了。母亲不太喜欢马肠子,说容易上火。我却是十分喜欢吃，趁父母亲不在家的时候，也常偷着喝几杯，马肠子的香味在酒的作用下，真可谓回味悠长。

腊月中旬，老天爷浑浑噩噩地下了五天大雪。寒风呼啸，大地已是一片银白。

在一个寒冷的下午，父亲用心地煮好了一锅他做的马肠子，晾好，切片，放在景德镇的瓷盘里，嬉笑着请母亲品尝。这时电话铃响了。母亲拿起电话，说，您好，是哪一位？对方说，我是帕尔哈提。母亲一听，就把话筒递给了父亲，说，是你的同学帕尔哈提。父亲接过话筒，什么？阿娜尔古丽病了？在医院还是在家？在家！噢，噢，我明白了，我这就通知他们出发。唉！人都会有这么一天呀。唉！父亲放下话筒，忧伤地看着母亲，说，艾尼瓦尔的母亲阿娜尔古丽病危了，想见见艾尼瓦尔。母亲说，哦，那就是情况不妙啊。儿子，你赶快去通知艾尼瓦尔，让他订机票，火车怕是来不及了。下午就走，你代表我们陪艾尼瓦尔去。父亲说，对，居来提，快，快去找艾尼瓦尔，从这个架势看，他母亲一定是有话要对他说。母亲说，那就是要认他了？父亲说，应该是。看来人在即将离世的时候，一切都可以放下。

我和艾尼瓦尔乘飞机到乌鲁木齐，已经是傍晚时分了。我按照父亲的嘱咐，给帕尔哈提叔叔打了电话。他要我们直接到阿娜尔古丽的家里来。到玫瑰小区的时候，帕尔哈提叔叔已经在小区大门前迎接我们了。他带着我们上到一栋楼的第二层，是左手边的房子，接待我们的是一位三十来岁的女人，她把我们直接领进阿娜尔古丽的卧室，里面已经有好多人了。阿娜尔古丽躺在床上，那个接待我们的女人坐在床边，弯着腰，嘴对着阿娜尔古丽的耳朵，说，伊犁的艾尼瓦尔和居来提到了。看到艾尼瓦尔，阿娜尔古丽无力地向他伸出了颤抖的右手，吃力地说了一句话，我在后面没有听见。接待我们的女人摆手示意大家都先出去一下。帕尔哈提也要出去的时候，阿娜尔古丽小声说，您留下好了。于是我们三人，坐在了床前的一排靠椅上。阿娜尔古丽吃力地点了点头，看着我，轻声地说，那你就是阿吾提的儿子居来提了，挺好，和你爸爸一样英俊。你回去告诉你爸爸和妈妈，我对不起他们。还有，帕尔哈提，我更对不起你。道理我都懂，但是，人在更多的时候，是很难生活在道理里面的。自己的亲骨肉，眼看着就是不能相认，这对母亲来说简直就是煎熬，就是折磨。说完她停下来，喘了口气，胸口上下起伏着。然后她接着说，这件事，我想了很长时间，我很自责，我为我的虚伪和自私真诚地向你们道歉。虚弱的她说完这些话，又不停地喘气。我再次请求您，帕尔哈提，请求您原谅我的过错。我留下您，就是要您为今天的一切作证。今天居来提也来了，在孩子面前，我很惭愧，我对不起他的父母。当年要是没有他们，我是安排不了艾尼瓦尔的，他们是我的恩人啊！我一句感谢的话没有，竟还给他们留下了深深的伤害，我真是糊涂啊！说完她又停下来开始喘气。艾尼瓦尔，你是我亲生的孩子，我是你亲生母亲，来，孩子，让妈妈抱抱你。艾尼瓦尔走过去，弯下腰，激动地把脸贴在了母亲干涩的脸上，叫了一声妈妈后哭了。帕尔哈提叔叔站起来，走到床前，抓着艾尼瓦尔的手，说，孩子，不哭了，听妈妈说话。艾尼瓦尔止住哭声坐在了床边。只有在这个时候，我才看清楚阿娜尔古丽的脸，死亡的阴霾，已经布满了她灰色的脸，眼眶已经凹陷下去了，无神的眼珠毫无暖色，看着十分可怜。

阿娜尔古丽看着艾尼瓦尔，说，孩子，我对不起你，那么小就把你送人了，这是我这辈子最后悔的一件事。这么多年，我没有尽一天母亲的责任，我可怜的孩子，妈妈对不起你啊！说完，她又开始大口喘气，许久才接着说，孩子，你要永远记住热西黛妈妈对你的养育之恩，要永远记住沙代提妈妈给予你的恩泽。说着，阿娜尔古丽颤抖着从枕头下摸出一样东西，是一件用白手帕包着的东西。她慢慢打开，拿出一只油润润的玉手镯，递到艾尼瓦尔的手里，说，这是当年你热西黛妈妈给我的一个信物，她对我说，这孩子，现在看来，我不收留不行了。我今年六十岁了，如果我能活到七十岁，他也才十岁。我走了以后，孩子也许会有一个新的母亲。长大以后，他一定想知道自己的身世，会去找亲生母亲。那时候孩子会找到你，你就把这玉镯拿出来给他，告诉他，这是当年你养母留给你一对玉镯中的一只，另外一只埋在宅院的那棵梨树下，在太阳升起的方向，一米远的地方的一个木箱子里。这两只玉镯都是一流的和田羊脂玉，可以拿出去卖一笔钱，做个小买卖，过安宁的小日子。告诉孩子，我给他留下的这两个东西，就作为我无法把他带大的一个补偿吧。我这样做的另一个目的是，要他相信你和我，都是爱他的。短短的几句话，阿娜尔古丽说了很长时间，中间不得不多次停下来大口喘气。

听到这里，艾尼瓦尔已经痛哭流涕了，阿娜尔古丽的声音也越来越小了。帕尔哈提叔叔说，今天我们就说到这里吧，让妈妈休息吧。我首先站起来，艾尼瓦尔哭着和母亲告别，和我们一起出来了。下楼后，帕尔哈提叔叔说，咱们明天见，阿娜尔古丽身体很弱，是严重的心脏病，医生安排出院，就是没治了。在家里见见亲人，就准备后事了。我的意思是，你们明天再见一面，做个告别，就回伊犁吧。她现在的孩子们的要求也是这样。以后再有什么情况，我给居来提的父亲打电话。

和帕尔哈提叔叔分手后，我对艾尼瓦尔说，明天我们和你母亲告别后就坐火车回去吧。艾尼瓦尔似乎没有听见我的话，自顾自地说，我现在非常后悔，没能够多孝敬孝敬她。我说，这已经很不错了，你已经找到了母亲，并且得到了母亲的认可和拥抱。艾尼瓦尔说，居来提哥哥，母亲是找到了，可我的父亲又是谁？明天上午和母亲告别的时候，我可以问母亲这个事情吗？听到艾尼瓦尔这句问话，我愣住了，不知该如何回答他。是的，他有这个权利。但是，就目前的情况来看，这合适吗？我说，你能找到母亲就已经是天大的事情了，至于父亲，就先不急着找了吧，也许将来他会自己来找你的，慢慢来。他说，哦，真的会这样吗？

第二天，我们去与阿娜尔古丽告别。躺在床上的她已经没有力气再说话，只能拉着艾尼瓦尔的手默默地流泪，这场景真的让人无比心酸。告别了阿娜尔古丽后，我们坐上了回伊犁的火车。

在火车上，为缓解艾尼瓦尔的悲伤，我和他聊起他在哥哥卡米力家里生活的情况，知道了他哥哥的家里也不富裕。厉害的嫂子经常给他甩脸子、说二话，责怪卡米力把他带回来，给家里增添负担。最后哥哥只能送他去县里给打馕的师傅艾山江做学徒。艾尼瓦尔还记得卡米力把他交给师傅时说的一句话，这孩子的骨头是我们的，肉体是师傅您的。您放手管教，不听话的时候，手不要软。

艾尼瓦尔说，在渔村的时候，嫂子看不起他，但这也让他学会了一些活人的道理。因而在学习打馕技艺的时候，他做事认真、勤奋，师傅非常喜欢他。说着说着他好像又开始想心事，神情变得凝重，双眼望向车窗外的雪景。我想，他一定是在想他的父亲，想他父亲应该是一个什么样的人。一个孤儿，找到了自己的亲生母亲以后，怎么会不想念自己的亲生父亲呢？

回到家里，我把情况认真地向父母亲做了汇报。他们听后长时间沉默，我不知道他们在想什么。最后，还是母亲先说话了。她说，热西黛的那个玉镯的事她没有给我讲过。父亲说，一个人没有自己的秘密，怎么可以呢？母亲说，你这么一点拨，我反应过来了，你也在心里藏了不少秘密吧？父亲说，我的秘密不都在脸上写着吗？你的老花镜也知道我的秘密呀。

那天，艾尼瓦尔来我家，想请父亲陪他去挖热西黛妈妈埋下的那个玉镯。父亲说，让居来提去吧，我就不去了。母亲说，你也是有秘密的人，应该去看看。父亲说，我不能去，去了又会有几卡车的故事。

宅院里，只有我和艾尼瓦尔，还有他的妻子博斯坦古丽。

在那棵梨树下，我们把装有玉镯的小木箱挖了出来。玉镯在里面，成色极佳。我们拿回去让父母看了，母亲说，绝佳的东西啊，这个热西黛，我没想到，还这么有心机。父亲说，人家爸爸是玩玉的人，在家乡又嫁过地毯商，这样做也很正常啊。母亲说，你说得有道理。父亲看着母亲，说，如果你喜欢，明天我到石头市场上也给你物色一件。母亲说，你知道价位吗？父亲说，不知道，我只知道酒和马肠子的价位。母亲笑了，意味深长地看着父亲，说，还有你不知道的事情吗？

十六天以后，噩耗传来，阿娜尔古丽去世了。父亲的同学帕尔哈提在电话里对父亲说，你们就不用来乌鲁木齐吊唁了，以后会有机会的。阿娜尔古丽给艾尼瓦尔留了一包东西，一周后我要去伊犁，把东西带过去。艾尼瓦尔听到这个消息，极为悲痛，伤心地大哭。好不容易找到母亲，却是这样一个结果。他的馕铺子停业了一天，在家里请来朋友，宰羊做抓饭，悼念母亲。

一周后，帕尔哈提来了。我把艾尼瓦尔和他的老婆叫到了我们家。爸爸的意思是只请艾尼瓦尔，妈妈不同意，说，老毛病又犯了，总是喜欢这样离间别人，让她的老婆一起来。爸爸长叹了一口气，没有说话。帕尔哈提把艾尼瓦尔母亲留给他的那包东西，交给了艾尼瓦尔。艾尼瓦尔却十分期待里面有父亲的消息。他急切地打开，包里有一个信封。信封里是一张银行卡和一张纸片，纸片上写着六位数字的密码，是当年阿娜尔古丽把艾尼瓦尔交给热西黛的那个日子。帕尔哈提看着艾尼瓦尔，说，里面是你母亲留给你的一笔遗产。

第五章

广阔田野鲜花盛开

第五章　广阔田野鲜花盛开

父亲的同学帕尔哈提是一个比较缺心眼儿的人，智商总是在山脚下一般不长草的那么个地方徘徊，上不了山顶。母亲对他的评价是“自己宣读自己死亡证书的人”。父亲说，过了吧，他娘，你是一个善良的人啊。母亲说，善良，善良就是一个哄娃娃的东西，在现实生活里，善良有用吗？

母亲今天的态度，和她以前又不一样了。实际上，她是生气了。原因是，那天在我们家里，帕尔哈提把艾尼瓦尔母亲给他的银行卡交给他以后，第二天晚上又独自一人去了艾尼瓦尔的家，把他的胖老婆支出去后，把一处宅院的地契交给了他。说，这个事情，你最好不要给阿吾提爸爸他们讲，这是你母亲生前的一个交代。

好多年以后，艾尼瓦尔才知道这处宅院的秘密。接着，帕尔哈提又给了他一枚戒指，说，这是你父亲戴过的，上面刻有他的名字，叫艾尔肯，但是你母亲去世前都不知道他人现在何处。你母亲让我告诉你，先不要着急，到时候你亲生父亲会来找你的。艾尼瓦尔从帕尔哈提手里接过那枚精美的戒指，在戒指内侧看到了父亲的名字后，呆呆地看着帕尔哈提，说，我母亲真的不知道我父亲在什么地方吗？帕尔哈提说，是的，孩子，听你母亲的话，耐心等待吧，早晚有一天，你们父子会见面的。

艾尼瓦尔的亲生母亲给他留下的宅院在羊头巷子的路口，是一座整洁的院落。院门前有一条小河，清清的流水，流向太阳落山的方向，小河两边是有着百年树龄的白杨树。重要的是这个羊头巷子，多年来都是卖羊杂碎的地方。从黎明睁开眼睛的时候起，吃羊头羊蹄子的男人们，都会按时出现在这个巷子里，走进大大小小的杂碎店，先是奶茶泡馕，而后要一个羊头或是五六个羊蹄子，扎扎实实地吃一顿，给完钱抹一把嘴，就去干活儿了。他们都是打工的人，中午没有时间吃饭，早晨的奶茶杂碎，是支撑他们一天劳作的饭食。

那天中午，帕尔哈提带着艾尼瓦尔，按照阿娜尔古丽生前的嘱咐，找到了这个宅院。多年来，院子一直租给木材厂因工伤致腿部残疾而退休的依力哈木，年年的租金低于市价。租金由依力哈木给阿娜尔古丽邮寄。需要涨租金的时候，阿娜尔古丽就给他打电话，一起协商，总会比市面上的租金低一些。条件是，不能向任何人透露这宅院是她的财产。帕尔哈提和艾尼瓦尔吃了一个羊头和十只软糯的羊蹄子后，一边喝着奶茶，一边观察着这个依力哈木。然后帕尔哈提做了自我介绍，把阿娜尔古丽过世的情况大概讲了一遍，最后把艾尼瓦尔介绍给了他，说，这就是艾尼瓦尔，是一位很好的打馕师傅，有自己的馕铺子。依力哈木是一个强壮的男人，头大，嘴唇厚，蓝蓝的眼睛炯炯有神。依力哈木说，哦，这样说来，阿娜尔古丽女士走啦，岁数不是太大呀，老天爷啊，那就是尘世里没有她的事情了。这位善良的人，这么多年，对我帮助不少。帕尔哈提说，依力哈木师傅，您识字吗？依力哈木说，不好意思，从小没有上过学。帕尔哈提从包里取出一信封，递给了他，说，这是阿娜尔古丽生前给您写的信，主要的内容是把她儿子艾尼瓦尔介绍给您，今后宅院的事情，就由他来接手了。您回头找人给念一下吧。依力哈木说，其实也没这个必要，情况这不很明了了嘛。那我也有一句话要说在前面。如果这个宅院这位兄弟要自己打馕用，租期一到，我立马拍屁股走人。如果要卖，记住，我是第一个买家。我的这个要求，请你们二位牢记。艾尼瓦尔说，依力哈木师傅，您放心，我明白了。依力哈木说，我对这个宅院有感情了，舍不得这里。这么多年了，喜欢羊头肉羊蹄子的人们，多一半是我的顾客，如果再让我找一个地方，我自己不习惯不说，顾客也不习惯。

三天后，艾尼瓦尔找到我，说要请我喝酒，我感到十分意外。自我们认识以来，就没有和他喝过酒。他每天都忙着打馕，根本没时间放松潇洒。实际上，他是一个生活在自己空间里的人，属于那种纯粹的、自我的人，一个远离尘世喧嚣的人。他把我带到了他这几天才继承的羊头巷子的那个宅院，给我介绍了羊头师傅依力哈木，而后带我来到宅院后面的一个小屋里，要了羊头肉和羊蹄子，又从他破旧的帆布包里取出一瓶酒，说，居来提哥，这是我们俩第一次喝酒。这两天睡不着，打馕也是迷迷糊糊的，就想和你喝几杯，说说心里话。

刚才见到他，看他的眼神，我就知道他心里有事。他连续喝了两杯酒，喝了一口奶茶后，说，居来提哥，有一件事让我这两天像是吃了苍蝇一样难受，我给你讲一讲。你是肚子里面有墨水的人，给我解答一下。于是他把帕尔哈提私下告知他母亲留给他宅院的事情，一一告诉了我。我听后内心非常难受，原因是我们两家的父辈们是有着深厚的私交的，不是一般的那种关系。从我父母亲讲的那些事情来看，他们应该是从那个艰苦的岁月心连着心走过来的肝胆相照的朋友。我喝了一杯闷酒，心里越发不舒服。即便是艾尼瓦尔的母亲阿娜尔古丽那样说了，父亲的这个同学帕尔哈提为什么非要那样做呢？他可以变通一下，照顾下我父母的情绪呀！可是我嘴上仍说，好弟弟，你想多了，没事的，这是好事呀。你妈妈还是为你着想的，除了银行卡的钱以外，还给你留了一处宅院，大好事啊。艾尼瓦尔说，我昨天想了一夜，帕尔哈提叔叔把这个好事没有做好。我这样说，不是对他的不敬，他应该把我们都集中在你们家里，当着大家的面，把这个事情说清楚。现在这个样子，我成什么人了？这两天我有一种做小偷的感觉。帕尔哈提叔叔讲这个事情的时候，也没有让我的老婆知道。为什么要隐瞒呢？你爸你妈，也是我的爸爸妈妈呀。这个宅院，我能藏得住吗？连我老婆也不让听，我以后还怎么做人？他要我不要告诉老婆，这可能吗？我能瞒多久呢？老婆做的饭我天天吃，但是我和她还藏着秘密，这样下去，我不是自己给自己挖坑吗？而且老婆是我的救命恩人，这个事情，搞得我心里乱糟糟的。妈妈找到了，我很高兴，可我一碗饭的感恩还没有来得及报答，她就走了。爸爸还不知道在哪里。我这个命啊，唉。我说，这些事情，你不要愁，没有什么大不了的，我会向爸爸妈妈解释的。你安心打你的馕，日子照旧。我们说不清楚的事情，时间会说清楚的，太阳会帮我们说清楚的。还有，这个宅院不错，起码有一亩半地，将来在这里打馕盖房子，都不错。主要是地方好，是这条巷子的中心地段。艾尼瓦尔说，那你给阿吾提爸爸沙代提妈妈解释一下，过几天我也要见他们给他们说。还有，母亲那个银行卡，我不会用，明天你帮我去一趟银行怎么样？我说，我不用去，银行的工作人员会帮你取的。钱的事情，最好是你自己去办，也不要给他人讲是多少钱。从另一种角度来讲，帕尔哈提叔叔瞒着我们也是有道理的。我爸爸说过，有关一些隐秘的钱财，一个人知晓就行了，如果第二个人知道了，魔鬼也就知道了。你带着老婆去，她会很高兴的。

那天，艾尼瓦尔喝醉了。我扶他回家的路上，他说，实际上，世界上……实际上，世界上，女人一样温柔的大地，从前都是开花的地方。实际上，那时候，一朵玫瑰就是一个童话世界的窗口。实际上，我不是孤儿，那个喝干了的酒瓶才是孤儿。我爸爸还活着，实际上……实际上，我已经闻到了爸爸的气息……

几天后的一个晚上，王医生带着丈夫张洪、儿子张伟来到艾尼瓦尔的家。艾尼瓦尔母亲过世的消息，是妈妈给她打的电话。说她们曾经是最好的老乡，也是最要好的朋友。妈妈把帕尔哈提来伊犁，和阿娜尔古丽给艾尼瓦尔留了一笔钱、一处宅院的事，都告诉了她。妈妈以前请王医生到家里来吃饭的时候，把艾尼瓦尔的身世都给王医生详细说了，算是她给这个新朋友真心交的一个底。

父亲知道后，不高兴了。但是从脸上看不出来他的恼火，而是蔫蔫地说着风凉话。用民间的说法是，有着能够掐死种牛的耐心。父亲说，不错，好朋友就应该这样，不能藏着掖着。要是你把我那些年给你磕响头的故事也给她讲一讲，那就更完美了。母亲猛地抬头，看着父亲的眼睛，说，阿斗的阿，你少给我来这一套。王医生是我的朋友，朋友之间能不交心吗？朋友跟前，我想说什么就说什么，这是我自己的权利。

那天，王医生他们带着金黄的冰糖、湖南的茯茶、喀什的石榴去看望艾尼瓦尔，对他母亲的去世表示哀悼。王医生说，母亲多大岁数了？艾尼瓦尔说，六十五岁。她以前身体还可以，病了没有一年就走了。张洪说，埋在乌鲁木齐了吗？艾尼瓦尔说，是的。张洪说，最好还是转到伊犁的坟地来，找一个向阳的地方埋好，你上坟也方便。王医生瞪了男人一眼，说，你瞎说什么啊，那边还有孩子呢。张洪说，咱们这边土壤好嘛，墓穴里面躺进去了热被窝一样舒服。王医生说，你怎么知道？张洪说，前年我那个同学李红不是走了嘛，经常窜进我的梦里，就讲这些事情。王医生说，过两天我得带你上我们医院的精神科看看，我看你眼神也不正常。好了，不说了。她看着艾尼瓦尔，说，你自己要注意身体，不能太劳累。你每天早早关门回家是对的，你的身体状况我知道，过几天你来医院一趟，我给你复查一下，不能大意。你沙代提妈妈给我打过电话了，从乌鲁木齐来的帕尔哈提叔叔讲的那些事情，包括地契的事情，我都知晓了。关于找爸爸的事，不要急，一切都会回归自己的轨道，生活不会在每一件事情上都宠着我们，有的时候会有狂风暴雨。艾尼瓦尔说，我明白了，王医生。王医生转身，看着博斯坦古丽，说，这几年你也胖了，要注意饮食，你们的那个烤包子打得好，就是肥肉太多，要少吃肥肉。博斯坦古丽说，谢谢王医生，我知道了。王医生说，奶茶要少喝，盐也要减下来。

这些天，爸爸的同学帕尔哈提到昭苏县看他的弟弟艾来提天马去了，在昭苏草原吃羊羔肉，喝马奶子，骑马，开心得不亦乐乎。天马是艾来提的外号，是他们村里一个叫吐拉普胖胖的理发师给起的。在汽车还是稀罕物的时候，马车是农村、牧区重要的生产和交通工具。现在，汽车、摩托车、拖拉机替代了马车，马匹慢慢退出了历史舞台。艾来提抓住这个机会，开始专门生产制作马肠子和熏马肉，并到处宣传自己的马是昭苏天马的后代，他做的马肠子熏马肉有着天马的味道。大家对他的这种宣传颇有意见，说不是那么一回事儿。自然，这些意见也传到了吐拉普胖胖的理发店，吐拉普胖胖说，我也是这个意见。他那些马，根本不是天马的后代，就是一般的马。但是，面子咱们还是要给他的，干脆咱们给他起一个外号，叫他“艾来提天马”吧。这样，一方面，含蓄一点，另一方面，也给他留点面子。不过他的马肠子确实做得好，到时候我们也可以按内部价买嘛。大家都鼓掌，说，还是理发师吐拉普胖胖聪明。后来，帕尔哈提说，实际上，这是吐拉普胖胖在绕着弯弯报仇呢。他的原名叫吐拉普·帕柔克，胖胖这个外号，是他父亲帕柔克传给他的，因为他也和父亲一样长得胖。当年艾来提天马的爸爸抓住这个特点，给帕柔克起了一个胖胖的外号。岁月流逝，终于在这天，理发师吐拉普胖胖也给艾来提起了天马这么个外号，算是替他爸爸报了仇。没想到的是，这个外号起到了很好的广告效果，艾来提的马肠子出名了，牌子也打响了，商标就叫“艾来提天马肠”。艾来提天马的马肠子挣了大钱。帕尔哈提叔叔从昭苏回来，把这些故事讲给了父亲听。

那天，父亲请老同学帕尔哈提叔叔在家里吃饭，严格地说是在后院的核桃树下。此前，妈妈曾要父亲把话捅开，问问帕尔哈提为什么背着他们给艾尼瓦尔宅院的地契？为什么把他们当成外人？父亲没有同意，说，不能为难人家，这些话就不讲了。他是乌鲁木齐来的客人，又是我的同学，是肝胆相照的朋友。母亲说，还肝胆相照的朋友，酒肉朋友还差不多。父亲说，哎，你一个女人家，做人厚道一点嘛，多一些宽容不好吗？我有一个请求，我们可以在客厅里喝酒吗？母亲说，可以。但条件是，你把他背着我们给艾尼瓦尔地契的事情捅出来，让他把阿娜尔古丽告知他的那些秘密都给我们说出来。怎么样？父亲说，那我们还是在后院那棵可怜的核桃树下喝吧。夏日，在外面更好。以前我们也是经常靠在马路边的白杨树上喝酒的。

那天，母亲在厨房煮羊羔肉，我的任务是在后院离核桃树远一点的地方做烧烤。调料都是父亲的旧方子，在盐、黑胡椒、孜然、辣面子的比例中，父亲喜欢黑胡椒多一点，他钟爱这个东西。我把二十多串烤羊肉放在盘子里，端到父亲他们面前，父亲请帕尔哈提吃羊肉串，自己品尝过一串后，看着我，说，孩子，你一次不要烤太多，每次烤十串，趁热吃才更香。帕尔哈提说，烤得香。我看你儿子也很优秀，没有他不懂的事情。听到这句话，我走开了，我不喜欢被别人当着面夸奖。我走开后，听爸爸小声地说了一些什么，而后传来了帕尔哈提亢奋的笑声，很是刺耳。而后，我给他们端了一壶热茶，坐在核桃树的旁边，边收拾吃过的烤肉钎子边听他们聊天。

帕尔哈提喝完杯里的酒，说，伊犁这个地方，光热可以把一冬天钻进人身子里的寒气都赶出去。父亲说，是这样，太阳照在你身上的时候，你可以抚摸那丝绸一样柔顺的光束。帕尔哈提说，你这样说，我就想起了我青春年少时的玫瑰夏热帕提,胖胖的,身体热乎乎的。我至今和她保持着联系。这次回来给她打电话,想请她出来吃饭,可人家说,你都这个年龄了,还这么贪吗?我都老了,见你还有意思吗?实际上,她很有个性。父亲说,女人嘛,有个性好。那时候你遇到麻烦就把她推到前面,你却在后面躲着。结果人家飞走了吧,和你没有关系了吧。帕尔哈提说,老同学,和你聊天就是让人开心放松。告诉你,我发现一个道理,结婚的时候,认为老婆就是生活的一切,是仙女下凡,怎么看都喜欢,都顺眼。却不知道在老婆以外,还有其他的东西,比如我们的爱好,朋友之间的友谊,我们对往后生活的想法等等。等有了孩子以后,尤其是老婆像小地主婆似的霸道了以后,才发现我们当初对她的爱是一种溺爱。可是此时小地主婆的霸道已经养成了,难以改变了。这个结果是我们自己造成的,是自己作的孽。父亲说,老同学啊,活着不容易啊,特别是晚年生活更不容易。我现在放屁都要出去找个远远的地方,一旦老婆听见了,闻到了,她就唠叨个没完,把你像剥洋葱一样剥得体无完肤。所以我现在就顺其自然,成天装傻,一会假装咳嗽,一会再说肚子疼,下雨的时候说腰疼,动不动就躺在床上呻吟,然后睡觉,什么也不管。时间长了,就饭来张口,衣来伸手了。你看我现在,老婆一直不同意我在客厅里喝酒,来了客人也不行,但她毕竟已经同意可以在院子里喝了,这就是装傻的结果。帕尔哈提说,为什么不让在客厅里喝酒?这有什么说法吗?父亲说,都是胡里麻汤(新疆方言,意为胡搅蛮缠)的理由,说她受不了那味道,说酒味会渗透进窗帘里,让她恶心、呕吐。帕尔哈提说,好像也有道理。父亲说,胡说,纯粹是胡说!她就是想通过这么一个借口,遏制我,打压我。时刻把家里的大权捏在手里,任何事情,就连锅台上的事情,都是她说了算。实际上,她赢了。我吵不过她,中气不足。她可是肺活量充足,白云乌云的一顿胡搅。所以啊,老同学,该认命的时候就应该认命,家里不是讲道理的地方。羊肉涨价的时候我们都没有生气，这又算什么呢？

帕尔哈提说，老同学，我在四十年前就说过，你是一个具有超凡智慧的人，你今天说的这个“装傻”，我佩服，让我开了窍。家，确实不是一个讲道理的地方啊。来，我敬你一杯。帕尔哈提高兴了。我靠在核桃树上，偷看了爸爸一眼。他那样子，像是一个凯旋的将军，满面红光，眼神里有一种创世般的骄傲。在酒精刺激和他同学帕尔哈提的高度肯定下，父亲飘起来了。看到父亲神采飞扬的样子，帕尔哈提接着说，老同学，还有一件事我一直想说，这次我来是受人之托，有关艾尼瓦尔的一些秘密，我没有给你讲，其实我自己也很难受。父亲笑了，打断了他的话，说，不说了，这样的事情，你是不能说的，你应该信守诺言，这是做人起码的道理。不过这也说明，我和沙代提还不是阿娜尔古丽心目中最可信赖的朋友。她不想让我们知道这件事情的细枝末节，应该有她的道理。同时说明，我们作为朋友还有不合格的地方。以后关于这件事情，咱们就不说了。帕尔哈提说，话是这样说，但是有一句话，我还是要讲的，艾尼瓦尔的亲生父亲，叫艾尔肯，阿娜尔古丽到去世前都不知道这个人现在何处。父亲说，我让你不要说了，你怎么还说？帕尔哈提说，我就是民间说的那种榆木疙瘩脑袋，加上今天咱们喝的高兴，人就兴奋了，请务必让我把话说完。那个艾尔肯，你以前没有听说过他的名字吗？父亲说，没有。不过，我的想法是，没有必要去找这个人，没有意思。艾尼瓦尔就现在这样，应该是他最好的生活。命运这个东西，是个双面镜。一面，是从娘肚子里带出来的，纯洁又善良。另一面，发生变化了，耳朵鼻子眼睛，尤其是人心都不是原来的样子了。你看哪一面都不会舒服。没发生变化的那一面，看似是原来的你，但实际上现在的你已经发生变化了，不再是原来的你了。再看发生变化的那一面，你一定会在第一时间骂人，我怎么会变成这个样子，这还是我吗？所以，在命运这个双面镜里，两面都是麻烦，顺其自然是最好的。帕尔哈提说，好，我敬你一杯，你说得太好了。顺其自然是对的，没必要去和命运抗争，把我们现在的日子过好才是关键。父亲喝过帕尔哈提敬的酒，说，好，你这个“把我们现在的日子过好才是关键”讲得妙。所以，我不赞成艾尼瓦尔去找生父，那是一个非常麻烦的事情，会增添很多精神上的负担。我给孩子他妈讲过这个道理，但她又反对，还说我是自私的人。对她的指责我不置可否，但我依然认为，无论艾尼瓦尔的父亲是从墓穴里出来的，还是从人间的某个角落里出来的，对他自己和艾尼瓦尔，都不会有什么好处。

那天，他们聊了很多事情。母亲的羊羔肉煮好了，他们也没有心思多吃。听他们聊天对我很有教育，让我感到了一种心智成长的快乐和自豪。但我也能理解母亲，她之所以不同意父亲的想法，是因为她坚定地持有一种纯粹的渴望，像艾尼瓦尔这样的孤儿就是在生命的最后一刻也应该见到给了自己生命的父亲。那天，母亲最后说了一句，即便这个父亲是一个不称职的父亲，也应该父子相见！

后来，父亲把艾尼瓦尔亲生父亲艾尔肯的情况，都一一告知了我。艾尔肯的父亲阿木提是一个金匠，也兼做金银生意，每年开春的时候，就去阿勒泰和乌鲁木齐收购金银，拿回来有赚头就出手，没有利就自己打制首饰售卖，多年下来，积累了不少钱财。据说，阿木提去世的时候，给艾尔肯留下了一笔可观的遗产。艾尔肯凭着父亲传授的手艺继续干金匠，日子过得很富裕。后来艾尔肯和阿娜尔古丽结了婚，但老婆在就要生产的时候，和他离婚了。离婚后，他知道阿娜尔古丽生下了儿子艾尼瓦尔，并很快就送给了热西黛夫妇抚养。他本想去要回艾尼瓦尔，但阿娜尔古丽坚决不让。他只好把刻有自己名字的两枚黄金戒指中的一枚交给阿娜尔古丽作为信物，另一枚自己留着，说将来如果有机会，就拿着手里的那枚戒指去认儿子。此后，艾尔肯就离开了伊犁，至于去了哪里，有着众多的版本，有的说他在喀什的一个什么地方隐居，有的说他隐姓埋名躲在哈密，怕阿娜尔古丽找他的麻烦。甚至有的说他去了敦煌，主要是因为害臊，说他在妻子就要生产的时候抛弃了她，没有脸再待在伊犁。

母亲看不上爸爸的同学帕尔哈提，还给他起了一个外号，叫“热馍馍”。说，这个热馍馍的话，是不能信的。父亲说，热馍馍好呀，一盘子皮辣红凉菜拌上，外加一碗热热的奶茶，简直就是神仙的日子了。母亲说，这个人就是喝着糊糊长大的，他办的那几件事情，都像洗碗水一样让人恶心。父亲逗母亲说，是啊，像我这钻石一样珍贵，太阳一样温暖，星星一样可爱的人，全天下也没有几个。母亲对我说，孩子，去摸摸爸爸的额头，看是不是又喝多了，让酒精烧的开始说胡话了。

不知什么原因，有关艾尼瓦尔的故事，包括他亲生父亲的传说，开始在街头巷尾传播，并不断演绎，越说越玄乎。有的人说艾尼瓦尔的父亲是乌鲁木齐的一个大老板，有的说是在和田开有一所私立医院的名医等等。有的顾客干脆对艾尼瓦尔说，兄弟，还打什么馕啊，别打了。不要不好意思，有一个有钱的爸爸多好啊，要一点钱回来，开一个商场，找个经理管上，你自己当大老板不好吗？那个大妈老婆也该换了，能在男人手心里跳舞的美女满大街都是。

那天是一个周日，艾尼瓦尔休息了。在父亲和王医生的劝说下，艾尼瓦尔的打馕铺周日不营业。他来找我，请我到羊头巷子喝酒，还是在她母亲给他留下的那个院子里。我们还是坐在老位置上，羊头肉依然那样诱人，从隔壁店里要的油亮亮的面肺子，看着就嘴馋，蘸上油泼辣子，那味道可是一绝。喝的酒是奎屯大曲。几杯酒下肚，艾尼瓦尔心里的话，开始像泉水一样流淌了。他说，居来提哥，我现在有一个强烈的愿望，就是去找爸爸。我想把馕铺交给徒弟哈木拉提，我带着老婆到南疆、东疆一带去寻找。你看怎么样？我说，你现在没有一个方向可怎么找啊？艾尼瓦尔说，每到一个地方，我就找当地有名望的老乡打听，兴许能打听出一些消息。你给阿吾提爸爸讲一下，我非常想出去跑一趟。如果这次没有什么结果，以后我也不找了，就在这里等着。就像阿吾提爸爸讲的那样，要是爸爸健在的话，一定会来找我的。我说，你最好先别乱跑，等等再说吧。再说了，你家的老大艾孜木今年就要考大学了，听说想和王医生的儿子张伟一起考广州的一所大学，那你老婆肯定是走不开的，现实一点吧。艾尼瓦尔说，你说的也是，要不我自己跑一趟？你给阿吾提爸爸讲一下，看他怎么说。

艾尼瓦尔有这个想法，也是可以理解的，起码在心理上，他可以安慰自己。但是父亲是不会同意的，在这个事情上，父亲的态度是鲜明的，找什么找？这个爹像野驴一样连娃娃都不要，还找他干吗？想到这儿，我说，弟弟，今年就不要出去了，先让艾孜木考大学，明后年再说。艾尼瓦尔说，也行。不过你还是给阿吾提爸爸讲一下吧，让他也知道我有这个想法。

回到家里，我把艾尼瓦尔的想法告诉了父亲。父亲看着窗台上的灯笼花，没有说话。等了一会儿，我就把我的意思讲了，说，今年他的大儿子艾孜木考大学，也不方便出门。父亲突然生气地大声说，那是他大儿子吗？听到父亲的话，我愣了一下，真的没有想到父亲能这样说。母亲脸色变了，说，阿斗的阿，你这是什么话？难道艾孜木不是他的儿子吗？父亲说，唉，我都不能在家里说真话吗？我这个年龄了，再不说真话，就没有时间了呀。像那样的儿子，哪个男人没有一群啊。母亲说，阿斗的阿，儿子还在这里，你说这样的话合适吗？父亲说，你不要急嘛，听我慢慢说呀。居来提，刚才我一直在欣赏这灯笼花，挺好看的，像画家画出来的一样。但是我又仔细琢磨，这灯笼花在屋子里开得艳丽夺目，要是把它移植到咱家的花坛里，它还能开花吗？我说，我不知道。父亲说，是开不了的。笼子里的鸟也是这样，你把它放了，就再也听不到好听的鸣叫声了。母亲说，阿斗的阿，你这是怎么啦？疯了吗？胡诌些什么呀你。父亲说，显然，艾尼瓦尔现在是走不开的，他那秋天的老婆在阻碍他，三个娃娃也在阻碍他。这样下去，他以后也就是一个保姆了。好吧，保姆自古以来就是积德行善的职业嘛。母亲说，停下，不要说了。我今天算是明白了，原来你的心里这么脏啊。居来提，记住你爸爸今天的话，看我以后怎么收拾他。我说，妈妈，您又上当了，爸爸在逗您玩呢。母亲说，这是在逗我玩吗？你爸爸的心太阴暗了。这些话都是从他的血管里冒出来的。父亲说，如果灯笼花能在院子里的花坛开花的话，那会是多么伟大的奇迹啊。母亲说，居来提，今天你负责管着爸爸，他疯了。我明天带他上医院检查。父亲说，我才不去医院呢，我好着呢。我说，妈妈，爸爸都是装的。母亲说，你不知道，你爸爸现在是装和不装都一样了，还是给他做个全面检查的好。

其实父亲这样做，是他的一个手段。艾尼瓦尔出门找爸爸的事情，就这样被阻止了。我也倾向于父亲的意思，香喷喷的热馕放着不打，找什么音讯皆无的爸爸呢？还是父亲厉害。

时间在我们看不见的无形的网络里飞快前进，继续把我们绑在甜蜜的糖罐里。

春去夏至，当第二年的盛夏来临，鸿雁传来了喜讯，艾孜木和张伟双双被广州大学录取了，艾尼瓦尔的老大艾孜木考上了信息科学和工程学院的计算机技术专业。高兴之余，博斯坦古丽不明白这个专业的用途，说，孩子，考上大学是多么的不易，咱们家族里还没有人考上过大学，你能不能换到那种做翻译工作的专业呢？艾孜木笑了，说，妈妈，我现在已经掌握了多门语言，能够胜任几种语言的翻译工作呢。原来，艾孜木在他的班主任陶光辉老师的指导下，已经学会了好几种语言。考广州大学的这个专业，也是陶老师的主意，他非常看好那所大学。王医生的儿子张伟在两家父母的支持下，也报考了广州大学，考上了外语学院的英语专业。王医生紧紧地抱住儿子，说，好孩子，你真是个男子汉啊。艾尼瓦尔更激动，抱住艾孜木，默默地流泪了，说，孩子，要争气，你是我们家的希望，你一定要成为一个有比力木(维吾尔语，意为知识)的人。博斯坦古丽也抱住儿子，在他宽亮的额头上亲了一口，说，孩子，你没有让我失望，我是不会允许你再以打馕为生的。而后，她看着双眼发亮站在艾孜木身边的老二艾孜买提和老三艾尼江说，哥哥就是你们的榜样，要好好学习。老辈人说，知识是人生路上的明灯，你们要学会用知识照亮自己。

秋天的红石榴熟了的时候，张伟和艾孜木要乘火车，向着他们向往的广州出发了。在火车站，王医生拉着两个孩子的手说，孩子们，大学阶段是人生当中最重要的一个阶段，你们要珍惜这来之不易的学习机会。要勤奋学习，多读书，用知识这座桥梁，连接起你们人生的梦想。艾尼瓦尔也对两个孩子说，孩子们，你们要做性格开朗的人，不要学我，不善交朋友，你们的朋友越多越好。就是当手里只有一个馕的时候，也要和朋友掰开分享。博斯坦古丽拉着儿子的手，小声说，孩子，我们家非常不容易，你要争气啊。

火车开动了，两家家长望着远去的火车，久久不愿离去。在回家的路上，博斯坦古丽抓住艾尼瓦尔的手，默默地哭了。眼泪顺着她脸上过早出现的皱纹流下来，像晶亮的水珠，映照着艾尼瓦尔强壮的身躯。

周末的一天，艾尼瓦尔的哥哥卡米力找到我们家，要把父亲叫出去，说有重要的事情要跟阿吾提爸爸商量。母亲不高兴了，说，卡米力，有什么秘密？家里不好讲吗？你们是不是有意躲着我？卡米力说，不是的，沙代提妈妈，我们想喝着酒说话。母亲没有送他们，看着我，说，这个人实在可笑，有什么话不能当着面说，非要在背后讲呢？

卡米力和父亲讲的那些事情，后来是艾尼瓦尔告诉我的。他显得很平静，说，哥哥那边，可能是我嫂子撺掇的，她总是不能原谅我。那天父亲把卡米力带到西大桥下面的一家简易酒吧里，二人喝上了。这里主要出售廉价的散酒，接待的客人都是些经济上不富裕的人。进出酒吧的人很多，大多是站在柜台前要一杯酒，一口喝下，心口一热后，吃几颗摆在柜台上的油炸大豆，就走人。父亲在酒吧的角落，选了一个醉汉一样摇晃的小方桌坐下来，就和卡米力聊上了。

卡米力说，阿吾提爸爸，我此刻就像吃了苍蝇一样难受，主要是心里有疙瘩。关于艾尼瓦尔的有些事情，不管是以前的事情还是现在的事情，我都一概不知，都是从别人那里听说的，是真是假，我也判断不了。好在有些事情有你们帮着把关，我才放心。只是他的婚姻，他娶的那个臃肿的、年龄那么大的、还带着三个孩子的老婆，像一个毒瘤，堵在我的胸口，扰乱我的生活，让我吃饭不香，喝酒的时候想骂娘。您是我父亲一样的人，您是明白的，这一辈子，艾尼瓦尔连个自己的孩子都没有，就是说无后了，他还是一个男子汉吗？我不能看着不管呀！今天，我想和您商量的事情，就是我给他物色了一个姑娘，比他小三岁，是个懂妇道的好姑娘。我想让他和现在的老婆离婚，给她一笔钱，让她再找一个和她年龄相仿的男人，去过属于她的日子。然后，我们给艾尼瓦尔把婚事办了。那姑娘叫哈斯耶提，是艾尼瓦尔打馕师傅艾山江的孙女，好人家的孩子。现在的问题是，我不好给弟弟张这个嘴。您知道，他是一个内向的人，而且没有什么远见。如果由您来讲这个话，他不会不听。父亲说，你为什么现在才关心这件事情呢？你能把你吃饱的肚子里的真实想法说出来吗？你想在中间得到什么好处吗？卡米力说，自然，我也是人啊，有老婆孩子，我也想进城过好日子呀。就是弟弟现在住着的那个宅院，凭良心说，那是我爸和我后妈留下的院子，也应该有我的一份在里面。以前我不说这个话，是因为那时弟弟什么都没有，他更需要那宅院。现在，他亲生母亲临终前又给了他一处宅院，那地方是我进城的时候经常吃羊蹄子的地方，我比较熟悉。所以我想，他现在的这个宅院应该让给我，我也搬进城里，经营个小买卖啥的。父亲说，我明白了。你讲的这些话,是有些道理。不过,你给弟弟换年轻老婆的事情,还是由你自己和艾尼瓦尔讲,姑娘是他师傅的孙女,他不敢说不。至于宅院的事情,事后我找机会和他谈谈,我的话,他还是听的。但是有一点,你切记,让他换老婆的事情,是你自己的想法,我不能参与。

第二天上午,卡米力来到艾尼瓦尔的馕铺子,把他关心弟弟的那些话,都细细地、激动地给艾尼瓦尔讲了。艾尼瓦尔说,哥哥,谢谢你关心我。我现在任何想法都没有,我这老婆这些年和我一起打馕,一年比一年年轻了。我已经像喜欢我自己一样喜欢上她了,我不会和她离婚的。至于你说我要留下自己的种子这个事情,阿吾提爸爸也婉转地给我讲过。我现在连我自己是谁的种子都不知道,还在乎留什么种子吗?卡米力说,实际上,这也是阿吾提爸爸的意思。艾尼瓦尔说,哥哥,无论谁,在这个事情上,都不可能改变我。我现在这个情况,大娘老婆也好,秋天老婆也好,这就是我的命运,我接受这个命运,我喜欢我的这个命运。那年车祸,如果没有博斯坦古丽的救助,我现在已经是某一个土坡下的孤魂了。如果我现在不要博斯坦古丽了,和我师傅的孙女结婚,那照耀我的太阳,会掐断我生命的时间。喂养我的那些馕和一碗碗奶茶和洁白的盐巴,也都会诅咒我。什么叫救命恩人?就是让你已经终结的生命再一次睁开眼睛的人。我丢下她和三个孩子,我能活到天上去吗?还是要吃大地的盐巴的呀。卡米力说,弟弟,你现在还小,生活中还有许多事情,你还不知道,不要太固执了。艾尼瓦尔说,那我就不长大了,就这样活着。我也不想懂得更多,能平静地过日子就好。我还希望,从今以后,你不要再给我讲这种事情。你为什么非要改变我的生活呢?

就这一句话,堵住了卡米力的嘴。他失望了,感到自己的那个希望,不好实现了。

下午,卡米力又把父亲约出来,把和弟弟聊的情况,都一一告诉了父亲。卡米力说,我真的不敢想象,他变得这么固执了。从前只是内向,整天没几句话的人,现在心变得像石头一样硬了。父亲说,慢慢来,不急。卡米力说,这样下去,我那个宅院的事情,也要往后拖了。父亲说,那是自然。这些事情,我们要做到不慌不忙才行。那可是一处宅院,不是一间草棚。你也知道,我们把那个宅院要回来多不容易啊。让艾尼瓦尔放弃这个宅院,他肯定是不会愿意的。从现在的情况来看,宅院这事儿还是你自己讲比较合适,因为有些话你可以讲开,而以我这个身份,去说这件事情,显得底气不足。

父亲算是巧妙地从这堆乱麻中全身而退,他不想再掺和其中。肩上的担子既然已经卸下,心情自然舒畅了许多。傍晚,父亲悠闲地在后院的核桃树下做着烧烤,在野鸟的鸣唱中小酌二两。没想到第三天,父亲的麻烦就来了。他和卡米力谋划的那些事情,艾尼瓦尔告诉了他老婆,博斯坦古丽哭着又把这个让她战栗的阴谋告诉了母亲。于是母亲用上天赐给她的好嗓子,和父亲大吵了一场,实际是过了一次瘾,把这段时间心里的郁结喊了出来。那天,母亲看到卡米力和父亲神神秘秘地咬耳朵,就开始留心了。今天终于真相大白,就放开嗓子开始教训父亲。母亲说,这是人干的事情吗?人家在一起生活了这么多年,感情都很深了,况且博斯坦古丽还救过艾尼瓦尔的命,你们良心何在?要达到一个什么目的才罢休呢?父亲听到这话,显得很平静,说,儿子,你妈在说什么呀?我看着母亲,说,妈妈,您声音太大了,爸爸的耳朵都被震聋了。母亲瞪了我一眼,说,你爸爸一个耳朵就能听见九泉下的嚷嚷声,他是阿吾提邮差,当年和魔鬼通过信。父亲说,我纠正一下,不是魔鬼自己,是魔鬼家的邻居狐狸。母亲说,你终于承认了,你就是我们家族里的,我们这个巷子里的狐狸,老狐狸。你讲讲,你都这个年龄了,多少还算是有点威望的人,如果把你们干的这些见不得人的事情传出去,人家会怎么说你?父亲说,老婆子,咱们先把主题搞清楚,你刚才都说了些什么呀？母亲说，你少给我装糊涂，你和那个卡米力一起密谋，要艾尼瓦尔和他老婆离婚，给他娶一个新的小女人，你们是什么目的？父亲说，这个事情我不知道。我请教你一句，这个博斯坦古丽是艾尼瓦尔的老婆吗？母亲说，你是要气死我吗？父亲说，不要喊嘛，慢慢说。这个艾尼瓦尔，是博斯坦古丽在马路上捡来的男人，是艾尼瓦尔在肋骨、屁股、坐骨神经好了，但脑子还没有好的情况下和她结婚的。真正的老婆，应该是一个男人看上一个女人后，按照约定的婚俗，娶回来的！母亲睁大了眼睛，说，阿斗的阿，原来你除了这嘴巴以外，你的心也是黑的呀。有你这样说话的吗？看来在你心里就从来没有尊重过博斯坦古丽，就从来没有尊重过他们的爱情。父亲说，你听我说，就像大田里，本来种的是小麦，但偶尔长出了几棵燕麦，你能说这麦地以前种的就是燕麦吗？告诉你，那几棵燕麦是风刮过来的，从开始就不是和小麦一伙儿的。也就是说，艾尼瓦尔和他的这个老婆的结合从开始就是错误的。母亲说，行！阿吾提邮差，我给你一个机会，你老实说，这个让艾尼瓦尔离婚的阴谋是不是你策划的？父亲说，我什么都不知道，我是清白的，和鸭蛋一样清白。母亲说，哦，和鸭蛋一样。你现在鸡蛋都看不上了。父亲说，鸭蛋大一点，可以更好地证明我的清白。母亲说，要是今后我允许你在客厅里喝酒，你说实话吗？听到这句话，父亲严肃起来，说，我一个男子汉大丈夫，不能为了一己的方便，就丧失铮铮铁骨，我确实什么都不知道。老婆，刚才我是在逗你呢，你想想，我有时间捣鼓那种缺德的事情吗？好端端的，我能拆散他们的家庭吗？你看，他家老大艾孜木考上了大学，老二艾孜买提学习也很好，听说老三也很有出息，周六都能帮着爸爸打馕了，我能让孩子们失去好不容易老天赐予的爸爸吗？如果是这样，我不就是天下最大的最可耻的牲口了吗？一辈子了，你还是不了解我。我给我众多的朋友们讲过，这个博斯坦古丽，是一个无比善良的女人，灵魂里面芝麻大的脏东西也没有。她能在自己那么困难的情况下，求助行人，救艾尼瓦尔的命，这是她的伟大，所以最终得到了艾尼瓦尔的回报。至于她的年龄，是艾尼瓦尔命里的一块疤，但在漫长的岁月里，这块疤会慢慢愈合。这样优秀的女子，我能拆散他们的家庭吗？刚才我说了一些风凉话，那是为了逗你，我只是转述了外面那些嫉妒他们的言辞。但我本人，是喝着干净的牛奶长大的，我不会做违背良心的事的。

母亲没有说话，呆呆地看了一会父亲，闭上了眼睛。但是，从母亲皱着的眉头里可以看出，她还是持怀疑的。母亲在这样的心态里，结束了自己的吵闹。我看了一眼父亲，从他嘴角不易察觉的笑纹，可以看出父亲胜利了。母亲慢慢地睁开眼睛，看了我一眼，又看了一眼表情严肃的父亲，说，我得到外面透透气。母亲出去以后，父亲看着我，说，你母亲，对我有很深的误解。当然，我也有错误，就是嬉哈惯了，严肃不起来。我一个朋友，曾给我说过一句箴言，一个男人，千万不能在老婆面前说真话，那后果是不可想象的。我思考过这个问题，最后认为这个朋友的话是错误的。一个人必须从小开始说真话，这样这个人才能有比较安稳的一生和和谐的晚年，你要铭记这一点。至于奸诈狡猾的那一套，都是和蚂蚁一样的小聪明。

那天，博斯坦古丽来见母亲，走进屋里，抱着母亲就号啕大哭。她说，卡米力哥哥来了，要我和艾尼瓦尔离婚。母亲大惊，说，为什么？博斯坦古丽说，他要给艾尼瓦尔娶一个年轻的姑娘，还要和她生孩子。阿吾提爸爸也知道这件事情。母亲说，我给你做主，他们不会得逞。卡米力他们两口子的鬼心思我知道，都是贪心在作怪。你放心，艾尼瓦尔不会不要你。他喜欢你，也喜欢你的三个儿子，他已经把他们当成自己的儿子了。这个艾尼瓦尔，别看整天像心里数数似的半句多余的话也没有，其实他的心胸非常宽广，有着超越自我的那种大爱，那是一般人难以达到的境界。博斯坦古丽说，沙代提妈妈，我希望您能给我做主，艾尼瓦尔根本没有不要我的意思，就是他的哥哥嫂子的心术不正。我听从他们村子里来的人讲，他们好像在惦记着我们现在住的这个宅院，说这个宅院也应该有他们的一份。母亲说，那是他们一厢情愿。当年热西黛在遗嘱上写的清楚，那个院子就是留给艾尼瓦尔的。我最厌恶贪婪的男人，包括贪杯的男人。比如你阿吾提爸爸，虽然喜欢忽悠人，但是心里面没有坏虫子，是可以信赖的。但就是喜欢贪杯，那天一定是和那个卡米力喝多了，喝糊涂了，才参与了这件坏事。如果他脑子清醒，是绝对不会同意的。他也十分了解艾尼瓦尔，他说过，艾尼瓦尔这个孩子，淳朴正直，比那些读过书、贩卖仁义良心的人可靠可信得多。博斯坦古丽说，沙代提妈妈，我和艾尼瓦尔结婚，决不仅仅是因为我有生活上的需要，我是更喜欢他的真诚。他是一个完整地保存了童心的人，是一个少见的好男人。那年我送他到医院治病，他非常感谢我，说要用一生来报答我。他住院的时候，艾孜木给他送过很多次饭，每次都给他按腿揉腰，他非常感动，说有什么样的好妈妈，就有什么样的好儿子。出院以后，一天他对我说要娶我，我的第一个感觉像是被侮辱了，因为我们的年龄相差很大，我三十五岁，他才二十岁，就像我已是下午，而艾尼瓦尔才刚刚是早晨，的确是不合适的。我也听说了，阿吾提爸爸说我是艾尼瓦尔的“秋天老婆”，这个说法也是对的。母亲说，你刚才说的“秋天老婆”那句话，是一个谣传，你阿吾提爸爸，绝不会说这种话。你阿吾提爸爸是很欣赏你、敬佩你的。居来提，是这样吧？我说，是的，是这样的。

博斯坦古丽说，当年我嫁给他，我把一些话也给他讲清楚了，比如我生老三的时候，是剖宫产，身体出毛病了，以后就不能生育了。他说，我们不是已经有三个孩子了吗？三个孩子还不够我们疼爱吗？听了这话，我真的被他的真诚感动了，我下了决心，就嫁给了他。结婚那天晚上，我给他洗了一次脚，我想表达的意思是，我的一生，要永远跪拜他，感谢他能看得起我。那个时候，我做清洁工，收入很少，三个男孩子又能吃,家里生活真的很困难。我想如果这个打馕的男人,能够帮助我把孩子们养大,送他们走上自己的人生道路,我就知足了,他是点亮我新的生活的一盏灯。在心里,我把艾尼瓦尔无数次和我已故的男人热夏提做过比较,他们在脾性上不一样。热夏提善谈,喜欢唱歌,做木工活儿的时候,总是会深情地唱民歌,时而欢快时而忧伤。我喜欢听,时间长了,我也会唱了。在他歌声的旋律里,有一种能把埋在土里的甘甜挖出来的感觉,有一种可以让人内心充实的力量。在做人方面,他们的共同点是真诚,心里面都没有自私的虫子。我现在也能梦见热夏提,因为我们曾经深深相爱。当年,热夏提的父亲不同意我们的婚事,于是我们就逃婚了。我们来到了城里,租了一间房子,开始一起生活。没有父母的祝福,没有鲜花,我们也走过来了。热夏提在一个学校找到了一份工作,主要是修理桌椅板凳,晚上自己做一些箱子桌子板凳,周日拿到集市上卖,补贴家用。那时候我母亲几个月来一次,主要是给我们送面粉和鸡蛋,帮我们度过了最难的日子。热夏提有一个妹妹,叫塔吉古丽,有一次来看我们,给我们带了一只炖土鸡。晚上我们用鸡汤泡馕吃,那个香啊,我至今都不能忘记。这些年我常常梦见热夏提。他个儿很高,精瘦,大眼睛,什么时候都是笑着。他跟我说,我的博斯坦古丽啊,你在人间还好吗?我给你献一首我最拿手的歌子吧,歌词是你很熟悉的,于是就唱了起来,曲调仍旧那样悠扬。

唱响人间的夜莺,
如今不再唱我们的光阴,
最初深爱的恋人,
如今不能再相见相爱。

我觉得,梦就是死者用那样一种形式,活在我们心中的一个事实。

人们说，人死了就什么也不知道了。我想不是的，梦不就是在说死者的爱是存在的吗？母亲说，是的，孩子，爱，是我们整个生活的灯塔，是滋润我们心灵的甘露，我们不能没有爱。你的丈夫艾尼瓦尔，就是这样一个有爱、懂爱的好人。你放心，没有人能拆散你们。

晚上，我有意和父亲聊了起来。我说，爸爸，以后，你给那个卡米力讲一下，有关他弟弟婚姻的事情，他不要再捣乱了，不要破坏人家的家庭生活。我们家，从开始到现在，为艾尼瓦尔做了不少好事。可卡米力把我们牵扯进去，说是我们要拆散人家，这不等于是把一个农民辛苦一整年，最后一夜之间把麦子都变成枯草一样了吗？父亲说，好！你这句话说得好！我以前就说过，你是学成了，就要这样看人看事。而且、就是、因为、所以，该我说的话，你已经说了，我就不啰嗦了。但是，我的心，它能忍受这种不啰嗦吗？我的心，能和我一起安稳地睡觉吗？你想一想，一个男人，没有自己的子嗣，这是多么残酷的现实啊，是说不出来的痛苦。艾尼瓦尔是一个孤儿，他内心的痛苦，你们都能知道吗？我说，可以的，爸爸。孤儿并不可怜，因为孤儿也是生活在太阳下面的，有太阳的地方，温暖就会存在。父亲说，好。讲的好，孩子。希望未来的阳光，能成为医治好他的痛苦的最好的医生。

第六章

幸福有时自己会敲门

第六章　幸福有时自己会敲门

后来，母亲说，那天晚上，她一直在听我们说话。

母亲说，实际上，你爸爸没有糊涂，脑子很清楚。艾尼瓦尔就是这个命。他能丢下博斯坦古丽和三个孩子，另寻自己的欢乐吗？他是一个淳朴善良的孩子，他不会。关于他要出门找父亲的事情，你爸说的对，不急，等着。如果那个亲爹还在人间，会自己来找他的。我说，希望如此啊。如果那个人藏起来，不找他这个儿子，艾尼瓦尔就彻底没希望了。母亲说，那也是艾尼瓦尔的命。有些爸爸，就是摸头爸爸，几年不见，回来了叫一声儿啊，问一句好着呢吗？摸摸孩子的头，就又走了。少则一年半载，多则十年八年又见不到人了，再回来给儿子带几样东西，给老婆带几件首饰，似乎就履行了作为父亲、丈夫的职责。我说，艾尼瓦尔真可怜，他连摸头爸爸都没见过，没有得到过母爱和父爱。母亲说，有时间，你要多和艾尼瓦尔聊聊，让他尽快从他纠结的那个黑洞里走出来。在这个事情上，我发现你爸爸还是看得比较透彻和长远的，这和他的人生阅历有很大关系。这一点，你要多向爸爸学习。我说，妈妈说的是。

爸爸的老同学帕尔哈提要回乌鲁木齐的消息，王医生是从艾尼瓦尔那里听说的。那天王医生到艾尼瓦尔的馕铺买馕，艾尼瓦尔说，王医生好，我正准备给您打电话呢。阿吾提爸爸从乌鲁木齐来的老同学帕尔哈提叔叔要回去了，我想请大家吃一顿饭，送一下他。安排在明天晚上了，想邀请您和张洪先生参加。王医生说，哦，要走啦。这样，我请吧。艾尼瓦尔说，王医生，还是我请的好，去年我和居来提去乌鲁木齐，他很关照我们。王医生说，好吧，我以后会有机会的。你还请了谁？艾尼瓦尔说，我们家的博斯坦古丽，阿吾提爸爸和沙代提妈妈，还有居来提哥哥。王医生说，你哥哥卡米力没有请吗？艾尼瓦尔说，没有。他在县上，不是太方便来。王医生说，好吧，我们明天参加，在什么地方？艾尼瓦尔说，在六星街红柳庄园。王医生说，好，知道了。那我就带上两瓶酒。艾尼瓦尔说，我已经准备好了。王医生说，酒你先留着，我们下一次喝。

红柳庄园在六星街十字路口以西，是一整天都能照上阳光的地方。老板叫多力昆，以前是一个水果商，一年四季主要是卖苹果，夏天也卖西瓜，察布查尔县的沙瓤西瓜下来后，就一车车地拉过来叫卖。后来，巷子里的小伙子们都开始去广州做生意，回来一个个的又是买宅院又是盖新房，改变了生活条件。于是他也坐不住了，也和那些哥们儿上广州了，主要是经营海产品，挣钱快。在这里，他多年做水果生意，全部加起来，也没有挣过那么多钱。他在广州待了五年，回来就把两边邻居的宅院全买下来，加上自己的院子，一共是五亩多地，扒掉从前的旧房子，请规划局的技术人员重新规划设计，盖起一个美食中心。他对面的邻居叫雪合热提，是一位有名望的知识分子，从前在伊犁师范学院教书。多力昆的美食中心开业一个多月以后，雪合热提先生给他把名字改了，说这个“美食中心”一是名字大了，二是不雅，改成“红柳庄园”好。说，红柳，象征着坚韧和希望，而且这个名字显得高雅。红柳庄园，这个名字，果真很快就叫响了。

艾尼瓦尔和老婆博斯坦古丽来得最早。博斯坦古丽这天神采奕奕，蓝底的艾德莱斯裙，极为合身，名画一样漂亮。走进红柳庄园，老板多力昆迎上前来，笑着握住艾尼瓦尔的手，说，欢迎光临，今天是宴请贵客吗？艾尼瓦尔说，乌鲁木齐来了一位叔叔，和家人一起请他吃饭。多力昆说，那就是说，阿吾提邮差也来吗？艾尼瓦尔说，是的，来呢。多力昆说，他这个人非常有趣，满嘴幽默，经常来我这里。他喜欢坐那几棵樱桃树下面的二人座，喝酒也非常有意思，一杯酒喝完，就笑一阵，好像是喝了蜂蜜水似的。我和他聊过，他说，他年轻的时候，在老水磨那边的樱桃园，和夜莺喝过酒。后来，那些夜莺都找不到了。因为喜欢我这几棵樱桃树，就来这里小酌，说是在等那些夜莺。我说，青年时代的夜莺，怕是等不来了吧。他说，不会的，它们只是迷路了，准确地说，是它们忘记了我的味道。艾尼瓦尔说，他是一个真正的好人。多力昆说，这个我知道，他人不好能做邮差吗？你现在好了，我听说在羊头巷那边有了一处宅院，不错，将来可以在那边打馕。那边吃馕的人多，我们这边是吃面的人多。艾尼瓦尔说，是我母亲留给我的宅院。多力昆说，普天之下，只有母亲对孩子的爱是最真挚的。至于父亲嘛，我要打个问号。我这样说，意思是不看好你找亲爹。找到了，也不一定像你想象的那样好，有可能还是非常尴尬的事情。不过他也有他的难处，因为他无法交代以往的那些岁月，就如阿吾提邮差说的一直在等的那些夜莺朋友。他是不懂那些夜莺的难处，夜莺有可能是因为它们昔日的风光已不复存在，不好意思见他了呢。艾尼瓦尔说，你讲的道理，我懂。但在这个事情上，我不需要道理。我找父亲的唯一理由是，能有机会给晚年的他打新鲜馕吃，让他享受有儿子孝敬的那种幸福。多力昆说，你是个重情重义的男子汉，我佩服。今天我进了伊犁河的野鱼，我给你们一半干炸一半清炖，是真正的美味。这条鱼我请你了，就冲你刚才说的那一句“找父亲的唯一理由是，能有机会给晚年的他打新鲜馕吃，让他享受有儿子孝敬的那种幸福”。这样的话，天上的天鹅也说不出来。艾尼瓦尔听到这里，眼圈顿时红了，激动地说，谢谢你，多力昆老板。

艾尼瓦尔预订的包厢是红柳厅，是一个套间。主厅的主色调是蓝色。伊犁的老百姓都喜欢这个颜色，高雅、稳重，看着舒服。博斯坦古丽在桌子上摆好带来的馕和水果后，对在外间歇息的男人说，忘了带冰糖了，让庄园给我们上吧。艾尼瓦尔说，好的，给服务员说好，要那种黄色的，味道好。

我和父亲母亲走进包厢时，艾尼瓦尔正坐在沙发上点菜。他站起来，和我们打过招呼以后，把菜单递给父亲，说，阿吾提爸爸，您来点菜吧。父亲说，菜还是你们来点，沙代提妈妈喜欢吃他们家的烤全羊，烤得酥酥嫩嫩的，抓到手上，还没有张嘴，肉就自己滑进嘴巴了。

听到这句话，母亲不高兴了，说，刚才看见几只阿猫阿狗在那边的樱桃树下吵闹，影响了我今天本来挺好的心情。父亲笑了，他听出了母亲射过来的暗箭，赶紧转移话题，说，你们点菜，我来点酒。今天得要一瓶好酒，好好送送我的老同学。母亲说，一瓶不够吧，你一人就能喝一瓶啊。艾尼瓦尔说，王医生说她要带两瓶酒来。父亲说，好，王医生带的酒一定是好酒，今天我的老同学帕尔哈提有口福了。母亲看着我，说，居来提，看来今天会很热闹，你爸爸还没有开喝就醉了。父亲说，只要你妈妈在我身边，幸福总是自己来敲门。

正说着，多力昆老板进来了，和大家问过好后，和父亲热情握手，说，阿吾提大哥，我是专门过来给您和嫂子请安的。父亲说，老弟客气了，不敢当啊。你现在是有钱的老爷炕上坐，而我今天只是来蹭饭蹭酒的。艾尼瓦尔昨天说了，由我请客，他来买单。这是多么大的面子啊。多力昆说，大哥，您好幽默啊，我喜欢听您说话。父亲看着我，说，居来提，好好学，人有钱了就更有智慧了，听听多力昆老板是怎么说的。多力昆说，老哥，您退休了也没事干，到我这里上班怎么样？一年给您配两套西服，冬装也是两套，阿勒泰驼绒做的大衣，被窝一样暖和。月薪发您一万，外加一星期一瓶酒。您的任务就是在大门前迎客送客，把您的幽默充分利用起来。有脸面的和满脸横肉的客人来了，你上桌陪聊，用幽默拿捏那些客人肚子里面的虫子，帮我的红柳庄园扩大影响，您看怎么样？父亲说，这个事情我可以不商量就答应，咱们现场就签合同。这对我有两个方面的好处啊，一是经济上，我的腰杆子就像孙悟空的金箍棒一样金光灿烂、强硬无比。二是你给我做的西服要是白色的，我的年龄可以小十岁，青年时代被遗忘的一些事情，可以重新来一遍，我的生命将重放光彩。我说这几天我怎么老是左眼蹦蹦跳，原来幸福已经自己来敲门了呀。这幸福也太谦虚了，它大声喊几声不行吗？母亲说，他爸，你还是回去和你的枕头商量一下吧，不要白天看不见枕头，也能说梦话。人老了，就应该老实一点，不要乱跑。你现在已经是坐下后，脑袋想起来，而屁股不给力的年龄了。父亲说，那我以后就不要屁股了，反正也没什么用了。

大家都笑了。

这时帕尔哈提叔叔到了。他握着父亲的手，说，你客气什么呀，还这样送我。父亲说，今天是艾尼瓦尔和博斯坦古丽两个孩子请你。你是知道的，我是请客的人吗？一辈子都是自己请自己。正说着，王医生两口子也到了。父亲把王医生介绍给了帕尔哈提叔叔，说，王医生就是当年医治艾尼瓦尔的医生，这位男子汉叫张洪，是王医生的爱人。张洪说，阿吾提大哥，应该叫男人。母亲麻利地插了一句，说，我男人喜欢咬文嚼字，显得他有知识。父亲立马还嘴，说，人老了，才知道家里的贤内助才是最好的敌人。

大家又都笑了。

帕尔哈提叔叔笑着说，我听说过王医生帮助艾尼瓦尔的事情，了不起！多么仁义的好医生啊！能够认识你们这样的好人，就像在沙漠里突然发现一眼泉水一样高兴。

听了帕尔哈提叔叔的这句话，我心里高兴了，感到他的这句话，讲得亲切、友好、真挚。和母亲相反，我顿时喜欢上这个叔叔了。在父亲的提议下，大家就座了。漂亮的女服务员，垂着粗黑的长辫子走过来，开始给大家倒茶。外面，响起优美的民歌，那旋律悠扬和美，给人一种能感觉到的生活的甜蜜。

张洪把他包里的两瓶酒放在了桌子上。父亲看了一眼，是伊力王酒，眼睛顿时亮了。我看了一眼母亲，母亲注视着父亲，嘴唇动了几动，我想，母亲已在心里开始和父亲斗上了。父亲看着帕尔哈提叔叔，说，老同学，我今天要好好地敬你几杯。瞧，我们的好朋友张洪，给大家带了两瓶好酒。张洪说，今天咱们喝好，两瓶不够，我给专卖店的朋友打电话，他立马就送。母亲看着王医生，说，今天可得有劳你们家张洪了，我们家酒仙老阿，一人就能喝一瓶。帕尔哈提叔叔说，谢谢张洪朋友，给我们带来了好酒。父亲笑了，说，如果这天下没有酒，我有可能感觉不到日出日落。母亲说，我的老宝贝儿，再不要吓人了。让王医生给你打一针，你就好了。

他们的对话又引起大家一片笑声。

饭菜上来了。酒倒好后，父亲要艾尼瓦尔说话。艾尼瓦尔说，我和老婆，感谢大家能够赏光，来这里一起吃饭。感谢帕尔哈提叔叔为我们做的一切，我们不会忘记您对我们的帮助。王医生是我的救命恩人，张洪先生也很关心我的生活。沙代提妈妈、阿吾提爸爸就是我的妈妈爸爸，我是在他们的关怀下成长的。居来提是我的亲哥哥，在做人做事方面，他给我许多教诲。今天我和我的老婆，祝福大家身体健康，日子顺心祥和。艾尼瓦尔站着，和客人们一起，把手里的酒干了。父亲接着艾尼瓦尔的话说，这次帕尔哈提来，很是辛苦，为艾尼瓦尔的事专门跑了一趟。他在乌鲁木齐的时候，也常帮我们跑腿，谢谢你，老同学。今年冬天过冬的马肠子，我备好以后给你寄过去，那可是下酒的好东西。只要是好人，无论走到哪里都有好朋友、好事情相伴左右。

大家为艾尼瓦尔和父亲的话鼓掌。

张洪的好酒喝了几杯以后，自然是该王医生敬酒了。在几杯酒的刺激下，她丝绸一样的脸蛋，开始有了嫣红的暖色，让人看了有一种久违的好感，像见了老朋友的那种感觉。王医生说，今天高兴，大家一起吃饭，欢送我们阿吾提先生的老同学帕尔哈提先生。帕尔哈提先生为艾尼瓦尔做的这些事情，我听了很感动。您无私地帮助艾尼瓦尔，是我们最值得炫耀的事情。我在一本书上读到过，人到了晚年，就是要靠梳理往昔自己的善行来滋养精神。借这个机会，我给大家敬一杯。我是很喜欢和你们认识、交朋友的，心里感觉很踏实。刚才帕尔哈提先生说，能认识我和我的先生，就像是在沙漠里突然发现一眼泉水一样高兴。我们也是同样，每次见到大家，也是全身有精神。我们家张先生也是这样，每次吃到艾尼瓦尔弟弟送来的热馕，他就高兴，说，好香啊，这个艾尼瓦尔是个好小伙子。后来和沙代提姐姐认识，还邀请我到他们家吃饭，和她熟悉以后，发现我们的这个沙代提姐姐，真是一个胸怀善美的好大姐。她的先生，阿吾提大哥更是幽默开朗，也是因为沙代提姐姐的善美胸怀支撑着先生的潇洒。阿吾提先生是有大智慧的人，对生活里的美好和不顺心，都看得非常清楚，因而心里知敬畏，嘴上有幽默，行动有爱心。那个苏来提牙子的丑行，我也听说了，你们真的很勇敢。

帕尔哈提说，我的这个老同学，读书的时候就这么善良，经常帮我打饭。母亲说，老阿给我说过，那时候他也是饭票不够用，经常是偷偷地自己印饭票，也是运气好，要是被抓了，就不是今天的他了。父亲看着母亲，说，最好的敌人，就是怀里的老婆。你要是现在去举报，学校会给你发奖金吗？母亲说，你连班主任老师的名字都不记得了，我找谁去举报啊？

大家又是一片欢声笑语。

轮到帕尔哈提叔叔说话了，谢谢艾尼瓦尔请我与朋友们在这个著名的红柳庄园吃饭，这里环境好，饭菜好，特别是烤全羊最好，吃着有一种做梦的感觉。父亲插了一嘴说，好人都是这样，没有床也能做梦。大家笑作一团。帕尔哈提叔叔笑着说，出门在外的人，是需要一张好床的。父亲说，你的贪心大了一点，出门在外的人，有床就行了，你还想要好床。现在木匠都改行开出租了，哪儿来的好床呀。帕尔哈提叔叔说，看来我已经喝多了。今天我很高兴，首先，此次来伊犁，我的任务已圆满完成。我为艾尼瓦尔高兴，在人间的草窝热炕里，孤儿总是会有自己的福分的。艾尼瓦尔的两个母亲，每人给他留了一处宅院，阿娜尔古丽还给他留了一笔钱款，这些都是好事。而且阿娜尔古丽委托我来办这件事情，让我觉得自己能够被人信任而非常自豪。今天还有一个高兴的事情，那就是认识了张洪先生和王医生。以前听说过王医生给艾尼瓦尔看病的事情，我很是感动。钱这个东西，无论什么年代，它的神经都是缠绕在心瓣一角的，是生活、精神上非常重要的东西。我要感谢王医生，您无私帮助艾尼瓦尔的善举，让我看到了一种纯粹的东西，我先敬您和大家一杯。

那天的宴席气氛非常热烈，大家都喝热了，喝高兴了。

回家的路上，我记得张洪说了一句话，说有空的时候，要我带他到艾尼瓦尔的新宅院看一下。于是回家后，我给爸爸妈妈讲了我的想法，下个周末，想请王医生和张洪，艾尼瓦尔和他老婆博斯坦古丽，爸爸和妈妈，到依力哈木的店里吃顿饭。父亲说，好，男人嘛，要学会请客吃饭。像王医生这样值得尊敬的人，咱们还是请晚了。你一年下来不请几次有意义的客，人家就会说你是一个好吃请不好请吃的人。这你就亏大了，威信的一大半就没有了，人家会把你拉进不花钱的吝啬鬼的名单里。所以男人不仅要会看会想，还要会树立自己的威信，这些东西都和及时请客吃饭有关联。母亲看着父亲说，王医生我早就请过了。父亲说，这我可以作证，不是我给你们做的烧烤吗？问题是没有请张先生。母亲说，男士不是你请吗？父亲说，是的，理论上、原则上是这样，但是我们家的那个装钱的保险柜，不听我的呀！母亲说，又开始给我上课了。哪天我给你买一个黑板来，在客厅里给你放好，每天饭后给我上上课，要不我的思想就跟不上你了。

父母的对话又让我笑出了声。

一周后，我带着父亲母亲来到艾尼瓦尔新宅院的时候，艾尼瓦尔和老婆已经到了。他们从外面买了苹果、葡萄，还有喀什的无花果，云南的香蕉，都摆在了饭桌上。中间是拌面盘子般大小的漂亮的芝麻馕，迎客的氛围一下子凸显出来了。我感激地对艾尼瓦尔说，你们来得早啊，谢谢你们把桌子都摆上了。艾尼瓦尔说，居来提哥，别客气，都是一家人。桌子是博斯坦古丽摆的，这她在行。

我和艾尼瓦尔在院门前等王医生他们的时候，在院门西边的烤包子店门前的依力哈木一边招呼客人，一边端着一盘刚刚打出来的烤包子向我们走过来，说，一人尝一个，站着也是站着，不能浪费时间，闻到味道了，就要动手动嘴。我笑着感谢，拿了一个烤得金黄的烤包子，掰开，咬了一口。艾尼瓦尔也拿了一个，咬了一口，说，极香，黑胡椒的味道出来了。依力哈木师傅，你现在已经是烤包子王了。依力哈木说，还不能这样说。烤包子这东西，不是靠什么模子做出来的，同样的这些材料，今天做的和昨天做的就不一样，做什么饭都是这个道理，你很难称王称霸。你今天心情不好，这烤包子的味道就会差一点，如果你精神饱满，你会讲究每一道工序，这烤包子的味道就会满天飞。所以你的心情好坏，客人会从飘过来的味道里闻出来，客人永远是最好的神仙。我一辈子喜欢客人，感谢客人给我们送钱养活我们。艾尼瓦尔兄弟，利用今天这个机会，我再说一遍我前面的话，如果你这个宅院要卖，我是第一个买主。如果别人给钱，我就给你永远不发霉的金条。艾尼瓦尔笑了，说，我记着呢，不过现在还没有要卖的想法。

我们吃完烤包子擦手的时候，王医生和爱人张洪出现在了街对面。王医生在前，张洪在后。我小声地对艾尼瓦尔说，王医生厉害，上一次也是她走前面，张洪先生跟着，显然，家里是她说了算。艾尼瓦尔说，王医生在家是好妻子好母亲，家里的事情应该她说了算。我看了艾尼瓦尔一眼，说，我看你也快学出徒了。我刚说完，博斯坦古丽从院子里出来了，刚好迎上了王医生他们。王医生说，这里还是这么热闹啊，记得以前我来的时候，这地方叫“蹄子市场”，满街都是卖羊蹄子牛蹄子的。博斯坦古丽说，现在这里的面肺子和香肠也很有名。张洪插了一句，说，鸡心鸡爪子、鸽心鸽爪子没有吗？王医生看了一眼男人，笑了，说，麻雀爪子也有，你吃吗？张洪，你现在也开始玩幽默了。张洪说，是阿吾提先生给传染的。他上周吃饭的时候说的那些话，我现在想起来还会笑呢。

走进院子，王医生在高高的葡萄架下停住了，看着一串串玛瑙一样漂亮的紫色葡萄，说，多美啊，别急着吃，看着欣赏就好养眼。张洪说，中午在葡萄架下睡个午觉会更美，满身都会是葡萄的香味。

博斯坦古丽把我们请进了准备好的雅间。

父亲和母亲热情地与王医生和张洪握手问候，然后父亲说，我刚才没能到院门前迎接你们，主要是我爱人沙代提·阿吾提在和我交流一个问题，她喜欢上这院子里紫色的玛瑙葡萄了，问这葡萄最早是从哪儿来的。我说，是从男人的心里出来的，所有的男人都喜欢葡萄。她不高兴了，说我不严肃，什么时候都是满嘴胡话。母亲说，等一下，别的不说了，你那葡萄是从什么地方来的，我不问了。我今天怎么突然成了沙代提·阿吾提了？我的名字就是沙代提，我记得母亲没有把我卖给你呀？我怎么跟上你的姓氏了？父亲说，老婆子，你想歪了，沙代提、沙代提，到处都是沙代提，上街买东西，红白喜事吃抓饭，有人叫一声沙代提，会有几百个人扭头应声。这个年龄了，你跟上我的名字，大家叫着也方便啊。母亲看着我说，儿子，我在电影里学过一个词儿，叫卖身投靠，你爸讲的我跟他的名字，有没有这个意思？我说，妈妈，您想歪了，是爸爸没有把这个意思说清楚。他的意思是，他的名字跟在您的名字后面，家里不是您当家嘛，这个排序是正确的。母亲说，儿子，我明白了，你爸爸可以给你发证了，现在你已完全学成毕业了。

母亲话音刚落，大家哄笑起来。

桌上水果的清香已经在屋子里飘起来，飘进每个人的鼻子并问候大家的味蕾。

博斯坦古丽开始给客人们倒茶时，我提前订好的饭菜陆续端上来了，羊头肉煮得烂烂的，上面放着一圈清香的皮牙子，煮得金黄的羊蹄子像会说话的小精灵，勾引人的食欲。而后是手抓羊肉、烤肉、牛蹄筋、鸽子汤、缸子肉。客人们非常满意我的安排。王医生连续吃了五只羊蹄子。张洪看了几次她，想说些什么却又没说。最后，终于下了决心，说，王医生，这羊蹄子你吃多了，这东西是高血压和高血脂的好朋友，这话是你自己给我说的。王医生说，美食跟前，有的时候医生也会犯糊涂。不过，这羊蹄子，是养胃的好东西，还能美容。就是家里不好做，太麻烦，今天遇到了这么好吃的羊蹄，我就放开多吃了几个。张洪先生，刚才居来提解释他爸爸的那句话，我看也适合我们，今后你就不要在外面批评教育我了，我的名字已叫王辉张洪了，你有意见吗？张洪说，我能有什么意见？以后你怎么唱，我就给你伴唱。

听完他俩的对话，大家又都笑了。

母亲说，大家吃烤全羊吧，烤得非常香。老阿，咱们先吃一点，而后再卖弄嘴皮子吧。儿子,你没有点蔬菜吗？来一些凉拌芫荽、凉拌黄瓜、拌凉皮子之类的东西。你爸爸不是经常说,荤素搭配,长命百岁嘛!

到了爸爸祝酒。他的祝酒词相当的绕,我无法准确地说出那些词的属性和意思。有的词虽然不是形容词,但是爸爸硬是把它们拉到了形容词,让人听起来感到非常滑稽。大家在此起彼伏的欢笑声中,端起酒杯,一饮而尽。

酒至半酣张洪看着艾尼瓦尔,说,这个院子,你有什么打算吗？艾尼瓦尔说,前面和阿吾提爸爸商量过,想在这里建一个二层楼,到时候把现在的馕铺退了,搬过来在这里打馕。张先生说,好主意,这个位置好。母亲酸溜溜地说,看来,我们家老阿的好日子要来了。艾尼瓦尔,到时候要多盖一间房子,专门开个小酒馆,让你阿吾提爸爸自己管账,他可以既过酒瘾又能挣钱,一年四季银子哗啦啦地往兜里流,那时候他就是幸福他爷爷了。父亲说,老婆子,谦虚一点嘛,顶多就是幸福他哥哥。大家又开怀大笑起来。这时,王医生停住笑,说,艾尼瓦尔建楼的想法可以,但是只建两层,那就有点可惜了,把地浪费了,起码要盖它个五六层。张洪说,我们家王医生说的好,最好盖它个六层。艾尼瓦尔说,我手里没有那么多钱。王医生说,资金不够,可以贷款啊,现在你住的那个院子和这个院子,两个院子一起抵押,银行完全可以给贷款。父亲说,这个办法好啊,艾尼瓦尔,你可以考虑。这是一个机会,抓住它,建六层,一层你开饭馆,二层以上租出去,也是一棵摇钱树啊。艾尼瓦尔,胆子要大,没有什么可怕的,干！我们申请贷款,这楼一定要建起来。今天咱们这个酒喝得好,还是王医生有智慧,一句话就让我们开窍了。居来提,明天咱们就帮助艾尼瓦尔先了解一下银行放贷的情况,这件事情,我们一定要帮他做成。母亲说,大家也可以入股啊,王医生家,我们家,大家一起出资把楼建了,到时候还可以分红嘛。我这把年龄了,不财迷了,只是担心我们家老阿按照现在这种喝法喝下去,几年后我们家就得喝出财政赤字了。父亲说，我怎么没有想到入股呢？还是我们家的沙代提英明啊。她以前给我说过，阿斗的阿，你是数石子儿的人，我可是数沙子的人，你最好放明白一点，你奈何不了我。那时候我小看老婆了，这么多年来，我一直认为我赢着呢，实际上我是输家啊。我以为自己的眼睛最明亮，可是，金子在哪里，我确实是不知道啊，来，干！咱们得把这个事情做成。博斯坦古丽，你怎么看？博斯坦古丽尴尬地看了一眼父亲，说，我听艾尼瓦尔的。父亲又问艾尼瓦尔，你是大股东，你的意见呢？艾尼瓦尔说，我同意，感谢你们支持我。

从第二天开始，父亲就带着我和艾尼瓦尔，跑银行和市建设局咨询了解情况，把申请抵押贷款和建楼的事基本了解清楚了。父亲说，关于贷款和建楼的有关手续，你们俩一起跑。至于我们三家入股的事情，一定要先找有关专家咨询，先把咨询费装在人家的兜里，才能讨到好主意，才能把事情办好。

我们跑了一个多月，相关手续基本上办好了，父亲看了很满意，王医生和张洪也没有意见，于是就请设计院开始设计图纸。

对于艾尼瓦尔的亲生母亲留下的这个宅院，父亲内心总是有一种异样的感觉。因为他熟悉艾尼瓦尔母亲的经济情况，与她生前友好相处的时候也没有听说过她有宅院，现在怎么就冒出来了呢？就这个问题，母亲也有看法，说，没有想到啊，真的是人心隔肚皮，当年我们关系那样的好，这个宅院她却瞒了我这么多年。

就在我们忙着研究图纸的时候，艾尼瓦尔的哥哥卡米力到镶铺来找他了，说有要紧事要和他谈。艾尼瓦尔大概也猜到了哥哥的心思就说，那我们回家说吧。卡米力不同意，说，咱们到西大桥的茶馆里坐一坐，一壶茶的工夫，我们就能说完。

艾尼瓦尔和哥哥卡米力来到了西大桥西边的一个老茶馆。多年来，卡米力进城，都是到这里来喝茶。他们要了一壶茶，是那种较便宜的茯茶,泡第二次基本上就没有味道了。艾尼瓦尔又要了两个窝窝馕,个儿比市面上卖的小一点,但是很精致。艾尼瓦尔把馕掰开,请哥哥喝茶。

卡米力咬了一口馕,喝了一口茶,看了一眼艾尼瓦尔,把视线移到茶馆门口那边喝茶的人们身上,静坐了一会儿,咳了一声,又喝了一口茶,说,弟弟,生意怎么样?艾尼瓦尔说,挺好,下午摊子收得早,有足够的休息时间。就是按照当年艾山江师傅的办法,大清早起来出馕,下午早早关门休息,不影响第二天打馕。卡米力说,艾山江师傅,你还有联系吗?艾尼瓦尔说,有,他进城就来找我。卡米力说,那是个好人。听说从乌鲁木齐来的那个叫帕尔哈提的人,走啦?艾尼瓦尔说,走了。他是代表妈妈来看我们的。卡米力说,我都听说了。弟弟,我今天来找你,是想和你说一件事情,是我的一个要求。艾尼瓦尔说,好。卡米力说,咱们是兄弟,那我就直接说了。我想搬到城里来住,你把这个宅院让给我住好吗?艾尼瓦尔看着哥哥的眼睛,说,让给你是什么意思?卡米力说,就是给我。艾尼瓦尔说,哥哥,这个不行。这是妈妈留给我的宅院。再说了,最近我们正准备建一座六层高的楼房呢。卡米力说,六层?艾尼瓦尔说,是的,搞饭店。卡米力说,你怎么没有给我说呢?艾尼瓦尔说,我想我自己能做主。卡米力说,是这样啊,弟弟,看来,你把我从肚子里面踢出去啦?艾尼瓦尔说,没有。卡米力说,那就把你现在住的这个宅院,给我吧。艾尼瓦尔说,不可以,哥哥。这是我热西黛妈妈给我留的宅院,我还有三个儿子,老大已经读大学了,过几年回来成家的话,也要有地方住。卡米力说,看你说的,那几个娃娃是你的吗?艾尼瓦尔看了一眼卡米力的眼睛,明白哥哥生气了,喝了一口茶,没有说话。卡米力说,当年,爸爸说过,他们百年以后,要我过来和你一起住。爸爸妈妈走了以后,那时我没有进城的条件,这事就这样晃过去了。艾尼瓦尔说,那时候是那时候,现在是现在,热西黛妈妈的遗嘱写得很清楚,这处宅院是留给我的。卡米力说,就是说,你要把宅院给你的那几个所谓的儿子吗?他们是你的儿子吗?艾尼瓦尔沉默了,看着小方桌上掰开的馕,显得有些尴尬,哑巴似的说不出话来。卡米力说,弟弟呀,你怎么变得这么狠心了,你那个秋天老婆带来的那些崽子们,怎么会是你的儿子呢?你脑袋还正常吗?艾尼瓦尔说,基本正常。我也要问问,那你是我的哥哥吗?卡米力听到这句话,愣了,把已经端起来的茶碗放在方桌上,生气地看着艾尼瓦尔,说,你怎么能说出这样的话!艾尼瓦尔沉默了,心里开始后悔,他也不知道这句话是怎么说出口的,赶紧说,哥哥,我说错了,请你原谅我。卡米力也沉默了,他万万没有想到弟弟会说出这样绝情的话。但是,从血缘上讲,他真的不是艾尼瓦尔的哥哥。因此,他也后悔和艾尼瓦尔提这个要求了,于是想起了一周前和父亲说的那些话。

那天,卡米力特意找到父亲,说,阿吾提爸爸,这件事情,您曾经答应过我,帮我找艾尼瓦尔说说的。父亲说,是的,我是答应过你,但是我们的计划落空了,艾尼瓦尔不愿意离婚,说博斯坦古丽是他千万年的恩人。你沙代提妈妈知道我也参与了这件事,就拐弯抹角把我臭骂了一顿。我就有了一条新经验,男人想做件好事不容易啊。艾尼瓦尔现在不知道,等到了我这个年龄了,他就会跪在我脚下痛哭的。抱着一个十八岁的仙女睡热热的炕头不好吗?你看他现在这个秋天老婆,那气色和旧水磨一样难看。年轻人就是这样,你献给他鲜花他不要,却非要跑到沙漠里去寻觅和红柳根的爱情。当时你要是做通了艾尼瓦尔的工作,同意和他那个胖墩儿老婆离婚,你给他介绍的艾山江师傅的孙女早已经是他怀里的小仙女了。那么你想要这个宅院的想法,我就好和他说了。我是有把握的,不然我能答应你吗?可是现在,事情弄成这样,只有你自己去和他说了。

卡米力沉默了很长时间,把碗里的凉茶端起来喝完了。他放下茶碗,看着艾尼瓦尔,哭了。说,我真的不是你哥哥吗? 艾尼瓦尔抬起头,看着流泪的卡米力,内心既难过又激动,忙说,哥哥,我错了,你是我的哥哥,请你原谅我。刚才我昏头了,那些年如果没有你,我会去哪里呢? 是你送我去学习打馕的呀。我主要是对你总要我和博斯坦古丽离婚的事有意见,我能不要她吗? 我的命是她救回来的呀。我就不能理解你们,我老婆的年龄和你们有什么关系呢? 我把博斯坦古丽的三个孩子,当成自己的骨肉抚养,有什么错吗? 我是孤儿,他们也是孤儿,你也是孤儿,我们为什么就自己看不起自己,非要自己作践自己呢? 这些话,我以前就想说,但是我怕伤你的心。别的话我不说了,命运已经这样安排了,如果我挣扎着摆脱这个现实,即便我能得到另一个乐园,但我能对得起自己的良心吗? 能对得起那天把我抱到她的垃圾车上,送我上医院救我的博斯坦古丽吗? 你让我抛弃一个为给我治疗花去了自己所有积蓄的善良的女人,我今天要问一下哥哥,你的良心又何在呢? 听了艾尼瓦尔这么说,卡米力愧疚地说,弟弟,请你原谅我,是哥哥错了。艾尼瓦尔说,哥哥,我现在住着的这个宅院,我是不能让给你的。刚才我已经给你讲了,我这三个儿子,将来我都要把他们安排好,这是我的责任。但是,你是我哥哥,在我最难最痛苦的时候,你和嫂子关心照顾过我,你们的关爱,你们的呵护,我不会忘记。楼建起来以后,在一楼我会给你几间房子,你既能住在那里,又可以开个店,做个买卖,当然这也是暂时的,等我以后有钱了,我再给你置办一处宅院。这个事情,我说到做到,我不会把你丢在一边不管。卡米力听后激动地说,好的,弟弟。我现在明白了,过去我误会你了,请不要生我的气。弟弟,以后的日子还很长,我会成为你的好哥哥的。

这些事情,是父亲后来告诉我的。卡米力在父亲面前,检讨了自己,说,当年艾尼瓦尔在他们家里的时候,在介绍对象这个事情上,他老婆做得不对,是有私心的。父亲对卡米力说,事情都过去了。过去的事情都装进麻袋了，时间已经把麻袋的口子封死了，就不要再去打开它。你今后要做的事情，就是经常带着你的老婆来看望艾尼瓦尔，让你的老婆和艾尼瓦尔的老婆做朋友，把关系处好，等葡萄架上的葡萄熟了的时候，就会自己掉进你们的嘴里了。

那天晚上，艾尼瓦尔把和哥哥聊的那些事情，都告诉了老婆博斯坦古丽。博斯坦古丽说，这挺好，艾尼瓦尔。你毕竟是在他们家里长大的，老人们有一句话是这样说的，一餐之恩，需拜九轮。当年我和热夏提逃婚的时候，妈妈也说过一句话，离开了家族无形的庇护，你会遇到很多困难坎坷，要学会感谢那些给你造成困难的人，这样你才能学会忍耐，变得坚强。这么多年我走过来，越来越感到妈妈的这个教诲是有道理的。当时我一个人能带着三个孩子坚持下来，就是妈妈的这句话给了我生活下去的勇气。艾尼瓦尔说，但是我还是因为缺乏生活经验，伤了哥哥的心，我一定要去努力弥补。

第七章

希望的曙光就在前方

第七章　希望的曙光就在前方

秋天到来的时候，我们期盼的好核桃饭店竣工了。当时商议这个名字的时候，父亲是同意的。现在，准备请人写字做牌匾的时候，父亲有了不同意见，说，这个“好核桃饭店”咱们考虑不周，我们又不是卖核桃的。再说了，我琢磨了一段时间，好核桃的这个“好”也不对劲儿。核桃本身就是好东西，我们再起好核桃，不是多此一举了吗？还是改一下吧。当时，这个名字是艾尼瓦尔提出来的，寓意是通过和田老家的核桃纪念养母热西黛，但他并没有把这个寓意告诉大家。现在父亲坚持要改，艾尼瓦尔不好和父亲再解释，就叫我和父亲谈。

为饭店的名字，家里也开了讨论会。父亲坚持说，改了吧，就叫“麦西来普”（意为歌舞聚会）吧。我说，那我们以后可以卖核桃呀，从和田进，我们组织加工，也是一个买卖呀。母亲说，你爸爸年轻的时候有一个相好，名字叫小古丽，不行就用这个名字吧。父亲说，不要上当，孩子。那是你妈妈捏造的故事。我从童年时起就只爱过一个女人，那就是你的母亲，我心甘情愿一辈子做她的奴隶。母亲说，儿子，刚才我说小古丽的时候,你没有注意到你爸眼神里闪出的光芒吗?你们就用这个名字吧。父亲装着对母亲的话题不感兴趣,说,我现在之所以想改,是因为“好核桃饭店”这个名字太奇怪了,它就不像是饭店的名字。给艾尼瓦尔好好讲一下,让他开开窍,改成“麦西来普”吧。母亲说,“麦西来普”这个名字还不够好,既然是喝酒吃饭、跳舞娱乐的地方,你们干脆叫“不夜城”吧?父亲看了一眼母亲,说,孩子他妈,你不要乱讲,这是一个很严肃的事情,我决定了,就用“麦西来普”这个名字!母亲说,可以,我是和你闹着玩呢。艾尼瓦尔起的那个名字,是一种情绪化的东西,没有什么意义。孤儿嘛,谁欺负都行。不用听他的,就按你的意思来。母亲说这句话的时候,声音变了,有一点发颤。我感觉情况不对。父亲也看出来了,说,孩子他妈,不要吓唬人嘛,我现在已经是坐下半天起不来的人了,心也像那拉提草原的蜂蜜一样软了,我怎么会欺负艾尼瓦尔呢?他也是我们的孩子呀。那你说说,有没有什么好名字?我说,爸爸,到了这个时候改名字,那可不是一般的麻烦。前面所有的资料手续,都需要更改。母亲说,就是因为当时你们商议的时候没有喝酒,都太严肃了所以才没有起一个好名字,要是来几瓶好酒的话,就没有这个事情了。他爸,阿凡提的阿,阿斗的阿,不要再折腾了,这种事情,不是谁的年龄大谁就说了算,而是大股东说了算。虽然王医生和我们家都入股了,但是最大的股东是人家艾尼瓦尔嘛,他说了才算,就一个名字,你还争什么呢?不行你们起两个名字,白天叫“好核桃饭店”,晚上叫“小古丽·麦西来普”,几个方面的意思就都有了。父亲看着母亲说,哎,你总是这样,严肃不起来,这是正经事嘛。母亲说,咱们没有权利改名字,这个事情的决定权在艾尼瓦尔那,我同意用原来的名字。如果我们现在给王医生打电话,她也会同意我的意见的。父亲说,我不是在和你们商量吗?你们都同意的事情,我能反对吗?你晚饭常让我喝糊糊,这么多年,喝得我脑袋里都是一锅浆子,我提过意见吗?母亲说,儿子,你可以做证，我们家从你诞生以来喝过糊糊吗？据说你爸爸童年时寄养在姥姥家，喝过那个东西。现在他把那个老皇历搬出来安在我头上，让别人听见了，还以为我是怎样虐待他呢。父亲说，真话是这个世界上最可怜的东西。母亲说，不是的，阿凡提的阿，真话是天下最可爱的东西，像冬天的老火墙一样温暖。

在给饭店取名字的问题上，父亲不是婉转地退让，而是比较没有面子地输给了母亲。事后，母亲说，你爸爸是一个乖张的人，有的时候你根本不知道他在想什么。民间有一个说法，人从马背上下来了，一只脚还在马镫里，说的就是你爸爸。

准备开业典礼的时候，王医生的爱人张洪来找爸爸，说，是这样，儿子张伟过两年就要毕业了，这次他在信上说，他和艾尼瓦尔的老大艾孜木在广州认识了一个电器制造商，名字叫郑国荣，是一个大老板。这两年暑假，他们就在这个老板的厂子打工，将来想自己创业。张伟要求我们把在好核桃饭店里的股份改在他的名下，以后创业好方便出具证明。我们同意了，想在开业之前，让居来提跑一跑，在相关的文件上更改一下。父亲和艾尼瓦尔商量后，同意了张洪的意见，由我代表股东，在有关文件里，把张洪的名字改成了他儿子张伟的名字。晚上，父亲给母亲说，不知道张伟是什么意思，这不是把右口袋里的钱往左口袋里转吗？母亲说，你不要再琢磨人家的意思了。你总是像侦探一样好奇，人家就不能有一点秘密吗？父亲说，我只是说说而已呀，我的金灿灿老婆。

父亲很少服软，就是输了的时候，也是母亲说的那种“人从马背上下来了，可一只脚还在马镫里”的人。

我们把饭店的招租广告打出去以后，一共来了六个承包商，都是服务行业的公司法人。在对几家公司资质全面审核的基础上，通过价格商讨，最终把饭店承包给了“沙枣花服务公司”。这家公司的经理叫凯赛尔。这个人什么时候都是一脸笑容，是一个让人很顺眼的男人。父亲对我说，这个凯赛尔，不一般，你要和他学着点儿，他肚子里面的经验不少。就他的那张笑脸，就是个无形的资本，任何人看他第一眼就会有好感。剩下的事情，他通过嘴巴、语言，白面馍馍一样的词语就能使关系融洽，后面的事情就好办了。我说，明白了，爸爸。父亲说，自己创业的人，嘴巴一定要甜，眼睛嘴巴眉毛额头都要会笑，让人家什么时候看到你，都是那种刚刚发了一笔横财的样子。人家看着舒服了，才能和你说事，说一些心里的话，给你一些启示，甚至在你懵懂的时候，人家一个眼色，也能帮你一个大忙。我说，爸爸，我明白了。

后来，母亲知道了父亲对我说的这些话，说，孩子，善良的孩子，这些都是你爸的歪心思，也是他的阴谋，你要保护好你自己的脊梁。一旦脊梁歪了，你那颗干净的心，就再也找不回来了。

饭店快竣工的时候，艾尼瓦尔给自己定下了一年内要做的两件重要事，一是把饭店的一楼分配好，二是安排好家里的事情后，出门一段时间，去寻找父亲。

那年准备盖楼的时候，依力哈木就已经和艾尼瓦尔谈过，大楼起来后，他想在一楼租几间房子，继续做烤包子、羊头肉和羊蹄子生意。现在，艾尼瓦尔给他租了四间房子开饭馆，主要是为了方便住宿的客人和老顾客们吃饭。给自己留了两间打馕的房子。而后，把哥哥卡米力一家接到城里，按照卡米力的要求，给他分了五间房子，三间开店两间住宿。

晚上，艾尼瓦尔两口子聊这件事情的时候，艾尼瓦尔认为哥哥多要了一间，其实，两间住人，两间开店完全够了。他怀疑是嫂子又在挑唆。博斯坦古丽说，不会的，艾尼瓦尔。嫂子对我们很好，哥哥，就是哥哥，我们应该按照他的意思分房子，这样我们就可以安心做事了。现在，我们最需要的是亲戚，一旦有什么事情了，靠得住的还是亲戚。艾尼瓦尔说，你说的对，咱家老二艾孜买提要是今年能考上大学，我想让他学习酒店管理，我看这个孩子做事很认真，将来可以把饭店交给他管理。

博斯坦古丽说，只要你说行，艾孜买提就一定会努力的。艾尼瓦尔说，老三艾尼江，喜欢音乐，我们可以支持他，将来就让他做自己喜欢的事，只要孩子高兴就行。博斯坦古丽听了艾尼瓦尔的这些话，内心非常激动，下意识地抓住了艾尼瓦尔温热的手，把胖胖的脸蛋贴在艾尼瓦尔的脸上，无声地哭了，眼泪滴落在艾尼瓦尔滚烫的脸上，夫妻俩紧紧地抱在了一起。

后来，艾尼瓦尔告诉我，那天晚上他失眠了，童年的记忆如幻灯片一般一一出现在他的脑海。记忆中热西黛妈妈，比他亲生母亲还要疼爱他，他灵魂深处的光明和温暖都来自热西黛妈妈的疼爱。想到这里他就激动，就能感觉到自己的生命虽然脆弱，但却是用坚硬的磐石做基础的。父母过世以后，他变得少言孤僻了。那个时候，他还不知道什么叫孤儿。但摆在面前的现实是，他要跟着不经常见面的哥哥卡米力离开童年生活的地方，去一个完全陌生的地方。艾尼瓦尔说，他的童年时代分为两个部分，在这个宅院的生活和在乡下的生活。在这个宅院的生活让他终生难忘，乡村生活也值得怀念。在乡村的整个夏天里，他和朋友们在伊犁河上游的一个叫野马渡的地方放羊，在河水拐弯自然形成的小渠里捞鱼，躺在一排排沙枣树下午睡，在梦的纬度里保持着对生活的热爱。他的少年时代，几乎全部是学习打馕的记忆。艾山江师傅之所以能把全部技艺经验都传授给他，是因为看到了他身上的真诚和坚韧，希望他在人生道路上，收获属于他自己的那一份成就。

没过两天，艾尼瓦尔回到县里，把艾山江师傅接到城里来了，一方面，想多照顾照顾师傅。另一方面，想请师傅帮忙照看一下馕铺。在饭店的一层，艾尼瓦尔给师傅分了一套住房，算是对师傅的一个回报。艾山江师傅是个明事理的人，他不同意艾尼瓦尔不收房租的做法，说，在契约社会里，就应遵守应有的规矩，用感情解决钱上的问题，最终对双方都不好。租金我可以少给,但是不能免。歧路上的慷慨,是长不出鲜花来的。艾尼瓦尔同意了师傅的要求,但是请求他不要每天清晨和徒弟们一起早起打馕,可以天亮了以后再来。艾山江师傅表面上答应了,实际上,每天都是第一个起来,带着徒弟们一起烧馕坑、和面、打馕,给徒弟们做榜样。艾山江师傅说,我现在还能干,就应该继续出力,我一天不打馕,心里就不踏实。这句话,无形中也教育了艾尼瓦尔,他一改自己这两年不打馕,只做甩手掌柜的做法,每天早晨又开始跟着师傅带着徒弟们打第一坑馕了。

那天早晨,我来到他们的馕铺买热馕,看见艾尼瓦尔正弯着腰,在馕坑边打馕呢。我觉得新鲜,就问,你现在真的有时间啦?艾尼瓦尔说,一直都有时间,主要是前段时间心跑了。我现在才知道,人只有尊重劳动,才是尊重自己。这是一个真理。我说,可你现在还有更重要的工作啊,没必要天天来打馕。艾尼瓦尔说,道理是这样,但是光讲道理,馕坑里是不会自己出来馕的。再好的媳妇,锅里没有米,也不行呀!

我觉得艾尼瓦尔的话开始变得深刻了,有点像父亲的那种味道。回到家里,我用艾尼瓦尔的热馕边蘸着奶茶吃,边给母亲讲刚才艾尼瓦尔的那些话。母亲说,艾尼瓦尔的性格变了,变得喜欢说话了,主要是他的二师傅好,可以把浩瀚的沙漠吹得鲜花盛开。父亲说,谁这么法力无边啊?母亲说,艾尼瓦尔的二师傅啊。父亲说,二师傅?干什么的?母亲说,吹笛子的,吹那种没有洞眼的笛子。父亲说,有那种笛子吗?母亲说,现在都吹那种笛子,吹笛子的人只用鼻子也能吹出优美的旋律。我忍不住笑了,父亲瞪了我一眼,说,艾尼瓦尔是个好孩子,心里没有虫子。尤其是在喝早茶的时候,从不诅咒自己的师傅。母亲笑了,这个时候,是母亲最悠然自得的时候。

饭店的事情都进入正常轨道后,艾尼瓦尔就准备拉上他的行李箱,出门寻找爸爸去了。

母亲很高兴，说，这才是儿子娃娃，有血性，自己的爸爸不去找，难道还会从天上掉下来吗？没准他爸爸还以为儿子已经不在人世了呢。所以只要艾尼瓦尔去找，就一定能够找到线索。父亲说，你和我的想法不一样，生活应该顺其自然。强迫人家出来认儿子，这有意义吗？日子过得好好的，突然弄来一个爸爸，那哥们儿要是和我一样，也是一个整天耷拉着脑袋赊酒喝的人，怎么办？母亲说，像你这样的人，不多。

出发前，艾尼瓦尔和父亲长谈了一次。

父亲说，去吧，可以到全新疆跑一圈。我曾经多次给你沙代提妈妈讲，她就是不开窍，总说你爸爸有一天会自己回来的。可我以为你找你爸爸的这个事情，是非常正确的，应该去找，一定要让他回到你的生活中来。

父亲说到这里，看见我看他的眼神不对，眼睛转了一圈，感觉到自己说的话有点出格了，无端地把自己的想法安到了母亲身上。于是只好把话往回圆，说，有的时候我也犯糊涂，也曾不赞成你去找爸爸，主要因为你忙啊，孩子。无头苍蝇一样在外面乱跑，那不是大海里捞针吗？这样，明天你去一趟汉人街，到老水磨对面的那个鸽市找一个人，此人叫萨依提，下巴上长有一撮小胡子，以前是汉人街那边的鞋匠，做的皮鞋很有名。他做的鞋里面有一层带毛的狗皮，冬天穿上非常暖和，全市的人几乎都知道他。找到他后，你先买他两只鸽子，再把你想找爸爸的意思讲出来。那个萨依提一辈子就在市面上，没有他不知道的人，人家还没有出生的娃娃他也知道，他会给你一些建议的。他认识我，你就说是我让你去找他的。孩子，从我掌握的一些情况来看，你还是要跑一趟和田，找一下那边的老人，特别是从伊犁过去的那些老人，问问他们，看能不能打听到什么线索。总之，不要急，一只羊也不是一两天就能长膘的，慢慢来。

艾尼瓦尔要我陪他一起去找那个萨依提。我说，如果我在场，有些话他可能不好说。一个人对一个人,是最好说话的方式,你还是自己去吧。后来,他把那天找萨依提的经过,都一一地复述给我,讲得像电影一样精彩。

他找到萨依提的时候,萨依提正在给一个十来岁的男孩儿卖鸽子,是一对儿洁白的鸽子,长脖子,红嘴,长得十分可爱。男孩提着鸽子走后,艾尼瓦尔向萨依提行了礼,寒暄几句,便也买了他的一对儿白鸽子。老人把两只鸽子放进网兜里,说,养鸽子,对眼睛好,时间长了,远远地就能认出养育自己的爹娘。对脖子也好,天天看飞鸽,脖子不硬。但是也有危险,头朝天的时候,一不小心就会掉进坑里。艾尼瓦尔说,老人家,您说得是!您是叫萨依提吗?老人说,嗯,是我。有什么事吗?艾尼瓦尔说,是阿吾提先生叫我来找您的。老人说,哪个阿吾提?艾尼瓦尔说,就是以前在邮电局工作的那个阿吾提。老人说,哦,是阿吾提邮差啊,老朋友了。说吧,有什么事?于是艾尼瓦尔坐在萨依提的长条凳子上,把自己的意思简要地说了一遍。萨依提说,哦,原来你就是那个艾尼瓦尔啊,我听说过你的情况。以前那个阿吾提邮差收养过你吗?艾尼瓦尔说,没有。萨依提说,哦,那是我听错了。老啦,耳朵也看不起我了。那就是说,你要打听你的爸爸的消息。二十多年了,还真是不好找啊。你说你爸爸叫艾尔肯,也是伊犁人。艾尔肯,嗯,没有什么印象。你有你爸爸的相片吗?艾尼瓦尔说,没有。萨依提说,也是,那个时候的人,不是太愿意照相。艾尔肯,嗯,你爸爸个头高吗?艾尼瓦尔说,我说不上来,妈妈去世前没有给我讲过。萨依提说,哦,是这样。这个事情嘛,艾尔肯,哎呀,我脑子里怎么没有这个人的影子呢?不过,如果他是一个好爸爸,他早就应该来找你了。但是,话也不能说死,也许他有什么难言之隐,暂时不方便来找你呢?孩子,不行我给你介绍个人,你把他当爸爸认了,你也算是给了自己一个交代,以后就不会再被此事困扰了。

艾尼瓦尔笑了，说，老人家，这种事情，不好开玩笑。萨依提说，我是认真的。艾尼瓦尔站起身说，老人家，给您添麻烦了，那我就告辞了。我到农贸市场给这两个宝贝买一点鸽食。萨依提说，孩子，不急。我还有一条路子，你不妨去皮里青煤矿试着找找。我有一个朋友，早年在煤矿当队长，名字叫麦尔丹，外号矿长，后来得了尘肺病，提前退休了。他在邻村买了一户农家的院子，在那里开了一个小铺子。那个时候，身上有麻烦的人，都是躲到煤矿上去避风头的，或许这个麦尔丹矿长认识你爸爸。他住的那个村子叫老贼湖，名字是难听一点，但那里的人都挺好。你就跟他说我的名字，他会很高兴地帮助你的，如果你再给他带上几瓶好酒，他就会更加尽心地帮你找爸爸的。

当天晚上，艾尼瓦尔给我打电话，想要我陪他去煤矿。我跟他讲，你应该自己去闯闯，以多积累些经验。

于是第二天早晨，他去了皮里青煤矿旁的那个老贼湖村。后来艾尼瓦尔对我说，那里简直就是一个果园一样的村庄，虽然名字叫老贼湖村，但实际上非常漂亮。老贼湖湖面有赛里木湖三分之一那么大，是村里养鱼的地方，蓝蓝的湖水里都是游动的鲫鱼。路两边是苹果树和杏树，深绿的树叶，在微风的吹拂下摇曳着，极其好看。一棵棵结满果实的杏树，似乎非常自信地诉说着杏子丰产的自豪。

艾尼瓦尔找到了麦尔丹矿长的家。大门是敞开着的，是乡下人特有的生活习惯，表示随时欢迎客人造访。进了大门艾尼瓦尔看见一个老人躺在一张躺椅上，似乎是在欣赏鸟儿的鸣唱。

清晨的鸟儿精神饱满，叫声清脆。老人看见艾尼瓦尔，从躺椅上坐起来，上前几步，握住艾尼瓦尔的手，说，兄弟你好，欢迎光临。昨天萨依提给我打电话了，把你要来找父亲的事都跟我说了。

两人寒暄几句后，麦尔丹矿长让艾尼瓦尔坐在茶桌前，自己坐在艾尼瓦尔的对面，友好地微笑着，扭头向廊檐那边的屋子里喊了一声，我的小玫瑰，来客人了。立马，屋子里传来了银铃般清脆的女声，一位像从油画里走出来的漂亮女人，出现在廊檐下。她走到两人跟前，向艾尼瓦尔问了一句好后，看着麦尔丹矿长，说，您有什么吩咐？

麦尔丹矿长说，小玫瑰，上茶啊。小玫瑰应了一声，扭着屁股朝着茶房那边走去，在艾尼瓦尔他们身边，留下了一股浓浓的香水味。

麦尔丹矿长看着艾尼瓦尔，笑了笑，说，第二个老婆，年轻了一点，但是养眼。生活就是这样，兄弟，人们说男人有三大幸福，其中一个就是娶一个像小甜瓜一样的美人。好了，说你的事情吧，艾尼瓦尔。

艾尼瓦尔把手里的包放在茶桌上，说，老人家，这是萨依提先生要我带给您的酒。麦尔丹矿长看了一眼包，说，有劳你了，兄弟。萨依提知道我好这一口，他不反对我喝酒，可我的孩子们，特别是我的大儿子非常反对我喝酒，说我这个年龄，喝酒就是慢性自杀。

正说着，小玫瑰用一个托盘，端着点心和茶壶茶碗走过来。她笑盈盈地看着麦尔丹矿长，说，客人来了，就要喝好茶。我泡了一壶红花茶。麦尔丹矿长说，好，准备午饭，抓饭包子，客人来了就应该吃抓饭。艾尼瓦尔说，老人家，我还有事，就不麻烦了。麦尔丹矿长说，不急，兄弟。我正发愁找不到陪我喝几杯的人呢，你就来了，这说明什么？说明我的念想是正确的。煤矿有一句话，叫“少安毋躁，好酒自到”。这不，好酒你就给我带来啦，而且是我最喜欢的伊力特曲。麦尔丹矿长的小玫瑰笑了，说，好，那我就去做饭了。麦尔丹矿长说，我的小玫瑰，从咱们店里拿一盘油炸大豆来，我和兄弟先喝上。说着，麦尔丹矿长站起来，打开包，取出里面的酒，说，哦，发财了，五瓶酒，我可以喝一个多月呢。好，这个萨依提够朋友。当年煤炭紧缺的时候，年年过冬的煤，都是我给他送的。他也给我送皮靴。现在没有人要煤了，但是他还没有忘记我，朋友就是朋友啊。

这时小玫瑰端来一盘子油炸大豆，说，这位兄弟，尝尝我们家的油炸大豆,我自己做的,我再给你们炒一盘过油肉。她看着她的男人,说,只是,亲爱的麦尔丹,敬爱的麦尔丹江,一大早喝酒,身体会不舒服的。麦尔丹说,喝酒,没有什么早晨晚上一说,你们女人不懂这个。小玫瑰听到这句话,俏皮地吐了一下舌头,说,谢谢您,我明白了。麦尔丹矿长说,给我们拿两个啤酒杯来,我们一人喝一杯就行了。小玫瑰说,好的,我这就去拿。

麦尔丹矿长说,我这老婆养眼,还能逗我开心。她不叫我麦尔丹,而是叫我麦尔丹江,这个"江"字,表示我在她心里还年轻。但是,万事的后面都有一个但是,就是说,我不可能再年轻了,我都七十七岁了。当年我要娶这个老婆的时候,大儿子不同意,说她不是一个好女人。我明白他的意思,不是好女人,就是因为给买香水的哥哥多了嘛。我让她把花心埋葬了,只为我一人绽放不就行了吗?我把坏女人变成好女人,这有什么不好吗?

艾尼瓦尔说,老人家,听您这么说,我也是长见识了。麦尔丹矿长拧开一瓶酒,倒进酒杯里,说,兄弟,咱们慢慢喝。像喝开水一样吹着,一小口一小口地喝,酒就能渗透到我们所有的骨髓里去,身体就会有焕然一新的感觉。今天认识你很高兴,兄弟,我敬你一杯。说着,麦尔丹矿长端起啤酒杯,轻轻地和艾尼瓦尔的啤酒杯碰了一下,细细地抿了一口,闭上眼睛,慢慢地咽下去。而后张开嘴,深深地吐了一口气,用手抓了一颗大豆,放进嘴里边嚼边说,酒啊酒,你真是千年的精灵,万年的朋友。

艾尼瓦尔笑了,说,您这么一说,倒是让我想起你们这个村的名字了,怎么会叫老贼湖村呢?麦尔丹矿长说,关于这个湖的故事可就多了,说上几天几夜也说不完。相传,以前这一带闹土匪,他们把抢来的金银财宝,在半夜秘密地运到村里,沉到湖中心藏起来。然后连夜走人,继续潜伏在深山丛林,伺机再行盗抢,得手后继续把财宝丢进湖里藏起来，等抢够了就捞出来分赃，而后各奔东西。几年后，他们半夜聚集湖边打捞财宝的时候，被煤矿下班的几个工人发现了，但大家都没敢吭声，怕遭到土匪的报复。但这个事情可就传开了，从此这个神奇的湖，就冠上了“老贼湖”的恶名。现在这个湖已经改名字了，叫绿洲湖。但是大家还是叫老贼湖，主要是习惯了。以后时间长了，老贼湖这个名字就会慢慢消失的。好了，言归正传，关于你爸爸的名字，昨天我想了一个晚上也没想起来，主要是现在记忆力不行了。

在他们聊得正欢的时候，小玫瑰的过油肉做好了。菜香飘过来，很是诱人。在麦尔丹矿长的邀请下，艾尼瓦尔尝了一口，味道真是非常好。麦尔丹矿长说，兄弟，你看我的这个记性，就这么一会儿，我竟然忘了你是来干什么的？我不是装的，兄弟，这会儿我脑子里一片空白。艾尼瓦尔笑了，说，是萨依提叫我来找您的。麦尔丹矿长说，哦，对了，你是来找我说事的。唉，兄弟，我这不是开始迈向糊涂的征兆吗？兄弟，我把你的事情忘得干干净净的了。二十多年了，我完全记不起来煤矿工人里有没有个叫艾尔肯的。你爸爸，那个时候，在城里有麻烦吗？艾尼瓦尔说，这些事情，我都不知道。麦尔丹矿长说，这些事情，都是可以想象的，是可以推论的。如果你爸爸没有麻烦，他是不会玩失踪的。那个年代，城里有麻烦的人，都来煤矿躲藏。从萨依提给我讲的那些情况来看，你爸爸现在应该还活着。我可以肯定这一点。你想一想，你的养母走了，给你留下了一处宅院，你的亲娘走了，也给你留了一处宅院，就是说，在你看不见的地方，总是有人在惦记着你。艾尔肯这个名字，我再帮你找人问一问。我知道的也有限，矿里还有一些老人，其中有一个老矿长，叫加玛力，九十岁了。此人是个活字典，煤矿的事情，基本上他都知道。过几天我就帮你问问，你等我的消息。

艾尼瓦尔说，谢谢您，老人家，事后我会重谢您的。麦尔丹矿长说，不要说这种话，我听着累。到时候你给我送一箱好酒就行，要六十度以上的。

艾尼瓦尔说，老人家，这个您放心，我给您送伊力王酒。麦尔丹矿长说，那敢情好。我现在除了喝酒，基本上没有什么欲望了。葡萄架上的葡萄，院子里的樱桃梨子蜜桃，还有我心爱的小玫瑰，基本上都是一种摆设。只有酒，喝在胃里的时候，我才能来精神。艾尼瓦尔说，那就这样吧，老人家，我回去还有一些事情要处理，今天就先告辞了。下次来给您带好酒，我是不会食言的，儿子娃娃说话算数。麦尔丹矿长说，兄弟，抓饭的味道没有闻到吗？艾尼瓦尔说，谢谢您，老人家，下次会有机会的。麦尔丹说，不行，这不是吃饭的问题，是你的福气，是你我之间的缘分。老话说，好客人总会在好饭做熟了的时候光临。一个懂事理的人，是不会在饭快做好的时候离开主人家的，因为这里有他固有的福分。艾尼瓦尔没话说了，只好留下来吃抓饭。

麦尔丹矿长把最后一口酒喝完，用粗糙的手抓起一撮抓饭，放进嘴里，昂起头美滋滋地嚼着咽下去以后，说，抓饭，是天底下最好的男人饭。你听说过这种说法吗？艾尼瓦尔说，没有。麦尔丹矿长说，城里人还能有不懂的事情吗？

吃完香喷喷的抓饭，艾尼瓦尔辞别麦尔丹矿长，返回了城里。

艾尼瓦尔从煤矿回来后，把他这两天的经历，都一一告诉了我，要我向父亲转述。他说，出去就这么两天，也学到了一些东西。原来，与老人家们聊天，是会长见识长智慧的啊。那个麦尔丹矿长，也不是个凡人。

那天晚饭后，我把艾尼瓦尔去煤矿的情况和父母说了。母亲说，还是要找，只要心里面有信念，就一定能找到。父亲说，汉人街东梁那边有一个老太太，好像也说过类似的话。我说，艾尼瓦尔想过几天再去煤矿找一下那个叫麦尔丹矿长的人。母亲说，我就喜欢他的这种执着，没准这次再去会有所收获呢。父亲说，要是找到了，他的那个父亲和他争夺遗产怎么办？母亲说，不会的，哪会发生亲生父亲和自己的儿子争夺遗产的事呢？何况这么多年，他都没有管过艾尼瓦尔，怎么开得了这个口？父亲说，这可不好说。母亲说，我明白了，你是在说自己吧。我偷偷地笑了。

每一次说事，只要不符合父亲的心意他就总是喜欢调侃，严肃不起来。我忙说，艾尼瓦尔想让我陪他去一趟煤矿。父亲说，你以前去过煤矿吗？我说，没有。父亲说，那就去一趟，有机会下井看看，了解一下煤炭是怎样挖出来的。母亲说，你可以陪艾尼瓦尔去煤矿。不过你这个年龄，有时间还是应多和那些可爱的蝴蝶们聊聊，那样你的眼里就鲜花盛开了。煤矿还是让你爸爸去，艾尼瓦尔的爸爸就是藏在井下二十八层地狱里，你爸爸也能把他挖出来。父亲说，他妈，不是十八层地狱吗？怎么多了十层？母亲说，你那已经是老皇历啦。

第二天，我找到艾尼瓦尔，说，爸爸妈妈都同意我陪你去煤矿了，什么时候出发，我等你的消息。他说，太好了，居来提哥，你是知道的，我不会说话。打馕人的嘴巴，吆喝几声热馕熟了还可以，出去和人交流，就不行了。我说，艾尼瓦尔，你现在已经进步很多了，很会说话了。

第八章

黎明呼唤太阳的光芒

第八章　黎明呼唤太阳的光芒

我们来到麦尔丹矿长家里的时候，他正在他的小铺子里挑选从喀什运来的几箱子榅桲，这东西是做抓饭用的，味道极香。艾尼瓦尔把给麦尔丹矿长带的一箱子酒放在低矮的柜台上，说，您好！老人家，我们来看您了，这是送您的一箱伊力王酒，好酒。麦尔丹矿长说，谢谢，兄弟，我看你就是一个特别顺眼的人，这一箱酒，又能让我潇洒好几个月了。他指着我，说，这位兄弟是你的朋友吗？艾尼瓦尔说，不是，是我哥哥。麦尔丹矿长说，好。今天咱们再喝一瓶怎么样？这次让你的小玫瑰嫂子给我们做榅桲抓饭。艾尼瓦尔说，老人家，下一次吧，这几天家里的事儿多，我们还要急着赶回去。麦尔丹矿长说，走，咱们到院子里的葡萄架下说话。夏天是多么的好啊，瓜果飘香，家里有酒，有做抓饭的锅和柴火，神仙过的日子也就是这样的吧。

我笑了，第一时间感觉到这位老人家适合和父亲聊天，也是一个幽默智慧的人。我们坐在葡萄架下，麦尔丹矿长的小玫瑰老婆给我们端来了点心和茶水。麦尔丹矿长对艾尼瓦尔说，兄弟啊，上一次，你没有把自己的情况说清楚啊。昨天我进城见到了萨依提，他把你的情况都告诉我了，你原来是一个老板呀，不简单。艾尼瓦尔说，我还不是老板，那座楼是我们几家合股盖的，从银行也贷了款。麦尔丹矿长说，无论怎么盖的，那座楼已经是你的了。你可以，兄弟，我没有看出来啊，你也藏得太深了。有这么大的资产，你还找什么爹啊。我笑了。麦尔丹矿长看着我说，这位兄弟看来听明白了我的意思，你说我讲的有没有道理？我说，老人家，您是前辈，说话真是一针见血啊。麦尔丹矿长笑了，说，见笑了，这位兄弟你叫什么名字？艾尼瓦尔抢着说，居来提。麦尔丹矿长说，好名字呀。好，哪天我进城找你们去，咱们找个地方好好喝几杯。咱们这样吧，二位男子汉，今天你们来，我很高兴，咱们先喝了这瓶怎么样？

我说，老人家，改日我来接您，咱们到西大桥吃伊犁河的野鱼。麦尔丹矿长说，听到你说吃鱼，我想起正事来了。艾尼瓦尔兄弟，那个老矿长我联系上了，但是人现在不在矿上。今年夏天到他儿子加沙热提那里去了。他儿子在伊犁河南岸有一个一百多亩的游乐园，叫南岸游乐园，从春天到深秋，各地来的游客都到那里游玩，是一个非常好的地方。前几年，老矿长加玛力还请我们在那里玩了两天。这样，我们就不去矿里了。我说，不巧啊，我还想到井下看一看怎么挖煤呢。麦尔丹矿长笑了，说，还是个孩子啊，这挖煤有什么看头呀？还是办你们的正事要紧。这样，老矿长那我就不陪你们去了，我已经给他说好了。他是一个十分要面子的人，你们见到他以后，适当吹捧吹捧，他就高兴了。他当矿长的时候，给矿工们干过两件好事情，一是给每一个矿工盖了一百五十平方米的新房，外加厨房，每家都有一亩多的院子。二是他给家家户户都把自来水接通了，以前每家都是到桥头挑水吃，后来神话一样有自来水了，矿工们都非常感谢他。你们就拿这两件事来夸他，他那锅里面的羊羔肉，就是不架火也会自己熟的。他会迅速喜欢上你们，以后的话，你们不张嘴，他也能算出你们心里的小九九，他是一个非常有智慧的人。我笑了，说，我们先忙完这件事情，就来接您进城。您和我爸爸交个朋友，他也是一个幽默的人。麦尔丹矿长说，好，我就喜欢这样的人。艾尼瓦尔说，老人家，那我们走了。麦尔丹矿长说，那好，我等你们的好消息。要不是我老了，我会和你们一起去寻找艾尼瓦尔的爸爸的。

回到城里，我把情况给父母讲了一遍。父亲说，还不错，那就去找那个老矿长，兴许有戏。看来这个萨依提介绍的人比较靠谱，不错。我说，爸爸妈妈，我有一个请求，我想继续和艾尼瓦尔一起去伊犁河南岸的那个游乐园，见那个叫加玛力的老矿长。父亲说，这要请示你妈妈。母亲说，去吧，孩子，就当作是一次探险。将来你老了，回忆起青年时代，你的故事会比你爸爸的故事还要精彩。父亲说，孩子，从现在开始，所有的故事都是你的了，把你的麻袋准备好，现在就开始编写你妈妈喜欢的故事吧。

第二天下午，我和艾尼瓦尔来到了伊犁河南岸的游乐园。一个大肚子保安把我们带到了河边的一个精致的木屋前，把一位上了年纪的老人介绍给了我们。

他就是老矿长加玛力。

老矿长是一个有派头的人，穿戴也很讲究，崭新的方格大领衬衣，穿在他胖胖的身上，很是得体。父亲曾说过有关衣服的一句谚语：不是人丑陋，而是衣服不漂亮。老矿长拄着他的拐杖，和我们握过手，说，孩子们请坐。本来我想在果园里的一个雅间接待你们，后来又改到了这里，因为这里更接近大自然。

艾尼瓦尔说，老人家，我叫艾尼瓦尔，这位叫居来提。我们是煤矿的麦尔丹叔叔介绍来的。老矿长说，我知道，昨天他打来电话，都讲了。不过他说得有点玄乎。

艾尼瓦尔说，他很幽默，说话风趣，我们也是长见识了。老矿长说，昨天听到这个事情，我就被你的行为感动了。我看你是个好孩子，父亲是你生命的创造者，现在老了，你想找到他、孝敬他、报答他，为他养老，这是多么了不起的事啊。你说你爸爸叫艾尔肯，这个名字我还是有印象的，但这个人并没有在我们煤矿干过。我怎么会对这个人有印象呢？因为他和我朋友的儿子拜合提亚尔是好朋友。他们曾经到煤矿我这个朋友家来过，我见过他。前几年，拜合提亚尔到伊犁旅游，来看过我，我问起了艾尔肯。他说，艾尔肯当年离开伊犁后，在和田落了户，后来开了一家首饰店……我想，你要找的爸爸，会不会是这个人呢？现在交通便利了，你可以跑一趟和田见见这个人。我是1956年来伊犁的，在汉人街混了两年的时间，主要是给人打短工，后来听说煤矿挣钱多，老乡也多，我就去煤矿干了。再后来在煤矿成了家，就成了煤矿人了。

我说，老人家，您老家是和田哪里的？加玛力说，是和田县的，现在老家还有人。我说，我们前几天去过煤矿，那里的人都夸您呢，说您给他们盖了房子，家家户户都装了自来水，还给他们涨工资，送他们的孩子到城里最好的中学上学。

老矿长听完高兴了，额头上开始显现清亮的暖光。艾尼瓦尔看了我一眼，他已经听出来了，后面涨工资和送孩子们读中学的事情，是我现场发挥出来的。我当时想，这么大的煤矿，自然是会有这种事情的。

我看了一眼伊犁河水，静静地向西流淌。水面上偶尔漂过一些长短不一的木头，像没有结尾的一个个故事，奋力地追赶着它们的未来。我不由得站起身，走向河边，浑浊的河水，像思绪万千的长夜，搜索着隐藏在河床里的光明。父亲曾给我说过，去煤矿的人一般都是身上有麻烦的人。当时母亲反对，说，不要那样绝对，跟孩子说话，要多一些希望。你把煤矿妖魔化，对你有什么好处？对居来提理性认识煤矿有什么好处？父亲说，从来都是这样，我们家的言路不通，不好讲真话。

身边的这个老矿长，从他的气质和随和的脾性来看，不像一个曾经有过麻烦的人。河水继续流淌，几条大鱼跃出水面，在平静河面留下层层波纹。

艾尼瓦尔还在和老人家热烈地聊着。艾尼瓦尔的声音，像古老的笛声，不断地传来，那么地纯粹和诚恳。正在这个时候，一个魁梧的男人走了过来，大概五十来岁的样子。他走到加玛力的跟前，满脸的不高兴，说，爸爸，您在干什么呢？他们是什么人？老矿长说，是我的客人。老矿长看着我们，说，他是我的儿子加沙热提，这个游乐场就是他开的。加沙热提很不友好地看着我们，说，你们是从哪里来的？我说，城里来的。老矿长说，他们是来找人的，找一个从前在矿上干过活儿的人。加沙热提说，您还在给他们说矿上的事情吗？您在矿上都是什么年代的事了，那时候一公斤羊肉不到一块钱，现在是六十块钱一公斤了，您还能说清楚吗？都这个年龄了，好好安享晚年嘛，整天煤矿煤矿的，和您有什么关系？

我感到非常突然，没有想到这个男子竟然这样和他爸爸说话。我赶忙说，我们就是打听一个人。加沙热提说，你们去煤矿打听嘛，或者来找我嘛，怎么能直接找我爸爸呢？

我不知道该说什么，他是一个奇怪的男人，好像怕他爸爸给我们说什么。艾尼瓦尔说，老人家，那我们今天就到这儿吧，谢谢您。老矿长说，不谢。他看着儿子，平静地说，我看你越来越张狂了，这样不好，孩子，你光会飞，不懂落地是不行的。他们是我的朋友介绍来的，你这样说话，很不礼貌！我的客人，找你说什么呢？你呀，不要最后变成不听话的孩子了。

我说，加玛力叔叔，那我们走了，谢谢您。我们没有跟老矿长的儿子加沙热提打招呼，只给老矿长鞠了个躬，转身走了。

在路上，我给艾尼瓦尔说，无论怎样，我们还是找到了一个重要的线索，应该跑一趟和田。艾尼瓦尔说，对，居来提哥哥，那我们去一趟和田，一定要找到那个叫艾尔肯的人。我说，刚才那个叫加沙热提的人，那么粗鲁，不像是老矿长的儿子呀。艾尼瓦尔说，这样的人，我也是第一次见。刚才真的有点害怕了，好在我们也谈完了。

到后来，我们请老矿长他们吃饭的时候，我问过麦尔丹矿长，老矿长那个儿子是他自己的儿子还是收养的？麦尔丹矿长说，什么意思？我把那天加沙热提的粗鲁行为告诉了他。他说，哦，是这样，前些年，经常有人来找老矿长做证人，让他就有关煤矿过去的一些人和事写了一些材料。这让有些人不高兴了，不是有微词，而是用恶毒的语言咒骂他，甚至进行人身威胁。因此，加沙热提担心爸爸出什么意外，就不同意让老矿长随便见造访的人了。

回到家里，我把情况给父亲和母亲做了详细汇报。父亲说，这次可是有收获啊，没准就是和田的那个人。母亲说，艾尼瓦尔的爸爸艾尔肯又不是和田人，怎么会去那里呢？父亲说，为了生计，一切都有可能啊。居来提刚才说了那么多，我听明白了，想陪艾尼瓦尔到和田找艾尔肯，我同意，去和田看看吧。那个地方是手工地毯的发祥地，找人帮你好好挑几条，买回来你结婚的时候用。母亲说，去一趟吧，帮人帮到底嘛，但愿是那个人。地毯你就不要着急买了，你也不懂。你爸是祖师爷级的专家，百米以外瞧一眼就能知道那条地毯的密度和所用材料的纯度，到时候你爸爸会给你准备的。我倒是听说那里有漂亮的玉石酒杯，你给爸爸带十来个回来，他好赠送给要好的酒肉朋友做纪念。父亲说，孩子，妈妈的话你可要记牢啊。和田那地方，自古除了出美玉以外，还出好姑娘，留个心眼儿，如果能认识一个带回来，也是一举两得的好事啊。

我们准备去和田了。母亲说，我记得热西黛有个弟弟，来伊犁看过一次她，名字叫扎克尔，是一个很精神的人。你们到和田以后，可以先到玉石市场找这个叔叔。热西黛的父亲叫吐尔迪，以前是做玉石买卖的，那里的人都会认识他。我说，明白了，妈妈。父亲看着我，说，和艾尼瓦尔商量了吗？坐飞机还是坐火车？我说，还没有商量。父亲说，飞吧，你还没有坐过飞机呢。母亲说，坐火车好，可以看到许多地方，开开眼界。我说，那天和老矿长加玛力聊天，他说，当年他们是坐着卡车来伊犁的，走了十三天，非常辛苦。路上许多地方都没有食堂，白天只能喝水吃馕，晚上才能吃上一顿热饭。现在，火车一天一夜就到了，神话一样快啊。父亲说，火车上吃饭不方便，还是坐飞机吧，你可以感觉一下飞翔的滋味。母亲说，一天一夜不就是四五顿饭吗？坐火车热闹啊。父亲说，要说热闹，班车最热闹，什么样的人都有，聊着天，唱着心中的歌儿，过年一样美，到休息区还可以吃上热乎饭。听他们说，现在班车中间还有一个小空间，可以跳舞呢。母亲说，班车看似吃饭方便，但要是碰上了馋酒的叔叔和哥哥们，在车上喝着疯着跳着头晕了，再吐在车上，班车会臭好几天呢。父亲说，看来还是毛驴车最安全，慢慢地往前走，可以把一路上的风景都看进眼睛里，回来满嘴都是故事，起码也能讲好几个夏天呢。母亲说，那就得先找一个认识的毛驴才行。父亲沉默了一会，看着我，说，孩子，你可以认识狮子老虎之类的动物朋友，但千万不要和毛驴交朋友。毛驴这个东西，自古以来名声就不好，挨骂的命。

最终我们还是坐飞机了。出发前一天，母亲做了一大锅抓饭，请来前后巷子里的几位长者，为我们祈福。母亲说，出门在外，无论见了什么人都要笑。见了比自己大的人，叫叔叔阿姨哥哥姐姐，见了小的，叫弟弟妹妹。父亲说，见了电线杆也要鞠躬。母亲说，你爸爸说的对，鞠躬的时候记得离得远一点，有的电线杆经常喝醉，别倒下来把你压着。父亲说，出门在外，妈妈的诅咒，就不要听了。

艾尼瓦尔的老婆，善良的博斯坦古丽，把我们送到飞机场。她有一点激动，紧紧抓着男人的双手，说，每天早晨到茶馆喝茶的时候，如果碰见有老人在喝茶，要先问候，然后记得把老人的茶钱一起付了，讨个一大早的吉祥。艾尼瓦尔说，记住了，昨晚你说过了。博斯坦古丽说，还有，每天出门时，脑子里要有一个美好的念想。

我们登机了。

看得见的，看不见的祝福，都留在了我们身后。不对，是留在了故乡的土地上、屋子里、饭桌前和母亲慈祥的笑容里，留在了父亲深邃的目光里。

飞机起飞了。

坚硬的跑道，无声地忍受着机身下轮胎的碾轧，在分分秒秒的阵痛里，把浑身颤抖的飞机，送上了碧蓝的天空。瞬间，飞机在跑道上奋力挣扎的嘶吼消失了，它像顺利分娩的孕妇，像成功的男人，像黎明时的雄鸡，昂着头，仰望着希望与期盼，奋力向上，最后消失在博斯坦古丽的视线里。穿过厚厚的云层，飞机把我们带进了一个浩瀚无垠的空中摇篮。

艾尼瓦尔坐在舷窗边，说，居来提哥哥，这飞机太厉害了，看这架势可以把天捅个窟窿啊！我说，是人厉害。人不仅能造出飞机，还能造出可以飞到太空的航天飞机呢。艾尼瓦尔木木地说，哦，那如果航天飞机把天穿透了，天的另一边应该是什么样的呢？我说，还是天，天大着呢。不是有句老话叫天外有天吗？咱们飞得再高，也飞不出天的怀抱。

飞机安全着陆到和田机场，没有人接我们，因为我们还没有和田的朋友。憨厚的出租车司机，把我们拉到了坐落于闹市区的一家饭店，叫旅行家饭店。这是艾尼瓦尔的意思，说这种地段饭馆多，有打馕的师傅，既方便吃饭又方便打听事。

这里的人们举止优雅，待人真诚。他们说话不急不缓，发音柔软，句尾的拖音像百灵一般婉转，给人一种很强的亲和力。

早晨我们在一家茶馆里用餐。漂亮的窝窝馕，金灿灿的，令人心情舒畅。掰开以后，麦香味和芝麻的香味四处飘逸。瓷壶里的清茶倒进朴素的小瓷碗里，升腾的热气，像故乡清晨升起的第一缕阳光，氤氲着幸福和美好。艾尼瓦尔掰开一块馕递到我手里，馕面上密密麻麻的芝麻，像秋收后饱满的颗颗麦粒。我咬了一口馕，首先是麦子的香味，而后是芝麻的香味，再后是炉火的味道。咽一口下去，留在喉咙里的是令人回味的甘甜。馕的确打得好，和艾尼瓦尔打的一样好，吃一口还想再吃一口。

我仰起头，看了一眼屋顶，双椽的顶棚，结实耐用。简单的一顿早餐，给我的启示是多方面的，传统的生活方式，代代相传的一馕一清茶，也是一天营生的开始。沉默的时间，在不同的地方，教会了我们许多东西。

艾尼瓦尔说，外面有烤包子，我去买几个来吗？我说，不要，那样的话，这一碗茶的味道就变了。结账的时候，艾尼瓦尔按照老婆的嘱咐，给正在喝茶的两位长者付了费用，说，这是我的一个小小孝敬，祝你们吉祥。老人们以慈祥的微笑表达了谢意。

我们要去玉石市场。

艾尼瓦尔向一个卖烤鹅蛋的妇女问路，女人用右手指了指东边，说，玉石市场在出太阳的那边的坑坑市场里边。这是一个很大的综合市场，玉石市场就在其中。我们出发的时候，父亲说过，这个市场历史悠久，你要什么有什么，除了鸡蛋牛奶没有，其他什么都有。

我们来到一位卖玉石的老人跟前，和他打过招呼，坐在长凳上。老人家热情地说，二位男子汉是从伊犁来的吗？我说，是的。老人家，您好眼力啊！老人家说，我去过伊犁，你们那个地方的男人，脸上都有一种精气神，很特别，好认，还有就是你们的口音和我们不一样。我在你们那个叫那拉提的地方，有一个妹妹，以前去看过她。当年有一个商人，来和田收购地毯的时候，和我妹妹相识了，来过几趟后，就把她娶走了。那年我去的时候是夏天，我在那拉提待了两个多月才回来的。妹妹要我把家搬过去定居，我没有答应，我怕不习惯那里的生活，主要是我没有朋友在那里。一个男人，在没有朋友的地方，就像一个没了记忆的人，活着就没有意思了。你们是来买玉石的吗？我说，不是，我们是来找人的。

我让艾尼瓦尔把情况讲一下，他说，哥哥，还是你讲吧！于是我就把我们的来意，都讲给了这位玉石先生。老先生听过后，说，哦，是这样啊，人与人之间的关系就是像藤蔓一样相互联系，天南海北都一样，你认识我，我又认识他。你们讲的那个吐尔迪，我知道，也是一个玉老板，会挣钱，是一个很诚实的人。只是此人已经到另一个世界去了，在人间的时间用完了。

我说，老先生，吐尔迪爷爷的后人您认识吗？老先生说，认识，他有一个儿子，叫扎克尔。扎克尔原本继承了他爸爸吐尔迪的外号，人们都叫他扎克尔玉石。但他不喜欢这个外号，把父亲留下的玉石都卖了，改做地毯生意了，给自己起了一个外号叫地毯，但是大家不认，仍叫他扎克尔玉石。他人这会儿可能在南边的地毯市场，要我带你们去吗？我说，不了，老先生，我们自己找吧，谢谢您。老先生说，往南走，走到头，长长的四排店铺全是卖地毯的。他的店铺在第三排中间的位置，到了那里一问就找到了，是一个树墩子一样可爱的矮个子。

我们告别老先生，顺着南边的小路，穿过拥挤的人群，去找地毯市场。

我看了一眼艾尼瓦尔，说，地毯的故事，你以前听过吗？艾尼瓦尔说，没有。我只记得热西黛妈妈讲过一个叫《聪明儿媳》的故事。说从前有一个老公公，给他的儿媳一个银币，说，孩子，你到集市上去，买一种人吃完以后羊能吃，羊吃完以后鸡能吃的东西回来。这儿媳拿着银币，一路上想，什么样的东西是人吃完了以后羊能吃，羊吃完了以后鸡能吃的东西呢？她想啊想，没想出来是什么东西。到了集市，还是想不出来。这个时候,她看到一只羊正在吃甜瓜皮呢,她看着看着,就想,羊吃瓜皮,人是可以吃瓜瓤子的,而甜瓜子儿又是可以给鸡吃的,对了,这个东西就是甜瓜。于是就买了好几个甜瓜回家了。向公公说,爸爸,我找到您说的那个东西了,应该是甜瓜。公公高兴了,说,好,真是一个聪明的孩子。我说,这个故事我也听过,是妈妈给我讲的。

我们转悠着找到了扎克尔地毯的店铺。

我们亲切地和他握手问候后,我做了一个简单的自我介绍,说我们是从伊犁来的。扎克尔地毯说,你们是从伊犁来买地毯的吗?我说,不是,我们是来找人的。我于是把我们为什么来找他和此行的目的,细细地给他讲了一遍。我说,他叫艾尼瓦尔,是当年您姐姐在伊犁生活的时候收养的孩子。艾尼瓦尔十岁的时候,您姐姐去世了,于是艾尼瓦尔就被养父的大儿子接走了,后来他找到了生母阿娜尔古丽,但是时间不长,他的生母在乌鲁木齐去世了。这样,他生父的消息就断了。这几年我们找来找去,听说和田有这么一个人,名字叫艾尔肯,是伊犁人,我们这次来,就是想见一下这个人,看是不是我们要找的艾尼瓦尔的亲生父亲。

听到这里,扎克尔地毯猛然抬起头来,激动地看着我们,说,哦,是这样啊。艾尼瓦尔既然是姐姐热西黛的养子,那也是我的孩子啦,太好了。姐姐离开和田以后,我听说过他们的一些事情,父亲不满意姐姐当年到伊犁找她的那个心上人。说那人一无手艺,二无本钱做生意,是一个无用之人。姐姐去世后,我们本想把姐姐的尸体运回来,和父母亲葬在一起,但是路途遥远,我们就放弃了。我是真的没有想到,还能见到姐姐的儿子。唉,这叫什么?人只要活着,希望还是有的。已经是午饭的时间了,我们找个地方吃饭吧。你们能来找我,太好了,我很高兴。

扎克尔地毯把我们带到了市场西门那边的一个烤包子店,吃和田特有的那种小圆烤包子。烤包子个儿如小苹果那么大,是皮牙子羊肉馅儿的,味道浓香,肥肉为主。扎克尔地毯要了三十个,说,吃不完是可以打包的,要多一点,看着舒服。

我拿起一个烤包子,掰开,浓香的黑胡椒味飘出来了。我咬了一口,味蕾被激活,再嚼几口咽下去,有了一种轻松解乏的感觉。扎克尔地毯抓起一个烤包子,递给了艾尼瓦尔,说,孩子,吃一个,欢迎你来和田,你的亲爸爸,会找到的。我的那些在玉龙喀什河挖玉的朋友们,能把在泥土里睡了千万年的玉石挖出来,难道还找不到你在人间的亲生父亲吗? 你放心,我会帮助你的。刚才你们说情况的时候,我的心就亮了一下,我们这里确实有一个叫艾尔肯的人,是伊犁人。你们知道那个人的外号吗? 我说,不知道,没有听说过他的外号。扎克尔地毯说,这个艾尔肯,因为是伊犁人,而我姐姐那时候也在伊犁,所以我们就有了来往。他是个金匠,专门打制首饰和耳环,外号就叫金匠,手艺不错,70多岁了,身体还硬朗着呢。今天咱们不着急,你们先休息。明天中午我在红玫瑰庄园订一只烤全羊,我把他请过来,我们边吃边聊。我就给他说伊犁来亲戚了,不说找人的事情,你们见了面先聊,看是不是这个人。不过,我总觉得可能性不是太大,他一个伊犁人,怎么会到和田定居呢? 有可能只是同名而已。

我觉得扎克尔地毯也是一个性情中人,性格开朗,是一个心里不藏事的人。回到饭店的时候,我想起了扎克尔地毯讲的最后那句话,他觉得我们要找的人不是这个艾尔肯,可能只是同名而已。他的看法是有道理的,一个伊犁人,举目无亲的,怎么会跑到这么远的和田来生活呢? 实际上,在伊犁的时候,父亲也是这个意思,他没有当着妈妈的面说过自己的看法,怕得罪妈妈,惹来一堆拐着弯儿的讽刺挖苦。我们出门那天,父亲把我送到巷口,小声地说,人家老矿长既然那样说了,你们不去也不好,过去溜达溜达,意思意思就行了,也算是对老矿长的尊敬,不过那个人不太可能是你们要找的那个艾尔肯。走散多年的亲爹是那么好找的吗？说话间，母亲也跟过来了，说，阿凡提的阿，阿斗的阿，你又给孩子教什么黑话呢？你就是这个毛病，偷偷摸摸地给孩子灌输野心。为什么不当着我的面说话？父亲说，你误会了，我做父亲的，能那样吗？我在教育他，到了和田，不要喝酒，记住妈妈经常训斥我的不要到人多的地方去凑热闹的名言呢。母亲说，那是我训斥你吗？父亲说，差不多吧，我感觉应该就是那个意思。

然而，此时此刻的艾尼瓦尔，对明天要见的这个艾尔肯抱有很大的希望。我对他说，先别这样想，明天见了面再说吧。

第二天中午，我们在红玫瑰庄园见到了艾尔肯。我的第一个感觉是，这个人不是我们要找的那个艾尔肯。烤全羊上来了，是只十来公斤的当年的羊羔。扎克尔地毯完全是用手把整只烤得金黄的烤全羊肥瘦搭配着拆开，放在一个深咖啡色的木盘里。拆分过程中手里有了小块的肉就麻利地放进嘴里，一边夸奖烤得好，一边不忘邀请我们品尝。那个艾尔肯金匠也友好地邀请我们吃烤全羊，说，客人先来，尝尝，这是我们和田最好的烤全羊。我说，您老先动手。他笑着，抓了一块肋条肉，吃了起来。而后，我看了一眼艾尼瓦尔，示意他也动手，潜在的意思是，今天对他是一个重要的日子。我抓起一块胸叉肉，肥瘦相间，吃着很香，是我最喜欢吃的部位。扎克尔地毯擦过手，说，今天没有准备酒，喝酒不好吃肉。今天先请两位品尝一下我们和田的烤全羊，后面是热热乎乎的手工面。等你们回到伊犁以后，我保证你们会梦见我们的烤全羊的。到时候我给你们寄，刚刚出炉的烤全羊，立马包装，空运，几个小时就到伊犁了，打开的时候还是热的，献给你爹妈，让他们也品尝这美味佳肴。

扎克尔地毯看着认真吃肉的艾尔肯金匠，说，师傅，很长时间没有和您在一起吃饭了，近来生意怎样？艾尔肯金匠吃完手里的肉，说，还不错，活儿多。我现在就是打发日子，不是为了挣钱。早晨看着太阳从东边升起，下午热乎乎地在西边落下，过一天算一天。孩子们都大了，他们要我关门休息，我不干。一旦闲在家里了，就会迅速糊涂，那时候这烤全羊的味道也就和野草的味道一样了。

扎克尔地毯又拿起一块好肉递给艾尔肯金匠，说，您说得对，我也是这样，不能闲在家里。在市场最好，人不在有人气的地方混，你就是天天吃烤全羊，脸上也不会有一丝丝暖光。老百姓说的好，爹是市场，娘也是市场。您什么时候给我打制一枚戒指，用最好的金子，把我的名字刻上，将来我要把它留给孙子。我到了这个年龄，喜欢孙子胜于儿子，从前我是没有这样的感觉的。艾尔肯金匠说，可以，没问题，包你满意。扎克尔地毯笑了，说，您真是一个爱说笑的伊犁人啊。对了，伊犁还有亲人吗？艾尔肯金匠说，有，在昭苏。在那个叫夏塔牧场的地方。我哥哥和妹妹的孩子们，都在那里。

扎克尔地毯说，我想问一句，当年，您在伊犁的时候，去过一个叫皮里青的煤矿吗？艾尔肯金匠说，过去一两次，我的一个好朋友的父母家就在那里。听到这里我看了一眼艾尼瓦尔，他正全神贯注地听着艾尔肯金匠说的话。扎克尔地毯说，那年我去过一趟伊犁，是去看姐姐。当年，姐姐让一个叫爱情的东西骗了，跑到伊犁找她的心上人巴图尔去了，巴图尔也是和田人。他们日子过得一般，好像就是在爱情上胜利了。那时候母亲还在，她要我把姐姐他们接回来，意思是落叶归根。但是姐姐没有听我的，说已经爱上那个城市了，说伊犁人气厚重，也有了挚爱的朋友，离不开了。最后两人都把命留在了伊犁。

艾尔肯金匠说，当时我来和田是因为我特别喜欢地毯，也学会了织地毯，是爷爷教我的。但我就是不会给毛线染色，就想来和田学习织地毯、染毛线，将来开一个自己的地毯厂。其实织地毯并不难，难的是染毛线。因为有的颜色是用几种颜料搭配出来的。比如咖啡色，是要用深红色和黄色搭配。这里面的技术，不好掌握，主要是染料的比例不好掌握。我爷爷是和田人，二十多岁的时候去伊犁的。那时候他们走的路线是阿克苏那边的夏塔古道，要过最危险的峡谷和奔涌的夏塔河，没有向导一般过不去，死人的事情也是经常发生的。

艾尔肯金匠的口音已完全和田化了，满口的拖音，基本上听不到重音，伊犁人铿锵有力的那种语音已经没有了。

我又看了一眼艾尼瓦尔，他的注意力已全被艾尔肯金匠吸引了，眼睛里散发着充满希望的光芒。在这几年的交往中，我从没见过他像今天这样专注紧张的神情。他认真地听着艾尔肯金匠的话，寻找着自己渴望的那个答案。

扎克尔地毯说，大家吃肉，边吃边聊。他看了艾尔肯金匠一眼，说，金匠大哥，您爷爷当年是为什么去的伊犁？艾尔肯金匠说，爷爷给我爸爸讲过，是去抓兔子的，说那时候和田市场上兔皮很值钱，都是为了生活嘛。说着，他自己也笑了。扎克尔地毯说，这样说来，您爷爷是猎人吗？艾尔肯金匠说，不是，他是地毯工，手艺极好。扎克尔地毯说，您爷爷叫什么名字？艾尔肯金匠说，叫艾赛提。他生前没有给我们孙辈讲过自己的身世，老人家走了以后，爸爸给我讲过爷爷的情况。当年爷爷去伊犁，实际上是为了躲避麻烦，他在家乡为了一个女子，和人家动了手，最后伤了那个与他争美女的男子，只能跑了。开始到喀什，然后到阿克苏，最后过了夏塔河，跑到昭苏去了。到了昭苏，他就给人家织地毯，算是站住了脚跟。昭苏是一个富庶的地方，水草丰茂，耕地肥沃，是清一色的黑土地。在伊犁河谷，这样有草原有耕地的地方，老百姓都很富裕。后来爷爷就在那里成了家，有了六个孩子。我爸爸是老大，老二是叔父，下面四个姑姑。爷爷当年给他们每人织了一条十平方米的地毯，都是清一色的牡丹花图案，非常漂亮，用的是最好的材料。而且在每条地毯的中间，编织了一个椭圆形花篮，把孩子们的名字和出生年月都织在了里面，也是一种纪念。爷爷直到最后离开人世，也没有回过一趟老家。这是他生命中最大的不幸,这句话是我爸爸后来讲的。

二十世纪六十年代,我也就二十多岁。有一天,家里突然来了几个男人,是我们的大队长艾斯卡尔带他们来的。大队长对我爸爸说,拜克里,你们老家来人了,是来买马的。爸爸很高兴,很快就和那些人成了朋友。在大队长艾斯卡尔的安排下,一个月的时间里,爸爸帮助他们买了七十多匹马,那时候马匹都是集体所有,都是壮实的良种马。从二十世纪六十年代到七十年代,和田一些人民公社和生产大队,都到伊犁昭苏买过马,主要是用于农业生产。那次来买马的五个人当中,负责的组长叫木拉提江,是一个十分内向、不爱说话的人。当他们准备返回和田时,我向爸爸提出了想和叔叔们去和田学习地毯编织,继承爷爷的手艺的想法,爸爸很爽快地答应了。后来才知道,爸爸曾经也暗自有过这种想法,要我回老家待几年,学成编织地毯的手艺以后,回来在昭苏编织地毯。爸爸找到了我们的大队长艾斯卡尔,要他帮忙,让我和这组买马的人一起回和田老家,并说,我儿子的情况你是知道的,他是从小骑马长大的,县里年年的赛马活动,他都是拿过名次的,对各种马匹的脾性毛病也是熟悉的,一路上可以帮助木拉提江他们赶马喂马。大队长艾斯卡尔考虑了一会同意了。爸爸又去找木拉提江,木拉提江也很痛快地答应了,因为这几天他正为怎样把这些马匹安全地赶回和田而头疼。

于是,在一个清凉的黎明,我们赶着七十多匹马,准备出发了。那是七月的一天,几乎全村的人都到村口来送我们了。我清楚地记得,大家祝福我们顺风顺水,平安到达和田。大队长拉着木拉提江的手说,一个多月的时间,我们都成了好朋友,我代表全大队的老老少少,祝福你们一路走好,在所有的地方,都有好路迎接你们。木拉提江说,谢谢你们的大力帮助,非常欢迎你们去和田做客。而后,大队长抓住我的手,说,孩子,无论走到哪里,你心里面要时常想念我们,想念我们的村庄,你就不会有麻烦。七十多匹马里面,有十多匹马要野一点,你要重点注意它们。你年轻，眼睛嘴巴都要勒快一点，你们自己的安全，马匹的安全，你要主动操心。有句老话说，饭来了老人张口，活儿来了年轻人伸手，多干一些，对你有好处，人们就会喜欢你。记住，再重的活儿，也不可能把一个男子汉压倒。

接着，父亲和母亲，一边诵读着古老的箴言，一边抚摸我的身体。母亲还在我的手里塞了五十块钱，说，这钱，你不要和爸爸给你的钱放在一起，是路上用的。到了有人烟的地方，就问人家有没有鸡蛋卖，买上煮好，路上赶不到驿站，夜宿在草地树林的时候，就拿出来和木拉提江组长他们一起分享。母亲抱着我，哭了。她一直不同意我去和田，主要是担心路途遥远，危险重重。

后来我成了家，有了孩子，每当回忆起母亲时，就能真切地体会到她当时的内心感受。孩子在父母眼里，是一种超越自己生命的存在，是生命的全部。这种感受，人不到一定的年龄，是无法体会到的。我至今还牢记着父亲说的一句话，尊敬你自己的基础就是要尊敬他人，见了比你大的人要叫哥哥，见了比你小的要叫弟弟，嘴巴甜一点，朋友就会多一点，走到哪里都饿不着。

于是我们骑上马，出发了。这个时候，黎明开始呼唤太阳的光芒。村里的乡亲们，站在古老的榆树下，向我们招手致意。7月的暖风吹过来，吹在健硕的马匹身上，落在它们高昂的头颅上，欢送它们在即将诞生的阳光下出发，奔赴远方的田野，在新的可敬的泥土里播种生命的希望，在繁衍万物的河床上开启崭新的生活。

走了几步，我停下马，拉住缰绳，想再看看生我养我的亲人和村庄，榆树下还在为我们送行的乡亲们，顿时变得明亮清晰起来，原来是伟大的太阳照亮了他们。太阳在开始温暖他们脚下的土地的同时，也开始温暖他们为我们的平安而高高举起的手臂。我拭去眼中的泪水，转过身松开手里的缰绳，催马去追赶大队人马。从这以后，留在村口的母亲父亲和乡亲们，我们的大队长艾斯卡尔叔叔，在我镜子一样忠诚的记忆里，变成了永久的雕塑，至今仍然在我的生命里激励着我，给我力量。故乡的父老乡亲的激励，是使我至今能有馕吃、有钱挣的一个关键。

他滔滔不绝地讲了这么多，我看着这个艾尔肯金匠，认定他不是我们要找的艾尼瓦尔的父亲。但是，当我看到他那充满温暖之光的眼睛，顿时对他有了敬意。我又看了一眼艾尼瓦尔，他看起来也很激动，似乎已完全沉浸在艾尔肯金匠所讲述的那个场景中了。

扎克尔地毯从盘子里抓起一块前腿肉，送到了艾尔肯金匠手里，说，您讲得好，讲得和金子一样闪光，有金子的人就是会说话呀。艾尔肯金匠接过扎克尔地毯递过来的肉，说，谢谢。哪里有你的地毯漂亮啊。扎克尔地毯说，不能这样说，在没有地毯以前，就有金子了。没有您的巧手，那些木木的金疙瘩，能衬托起天下美女们俏丽的容颜吗？艾尔肯金匠说，你这样说，我很高兴。实际上，没有我的金子，你的地毯飞不起来，但没有你漂亮的地毯，我的金子也亮不起来啊。

大家都笑了。

扎克尔地毯说，还是伊犁人能说笑啊。金匠，您继续往下说，一路上怎么样？你们走的是哪条路？遇到土匪了没有？艾尔肯金匠说，那时候已经没有土匪了。我们在路上整整走了三十三天，才到达和田。马一匹也没有损失，人也安全，我们成功了。我们走的还是夏塔河那条路，也就是我爷爷当年走的那条路。过河的时候，我们也请了向导。经过一天休整，我们在第二天黎明前继续出发了，主要是那么多马匹在县城村庄还没有醒来的时候走比较方便。累了就在野外草地上休息，当马儿们吃草的时候，我们烧茶吃早饭，主要是吃馕。开始的十多天里还能喝上奶茶，是用我们带的奶疙瘩熬的。把奶疙瘩砸碎，放进茯茶里熬煮，再放盐，奶味就出来了。这个办法，是在出发前父亲告诉我们的。到了有驿站的地方，我们就能吃一顿热饭，基本上是拌面或汤饭，像家里的抓饭呀，肉饼呀，馄饨呀，马肉纳仁呀，这些东西路上都没有。

我们走到了新源县地界的一个山区，地名叫松树头子。这里水草丰茂，从一座座山腰到巍峨的山顶，都是千年的松树，几个人都抱不住树身。这一带，几百年来都没有驿站。出门的时候，大队长艾斯卡尔还专门建议我们到了新源县的地界，就宿营在这个叫松树头子的地方。我们把马群赶进一小片从山腰延伸到河边草地的森林里，按照大队长艾斯卡尔交给我们的办法，捡来河里从山上冲下来卡在岸边的长短不一的木头，横着绑在松树上，将马群围在中间，搭成一个大的围栏。然后，我们就在山脚下搭起帐篷，烧奶茶泡馕，开始吃饭。那天，依照爸爸的嘱咐，我整个晚上没有睡觉，点上马灯，时刻留意帐篷外面的动静。爸爸说过，这一带无论白日夜晚，都有恶狼袭扰。爸爸说，夜里狼最怕火光，你们在野外宿营的时候，一定要把马灯点上。果然，夜半时分，帐篷外传来了一阵阵狼群的嚎叫，是那种让人毛骨悚然的声音。

我迅速叫醒大家，抄家伙迎战狼群。当我提着马灯冲出帐篷的时候，狼群持续的“嗷呜，嗷呜”的嚎叫声回荡在山谷。我把手里的马灯挂在帐篷前，抓起地上的一根木棍，站在木拉提江组长旁边，说，咱们再生一堆火吧，我爸爸说过，狼看见火光，就不敢来进犯了。木拉提江组长紧张地说，快！快！快！快架一堆火！于是我们找来晚上做饭剩下的柴火，点着了。

火焰在黑暗中燃烧升腾起来，狼群的嗷呜声听不见了。在我的记忆中，狼比狗难看，脸上总是有一种腐肉般的丑陋，黄色的眼睛任何时候都是阴森森的，透出一股杀气。

命里注定的吧，那时候村里的人们也收藏一些狼皮，后来逐渐都丢弃了，认为是一种不吉利的东西。那天夜里，我们非常紧张，查看完马群后，就围坐在火堆旁，一直坐到了天亮。

我说，你们为什么不雇车运马呢？艾尔肯金匠笑了，说，小伙子，那时候哪有那个条件，如果生产队能拿出这笔钱，我们何必受这个苦呢？

一直没有说话的艾尼瓦尔这时才说了一句，听说现在新源县那条路好走了。艾尔肯金匠说，是啊，现在都通班车了。

艾尔肯金匠说完，开始喝茶。扎克尔地毯利用这葡萄粒般大小的机会，看了我一眼，立马闭上眼睛，轻轻摇了摇头。很快他又恢复到以前的平静，拿起面前的茶碗，喝了一口茶，看着艾尔肯金匠，说，金匠，再来一块肉，这烤全羊肉凉了也好吃。艾尔肯金匠说，我就是喜欢吃烤全羊，好，再来一块。

第九章

不经历风雨怎么见彩虹

第九章　不经历风雨怎么见彩虹

那天，我们在和田红玫瑰庄园吃烤全羊的时候，扎克尔地毯闭上眼睛，暗暗地向我摇了摇头，我就明白了他的意思，这个艾尔肯金匠不是我们要找的人。我小声地向坐在我身边的艾尼瓦尔说，我们找的不是这个人。

我们前后在和田待了十天。本来，两三天时间我们的事情就已办完了，后面几天，主要是在等扎克尔地毯给父亲订制的玉酒杯。

这期间扎克尔地毯还带着我们看望了他们家族的主要成员，他们看到艾尼瓦尔，都很高兴，说，艾尼瓦尔的事情，他们都听说过，今天终于见面了。那天一大早，扎克尔地毯就来饭店接我们，请我们吃早餐。要了很多东西，有抓饭、包子、小圆烤包子，还有干炸鱼，根本吃不完。我看着扎克尔地毯，说，您是知道的，我们在家乡的早餐基本上都是比较清淡的，不习惯这样油腻的。扎克尔地毯笑了，说，我们这里也一样，但是你们是客人嘛，当然要吃好一点呀。送你们的核桃，我已经准备好了，是那种原始的硬皮核桃，和现在的纸皮核桃不一样，原始核桃营养好，有药用价值，男人一天吃两个，长筋骨。我说，女人也是一样吧。扎克尔地毯笑了，说，你们伊犁人的幽默又来了，女人吃了养颜。我说，我们这趟来，真是长见识了。扎克尔地毯说，核桃我明天给你们寄走，就不用你们一路提着了。还需要其他的东西吗？我说，不需要了。我们这次来什么也没有给您带，反而给您增添了不少麻烦。扎克尔地毯说，没事，你们回伊犁后，给我寄几碗奶茶来就行了。我笑了，说，看您，叔叔，您也是会说笑话的呀。扎克尔地毯说，这几天不是被你们传染了嘛。老辈人说，除了裂缝，什么东西都是可以传染的。我说，欢迎您到伊犁去玩。我们也会天天请您吃抓饭包子烤羊肉的。艾尼瓦尔说，我们可以一起到伊犁河钓野鱼，我给您做烤鱼吃。扎克尔地毯说，明年吧，今年不行了，我进的地毯太多了，得抓紧时间卖掉。明年少进些，就在这个时间，我去看你们。地毯我那时候带去，今年就不给你们送地毯了。我说，谢谢。欢迎您去伊犁，夏天伊犁就像一个公园，很好玩的。扎克尔地毯说，是的，我知道，虽然都是一个太阳，但是你们那里比我们这里要棒得多呀。对了，今天你们想去什么地方吗？

扎克尔地毯这么一问，我忽然想起了一件事情。在伊犁的时候，母亲开玩笑说，让我给爸爸带十几个玉酒杯回去，爸爸好送酒肉朋友。实际上，这是母亲拐着弯儿骂父亲是个酒鬼。可我想假戏真做，就凑个整数给爸爸带十个玉酒杯回去。于是我把想法告诉了扎克尔地毯，并请他一起去玉器市场帮我参谋参谋。扎克尔地毯说，我明白了，不过玉器市场我比较了解，几乎没有用玉做酒杯的。这样，我家里有几块玉料，我给你订制吧，就是要等几天。我没有想到他会这样说，我不好意思再麻烦他，就说，我们还是去玉器市场看看吧，其他料子的也可以。

我们来到玉器市场，第一个感觉是游客多，听说话好像还有日本游客。卖玉的人也很多，有正规的柜台，也有临时的摊位，卖主好像手里都有好东西，不停地和游客讲价钱。我们转了一大圈，也没看见有卖玉石酒杯的，我就在一个老汉的摊位上，拿起一个碗口那么大的玉石，翻动着看了好几遍，油润润的，感觉可能是好东西。但是我拿不准，就把玉石递给了扎克尔地毯。我说，我不懂这个东西，您帮着看看吧，能不能做酒杯？扎克尔地毯说，你肯定不懂，你们伊犁人不玩石头，而和田人现在几乎都是玉石专家了。这东西在进市场之前，不知已经倒了多少手，价格不菲啊。以前和我一起卖地毯的几个朋友，现在都改行做玉石生意了，他们说，买卖玉石，钱来得快。我就是搞不懂，就一块石头嘛，怎么这么贵呢？说着扎克尔地毯把那块玉石放回老汉的摊位。我对扎克尔地毯说，叔叔，那以后再说吧。扎克尔地毯说，我的料子比这块石头好多了，我把它做成酒杯送给你父亲，为的是感谢他和你的母亲这些年对我姐姐、对艾尼瓦尔的照护和帮助。听他这么说我的心里热乎乎的。

十只玉酒杯做好了，款式非常好，不是那种高脚杯，和一般的酒杯比，高了一点，平滑柔润，抓在手里，给人一种实实在在的质感。本来，我是想提给钱的事情的，和艾尼瓦尔商量，他说，最好不要提，扎克尔叔叔既然说了是送的，而且话说得那么真切，咱们就不好再说钱的事情了。最后，我代表父母向扎克尔地毯表示了感谢后，把酒杯收下了。

准备回伊犁了。我和艾尼瓦尔商量乘飞机还是坐火车，他说，飞机坐过了，咱们坐火车回吧，路上还可以欣赏风景。

这天下午，扎克尔地毯把我们送到了火车站。还给我们准备了许多吃的东西，我们在火车上是吃不完的。他是一个很实在的人，话虽不多，但心里面的真诚不少。就在我们离开和田之前的两天里，他还请我们到村里的亲戚家吃烤全羊，继续请家族的长辈们和我们聊天，主要是为了加深与艾尼瓦尔的情义。

我们和扎克尔地毯相互拥抱，做了话别。他拥抱艾尼瓦尔的时候，流泪了，说，你也是我的孩子，希望你能年年来一趟和田看我们。找爸爸的事情，这一次不太顺，主要是信息不准。我想，你还是把自己的日子过好，先不要找爸爸了。你现在手里已经有一些资产了，有了三个儿子，老大还上了大学，都是好事。这就是命运，命运既然会给你三个儿子，也会隐藏你的父亲，当命运横在你前面的时候，要学会弯腰。孩子们，就说这些吧。祝一路平安！到了伊犁，代我向亲人们问好，希望他们在伊犁像夜莺一样歌唱生活。

艾尼瓦尔说，谢谢扎克尔叔叔，感谢您对我们的款待，希望您也能年年去伊犁游玩。我说，其实您去伊犁是最方便的，坐着您的飞毯一顿抓饭的时间就到了。扎克尔地毯笑了，说，说得好！你们伊犁人就是幽默。

我们上了火车，找到自己的床铺，放好行李，长长地松了一口气。做客，实际是挺累人的事情，好吃的东西多了，不仅嘴巴牙齿累，眼睛耳朵也很累，这会终于可以放松一下了。旅客们纷纷上了火车，一张张喜悦的笑脸，在抬头往行李架上放东西的时候，眼睛里都放出光芒，像春天的杏花那样灿烂。大家都安顿好后，火车启动了，缓缓地驶向我们故乡的方向。留在站台上送亲友的人们，自然是听到了火车启动的声响，不约而同地挥舞手臂，道别……火车渐渐消失在他们的视野。

艾尼瓦尔躺在床铺上。他的眼睛累了，眼睫毛哄着他的眼睛睡了。他开始打呼噜了，那声音像年迈的老人在梦里诅咒那些藏在心肠里作弄他的时间。我给艾尼瓦尔盖好被子，坐在了走廊边的座位上。车窗外的风景，走得比电影的镜头还要快，绚烂的阳光照在温暖的大地上，追随着飞驰的列车。

我在想，火车似乎更喜欢深绿的白杨树，使劲鸣笛，唤醒它们的根须，感谢它们在路边阐释大地的恩泽。眼前的景象一闪而过，把浓绿的村庄甩在了我们的身后。我看了一眼艾尼瓦尔，他的呼噜声听不见了，似乎是解乏了，开始进入甜美的梦乡。他把我盖在他身上的被子掀开了。他收腿躺在那里的样子，就像个还没长大的孩子，十分可爱。

看着熟睡的他，我在想，人最好的时候是他活着的时候，死了以后，不管是葬在王宫里还是野地里，他将再也看不见火车，再也不能享受火车恩赐他的呼噜和美梦。火车进入一个弯道，已甩出很远的白杨树又出现在了我的视野，只是变成了一片朦胧的屏障。原来，每一个具体的事物，随着时间的推移，都会在我们的眼里、记忆里发生变化。那些白杨树和村庄，家家户户的核桃树，那些做花酱用的玫瑰花，变得不再清晰。那些笔直的树干上摇曳的杨树叶反射的阳光，在微风的怀抱里，刚刚还如湖面的粼粼波光，一转眼便消失得无影无踪。

村庄已经看不见了，火车开进笔直的轨道，前面是茫茫的戈壁滩。铁路边的电线杆，不间断地在眼前出现消失，再出现又消失，默默地伴随着列车前行。我喝了一口茶，是扎克尔地毯送我的药茶，一股苦香味，容易勾起人伤心的回忆，影响人的好心情。此时我开始想起艾尼瓦尔的身世，想起他那不知踪迹的父亲。如果，艾尼瓦尔的亲生父亲还活着，他应该站出来啊。总不能像一条永远没有尽头的路，让艾尼瓦尔就这样一直走下去吧。艾尼瓦尔已经够不幸的了，该让他的不幸尽快有个终结了，希望真正的艾尔肯快快出现吧。

车厢里面逐渐热闹起来了。有人开始唱歌，是一首优美的民歌，旋律像母亲唱给孩子的催眠曲，在温馨的车厢里轻轻地回荡。

我倾听着这首民歌，曲调悠扬，给我留下了别样的感受，歌声传递出的是对生活的热爱和对爱情的渴望。

你是我心中的月亮，
你是我天上的星星，
在漫长的人生旅途中，
你是我一生的明灯，

我的心上人啊，
你的美丽俘获了我的心。

我掏出手机，录下那些优美的旋律和动人的歌词。

天慢慢暗了下来，我从座位上站起来，躺回到硬实的床上，继续欣赏飘过来的歌声。我不知不觉睡着了，而且睡得很沉。醒来的时候天已亮了，艾尼瓦尔准备好了早餐。我生命中的一个夜晚，就这样过去了。

漂亮的馕，金黄的烤全羊，馨香的药茶，这顿早餐可口又丰盛。用过早餐，我和艾尼瓦尔坐在走廊边的座位上，窗外是灰蒙蒙的沙尘天气，看不见天空，火车好像是行驶在混沌的世界里，给人十分压抑的感觉。

中午的时候，火车驶出了风沙区，可以朦朦胧胧地看到外面的村庄和树木了。车窗被黄沙覆盖了厚厚的一层，看着让人没了心情。但是，天空已经放晴了，像一位慈祥的老爷爷，把一生积蓄的私房钱，背着老伴和孙女，给了可爱的孙子，在默默的偏心里，寄托了深深的爱意：你是我的孙子，是在人世间传承我的姓氏和血脉的小王子。当火车开过一个人潮涌动的村庄的时候，天上落下了点点滴滴的细雨，清洗着被沙尘污浊了的车窗。车厢里的乘客们，见此情景都高兴起来，说雨在任何时候都是滋润大地的甘露，是人类的朋友。听到他们这样说，我有了伸出手去接住雨滴的冲动。但是做不到，因为车窗是密封的。于是我想起，在家乡经常下起倾盆大雨，可我却没有一次怀着虔诚的心站在这滋润万物的雨中，酣畅地被雨水冲刷，感受这份大自然的恩赐。

我们到家了，此行是我第一次离开家乡。我所熟悉的一切扑面而来，有陪伴我长大的街区、河流、电影院、鲜花草木、朋友一样的白杨树，有我挚爱的亲人和朋友，当然也少不了那些美食，汉人街有我最熟悉和喜爱的羊杂碎……

在家里，我们向父母亲详细讲述了在和田的情况，最后告诉他们，艾尼瓦尔的父亲没有找到，那个艾尔肯就是一个同名的伊犁人。

母亲说，是这样啊，那就当你们去和田旅游了一趟，去见见世面没什么不好。艾尼瓦尔说，是的，沙代提妈妈，我们见到了扎克尔舅舅和许多亲戚，咱们以后去和田就方便了。父亲看着艾尼瓦尔，说，你沙代提妈妈说得对，应该到各地转悠转悠，男人嘛，见识多了，骨头才会硬，在家里腰也能直起来。幸福这个东西就是这样，有的时候它自己会开门。母亲瞪了一眼父亲，说，你们的这个阿吾提爸爸极为慷慨，幸福的大门始终是敞开着的，见谁给谁。父亲笑了，看着母亲，说，谢谢，就你最理解我。幸福这个东西，你一个人藏着也不行，要与大家分享。

吃过晚饭，我把给父亲带的十只玉酒杯拿出来，放在了母亲面前，说，妈妈，这是临走时您交代的要我孝敬爸爸的玉酒杯，您看看吧。母亲看着我摆在她面前的这些漂亮的玉酒杯有点发愣，说，什么？玉酒杯？我这样说过吗？我说，您说过，妈妈，您还要我带十几只呢，可我只带了十只。母亲拿起一只玉酒杯，转着看了看，说，我好像是说过，可我那是说着玩的呀。父亲一下来了精神，说，儿子就是儿子，耳朵也有良心。我刚才说幸福有的时候自己会开门，有的人还埋怨我呢。幸福就好像是空气，对每个人都一样慷慨，特别是对我这个开始走向没落的人。这个道理，我在好多年前给你妈妈洗裙子的时候就知道，那时候我太谦虚了，没好意思说出来。现在大家不是都热衷于炫耀自己吗？我也就开始脸皮厚了。

母亲说，这些玉酒杯，花了多少钱？我说，没有花钱，是艾尼瓦尔的舅舅扎克尔送的。母亲说，那人也喝酒吗？父亲麻利地插了一嘴，说，酒仙可都是天上的星星啊，我们的心是互通的。母亲说，我说怎么这段时间天上的星星都看不见了。父亲说，星星们睁开眼睛看我们的时候，天上的仙女也会来祝福我们的。谢谢你，儿子。我给我那个卷毛铁哥们儿苏巴提小梳子送两只，他会天天为我祈福的。母亲说，那个苏巴提破梳子能给你祈个什么福啊，你的命运掌握在我的手里呢，连这些酒杯都是我给儿子安排的。父亲说，我懂，你心好，所以我现在不是可以在院子里喝酒了吗？好老婆，你说说，在天下的幸福里面，我这个幸福能排到前三名吗？母亲说，不行，但你这个玉酒杯可以。父亲说，儿子，虽然酒杯是艾尼瓦尔的舅舅送给我的，你还是要帮我准备一桶尼勒克县的黑蜂蜜给人家寄去，以表达我的谢意。我们喝酒的人，都是非常讲情义的。我说，扎克尔舅舅还给我们送了核桃，也寄出来了。父亲说，核桃也是下酒的好东西啊，你娘心疼她的锅不给我炒菜的时候，核桃仁、红枣、葡萄干和巴旦木也可以下酒，那味道，可以把天上的神仙馋下来。母亲说，可以了，孩子你出去透透气吧，不要中毒了。还讲情义呢，一桶黑蜂蜜才多少钱，人家这一个玉酒杯就值多少钱呢。父亲说，他娘，你说得有道理。儿子，明天你就到尼勒克县跑一趟，买上十来群黑蜜蜂放到和田，扎克尔舅舅他们几辈子就都有蜂蜜吃了。母亲说，还要在蜜蜂的翅膀上写上你爸爸的名字。父亲说，不要，就写在蜜蜂的屁股上，那蜜就更甜了。我笑了，母亲也被逗笑了。

第二天晚上，父亲召集经常在一起“消费消费”的四个酒友，在西大桥烤鱼店喝酒，玉酒杯每人送了一个。父亲他们从来不说去喝酒，只说“消费消费”。这是他们的黑话，很少有人知道他们的这个秘密。席间，父亲的酒友库来希说，哎呀呀，这天下还会有比你还要可爱善良慷慨的人吗？可爱的人是有的，但是不善良。善良的人呢，往往又不慷慨。朋友，把你拿过玉酒杯的手伸过来，我要热烈地亲吻它，以表达我对你的崇高敬意。人活着是多么幸福的事情呀，到了晚年，我居然还能有这么一个漂亮的玉酒杯。后来，爸爸说，那天，库来希叔叔双手握住他的右手，不停地亲吻。

几天后，我见到了艾尼瓦尔。他说，他见到肖开提局长了。肖局长对他说，艾尼瓦尔，在你这个年龄，就能有自己的饭店，等于你已经开始腾飞了。这样的幸福，不是每一个人都能得到的。我要说的是，回去再和那个承包商围绕饭店的安全合法经营问题签个合同。对方主要承担的责任应该是：一要保证顾客的安全。二要保证门窗电路的安全。三要文明守法经营。四是不允许开房赌博。这些事情，要提前讲好，平时你也要注意观察，不能出错。艾尼瓦尔听到肖开提局长的这些提示，很高兴，说，这些事情，您不说我是想不到的，谢谢肖开提局长。

那天午饭后，父亲在后院整理他做烧烤的那些钎子。母亲对我说，这几天听到什么传闻吗？我说，没有。母亲说，是有关艾尼瓦尔老婆博斯坦古丽的一些闲话。接着，母亲把这些闲话给我讲了一遍。说，这件事情，你不要掺和，装着没有听见就行了。你爸爸说，他要找艾尼瓦尔的哥哥卡米力谈谈。听了妈妈讲的情况，我很吃惊，不敢相信自己的耳朵，我们就走了十天，怎么就传出了这么恶毒的中伤。

第二天，我遇到艾尼瓦尔的哥哥卡米力，他的脸色像是吃了一把死苍蝇一样难看，都是因为他的老婆米娜娃尔生出的祸端。我找到艾尼瓦尔，他已经听说了，非常愤怒，说，自家人，这样作践自己，都在一起住着，往后这日子还怎么过？

原来，我们去和田后，米娜娃尔利用这个机会，在那些嘴快好事的女人中散布谣言，说，眼下有一件最不要脸的事情，就是在我们饭店一楼打烤包子的依力哈木，和我弟弟艾尼瓦尔的老婆博斯坦古丽搞上了……这个谣言，迅速在巷子里传开了，并传到饭店里，而后依力哈木知道了，气得浑身发抖。在饭店一楼组织徒弟们打馕的艾山江师傅也听说了，第一个发火骂人的竟是这位老师傅。他说，这是哪一个生在被窝外面的家伙造的谣呀？肚子吃饱了嘴巴就不听话了，开始咬自己人了吗？当天晚上，依力哈木又来找艾山江师傅说这件事。艾山江师傅说，我打听到了，这恶毒的谣言是从卡米力的老婆米娜娃尔的嘴里溜出来的。依力哈木说，我也是这么听说的，这里面一定有什么名堂，看来，这个卡米力是管不住自己的老婆呀。艾山江师傅说，他那个女人，肚子里的虫子不少。依力哈木说，这个女人，太恶毒了，自己弟弟的媳妇，怎能这样侮辱诽谤啊。她还欺辱我这样一个有残疾的人，什么事呀这是。艾山江师傅说，处理这个事情，我看你先不要出面。我去和阿吾提邮差谈谈，最好把这个事情先压下去，传扬起来对大家都不好。

最后，父亲用自己的办法，把这个事情压下去了。父亲找来卡米力，狠狠地教训了他。卡米力，你是怎么管老婆的？当年你娶她是赊账娶的吗？你没有给她买过牙刷牙膏吗？让她满嘴胡话。我看你也是个二半吊子（新疆土话，意为不靠谱）。艾尼瓦尔对你们多好，给了你们住房和开店的门面，你们这样做，还有良心吗？朋友邻居，以后谁还愿意和你们打交道？卡米力说，对不起，阿吾提爸爸。我这个老婆，背着我做了这件事，是我没有管好她。父亲说，不是你指使的？卡米力说，阿吾提爸爸，您对我们这么好，我心里面知道，我不敢和您说瞎话。父亲说，那你讲讲，为什么会传出这样的谣言？卡米力说，都是嫉妒惹的祸。我老婆这个人，小的时候误吃过蝎子，血脉里有了毒素。艾尼瓦尔在县里打馕的时候，米娜娃尔给他介绍过她亲戚家的一个姑娘，艾尼瓦尔没看上，从此米娜娃尔就开始恨他了。后来，他娶了岁数比他大那么多的博斯坦古丽，也没有跟我们说，米娜娃尔就对他有了更多的意见。这几年看见艾尼瓦尔一天天好起来，她心里的虫子开始作怪，由此生出了事端。父亲说，这些事情，你和她谈了吗？卡米力说，谈了，她现在很后悔，想向博斯坦古丽道歉。父亲说，这几天，你让她先好好想一想，今后该怎么做人。说到你，我知道，你心里一直惦记着艾尼瓦尔在拐把子地段的那个宅院。你摸摸你的良心，想想那个宅院，是你的吗？有你的份儿吗？生活中最害人的，就是不是我的也非要占有的贪念。现在要想改变大家对你的看法，就要把这件事处理好。你不要以为艾尼瓦尔不是你的亲弟弟，你就可以胡来，没有规矩，默许你老婆的这种诽谤。你要站出来制止，谴责你的老婆。你告诉她，她的行为是诽谤，是犯罪！艾尼瓦尔的老婆要是告到法院，你老婆是要受到严厉处罚的。不管在哪儿，做事说话都要讲良心，这是第一位的。我和艾尼瓦尔谈过了，已经把他安抚住了，但是他老婆博斯坦古丽一定要上法院告你老婆。你要和你弟弟好好谈谈，让你老婆去见博斯坦古丽，好好赔罪，最好把这脏事压下去。和过去比比咱们现在的日子多好啊，但是在心里，你还是像过去那样对待艾尼瓦尔，认为不是你亲爹所生，就可以缺少对弟弟的呵护和疼爱，这是不对的。将来你的儿女们长大成人了，会以你们为榜样的，可你们是好榜样吗？你首先要检讨自己，认识到错误，然后好好教育你的那个老婆。你最好带她到清泉巷的那个澡堂，把你们心脏肝脏脑浆里的污垢洗干净。你这个弟弟够可怜的了，你们还在他的心口上又捅一刀，他精神上受得了吗？你们这次闹的这个恶心事，给艾尼瓦尔一家，给你们自己都造成了极大的伤害，你们是在自己污染自己的馕啊！

后来，卡米力的老婆米娜娃尔找母亲认错的时候，说她没有想到这事会产生这么不好的影响。她开始只是想给几个街坊讲讲，解解气。但是没有想到最后搞得自己没脸见人，邻居们都瞪着眼睛看她，说她是最标准的“用拳头回报恩人”的人。母亲说，能认识到错就好，这是一个教训。做一个懂事的女人，很难，光是嘴巴干净还不行，心更要干净才行。米娜娃尔啊，我想了好几天，还是你妈妈对你的管教不严。你们从乡下到城里，艾尼瓦尔给了你们房子，你家小店也开上了，生活不用发愁了，这是多好的事啊，可你却来了这么一出。人家依力哈木，看那眼神气色，是一个多么老实诚恳的人呀，他招惹你什么了？你还诬陷人家！这种事情，从来都是杀人的软刀子，你也能说出口吗？不过，能认识到错，知道悔恨了就好，好好过日子吧。还有一件事，我什么时候见到你，你好像都是闷闷不乐的，这样不好。你要敞开自己的心扉，人要像天天穿着花裙子一样开朗，当你微笑的时候，好事就会出现。

然而，艾尼瓦尔对这件事的处理，完全出乎父亲的意料。父亲奉行的是息事宁人的好人做法，认为这种事情，知道的人越少越好，时间久了，就会被人淡忘。而艾尼瓦尔却果断地让哥哥一家搬家走人了。他对哥哥说，我不能容忍嫂子这样对待我的老婆，对待我的救命恩人。请记住，哥哥，我是吃过嫂子做的饭长大的，这一点良心，我不会丢掉。但是，嫂子不能侮辱我的老婆，不能侮辱那个勤劳正派的依力哈木师傅，正因为他人好，所以他打的烤包子才好。我感谢嫂子的养育，给我洗衣服，每天吃饭的时候，第一碗饭是你的，第二碗饭就给我盛，这些恩情，将与我的生命共存。但是，在这件事情上，我必须有我的原则，我要维护我老婆的尊严和依力哈木师傅的尊严。你们必须搬家，现在我给你的这个住房和门面，你们可以出租，我给你们的东西永远是你们的，但是我们已经不好继续在一起生活了。最终，卡米力从饭店里搬走了，把住房和门面都租了出去，在红桥以北的苹果市场，租了一个宅院，做起了苹果生意。

父亲听到这个消息以后，很不高兴。说，艾尼瓦尔这孩子，现在也是肚子吃饱了，不听话了。能这么做吗？他太过分了，人家都认错了嘛。处理这种事情，最好的办法就是不要张扬，捂住，不能继续丢人。母亲反对父亲这样说，暗讽他，说，处理这样的事情，你是有经验的。你的那些酒肉朋友，这种坏事没有少做，你都处理得像盛开的鲜花一样漂亮。父亲说，好老婆，你这不是又讲上神话了吗？我的那些金子一样闪光的朋友，连一只瘸腿蚂蚁也没有欺负过。在这个光明的人世间，我是有脸说这种话的。母亲说，是这样，贼往往逃离了现场以后，就把自己装扮得像个圣人。如果没有这件事情，我还看不懂我们的艾尼瓦尔呢。

这孩子，外在的形象是谦虚低调的，为人也是和善心软的，但是关键时刻骨头是硬的，我十分佩服，这才是我认可的男子汉。他讲的那些话，我都听说了，我完全赞同。他的做法也是对的，就是自己的亲哥哥，也应该这样做。一个人的人格，是他能延续生命的精神支撑。为了尊严而生活，人才能活出自己的笑脸和幸福。父亲说，老婆子，你的话很正确，什么时候天凉快了，你可以召集巷子里的老少爷们儿讲讲人格呀骨髓呀眉毛眼睛呀之类的话了，够他们享用一辈子。母亲说，还有一点你没有说，就是我会坚定地教育他们一生一世都不要做一个和稀泥的人，要始终站在正确的一边，敢于鞭挞丑陋虚伪的东西，不要跟着那种有酒就是爹的人瞎转悠，即便他们拥有骷髅头酒杯和玉酒杯。父亲说，就卡米力老婆搞的这件事情，我还是认为，不要张扬的好。但是老婆你的智慧高出我好几个楼层，我要向你学习。是的，我再一次感觉到我老了。人开始糊涂的时候，最好的医生原来是自己的老婆啊。这么伟大的道理，我怎么今天才明白，我是多么愚笨啊。母亲说，你放心，你不会糊涂的，更谈不上愚笨，你将智慧到老，我躺在床上起不来的时候，你就是我的救星。父亲说，谢谢你的祝福，到时候我从轮椅上爬起来，庆贺你的百岁生日，向你鞠躬，感谢在众多的日子里，在共同的屋檐下，你赐予我的每一个春夏秋冬。

按照母亲的要求，我一直没有掺和这件事情。妈妈说，这件事情，你要离得远一点，不要评论，不要给观点，最好当不知道。这种事情，哪怕它是一个卑劣的谣言，听到后心里也会结出疙瘩，会多少在情绪上，产生一种莫名的厌恶。你只能在不断地与人交往中通过观察思考，总结经验，提高自己的感知和认识。再不能总是依赖妈妈和爸爸做你的翅膀，你要尽早明白这一点。还有最关键的一点是，要知道前方道路上不一定是抓饭包子在等你享用，前方道路上会有风雨，会偶遇醉眼迷离的蝴蝶。走哪一条路，你的理智会启示你，这叫自我判断。你已经长大了，天天听妈妈的话爸爸的话，会失去你自己的方向。总之你要明白，经历过风雨后，你积累的经验就会引导你做出正确的选择。哦，我还要补充一句，知道什么叫说的比唱的好听吗？你爸爸最擅长这个，我就是在你爸爸的教诲下学成的。父亲赶紧插话说，你妈妈现在已超过师傅了，可至今学费一个子儿也没有给，还惦记着我的那点可怜的私房钱呢！母亲说，你爸爸现在越来越听话了，那些私房钱，总有一天他会自己交出来的。父亲笑了，说，对的，你妈妈还是时刻怀着希望生活的呀。

米娜娃尔搞的这个把戏，算是平息了。但是他们家也付出了代价。父亲依然坚持认为艾尼瓦尔不该这样做。他说，艾尼瓦尔是一个纯粹的人，不能跟着米娜娃尔的昏庸走，战胜她的方法，不是撵人，而是宽容，用血是洗不干净血迹的。我分析，爸爸的想法是，这只是一个尕尕儿的（新疆土话，意为小小的）诽谤，不是真实发生的事情，艾尼瓦尔没有必要这么过分地对待哥哥和嫂子，应该给他们一次机会，一家人好好在一起过日子才是最重要的。母亲说，人不能没有原则，当有人触碰到你的底线的时候，你要有足够的气力来反击，该成为辣子的时候，你不要成为蜂蜜，要把自己的态度亮出来。我比较欣赏妈妈的这个看法，做人就该有骨气、有底线。但是，妈妈不让我掺和这个事情，这是她的另一套哲学，我理解母亲的用心。实际上，我更想掺和进去，给艾尼瓦尔一些建议，让他处理好这个事情。我认为自己知道艾尼瓦尔的内心所想，在处理这件事情上，他必须站在老婆一边。因为，博斯坦古丽不仅是他的老婆，更是他的救命恩人。

卡米力带着妻儿搬走以后，博斯坦古丽觉得艾尼瓦尔把这事闹大了，主要是她听到了外人的一些议论。那天晚上，博斯坦古丽非常认真地对艾尼瓦尔说，这件事情，我听到了街头巷尾对咱们的一些议论，咱们给米娜娃尔他们一个警告就行了，过一段时间，还是要让他们搬回来，咱们一起过。艾尼瓦尔说，不急，看他们这段时间对我们是一个什么态度。别人讲的那些话,没有意思,关键要看哥哥和嫂子怎么看待这事。博斯坦古丽说,道理是这样,但时间不能太长,舆论会对我们不好的,毕竟他们是咱们的哥哥嫂子啊。艾尼瓦尔说,我明白,你所说的这些,沙代提妈妈都已经提醒过我了,你放心吧。

第十章

伊犁那个美好的正午

第十章　伊犁那个美好的正午

盛夏的时候，艾尼瓦尔的老大艾孜木和王医生的儿子张伟，一起毕业回家乡了。最让艾尼瓦尔和博斯坦古丽高兴的是，他们把郑国荣老板也带来了。艾尼瓦尔把这个消息告诉了我们。母亲说，太好了，真是赶上好日子了，好事一个接着一个来。

前两年，艾尼瓦尔给我们说起过艾孜木他们在广州的事。他说，有一天，艾孜木和张伟到三元里新疆饭馆吃抓饭，认识了一个老板，叫郑国荣，是上海人，曾经是支边青年，在伊犁防疫站工作过十多年，现在在广州开了一家电器制造厂，是一个非常热情的人。郑老板也是经常去三元里吃新疆饭，于是认识了一批在广州学习的新疆大学生，每年暑假寒假都动员他们到他的电器厂打工，帮助解决他们的生活费。这样一来，艾孜木和张伟就与郑老板熟悉了。当郑老板得知他们是伊犁人以后，对他们更是特别关心。后来，郑老板有了一个想法，想在他们毕业后，在乌鲁木齐开一家家用电器超市，帮助他们创业。艾尼瓦尔得知这个消息以后，非常高兴，说，儿子，就这么干。乌鲁木齐是首府，人多，好做生意。这一次来,郑老板就是考察乌鲁木齐和伊犁的电器市场的,同时也探望当年在伊犁的老朋友,回忆那些难忘的岁月。

父亲虽然没有见过郑老板,但是通过多次电话,彼此也都熟悉了。父亲见到郑老板后,热情握手,说,欢迎郑老板！我们在电话里就是好朋友了,欢迎您！郑老板非常健谈,流露出上海人的友好和精明。郑老板说,阿吾提先生,您好。是的,我们是第一次见面的老朋友了。我在电话里多次给您讲过,伊犁是我的第二故乡。当年我支边的时候,就在伊犁防疫站工作。这里有我许多朋友,最好的朋友是拉手风琴的迪力夏提,那时候大家都叫他天才,是因为他不仅手风琴拉得好,还会作词作曲,每一首伊犁民歌,他都会唱。因为我喜欢拉小提琴,我们就成了好朋友。那时候他们家在我们防疫站的对面,是一个很大的宅院,藏蓝色的双扇大门,威风气派。那时我们年轻,风华正茂,满脑子都是美好的愿望。在伊犁的那段时间是我人生中最难忘的岁月,真的怀念那个年代啊。

第二天,王医生一家邀请郑老板到家里做客。张伟已把郑老板这次来的打算,细细地给父母做了汇报。张洪对郑老板说,我们和儿子通电话时就知道了,衷心感谢您的帮助。艾孜木也是个懂事的孩子,他们兄弟二人一定会合作得很好的,我们也会帮助他们做好的。郑老板说,伊犁是我热爱的第二故乡,两个孩子都是我故乡的亲人,帮助他们是应该的。因为我有着深深的新疆情结。关于开家电超市的事,我已与乌鲁木齐的业务合作商商量好了,两个月以后,超市就能开业。到时候我就给他们发货,具体如何经营,我会手把手地教张伟、艾孜木的。正聊着,王医生把饭菜端上桌,邀请郑老板入席。郑老板说,咱们伊犁的伊力大曲非常有劲,我在广州经常喝。

张洪笑了,拿起饭桌上的酒瓶,说,这是您说的那个伊力大曲的哥哥,叫伊力王酒,喝在嘴里,咽进肚里,您的灵魂都会歌唱。王医生坐在张洪旁边，脸上洋溢着欢乐的笑容，说，欢迎您来我们家做客，很高兴能认识您这样一个好人。张伟说，妈妈，郑老板厂里的工人们就叫郑老板“新疆好人”呢。郑老板笑了，说，不敢当，我只是想给新疆的朋友们做一点事。新疆是个好地方，所以我们大家都要做好人啦。大家都笑了。张洪给郑老板倒好酒，把自己的酒杯也满上，然后把酒瓶递给了儿子。张伟给妈妈和自己的酒杯都倒满，看着爸爸，等他说话。张洪端起酒杯说，今天是一个难忘的日子，郑老板来到寒舍，我们全家都很高兴。前几天我还给老婆讲，孩子们刚刚毕业，就有了一个创业的机会，真是遇到贵人了，我们全家感谢您。来，这杯酒我们敬您，热烈欢迎您回到第二故乡。郑老板高兴地举起杯，一饮而尽，眉宇间瞬间闪现出微微的暖光。

那天，见到张伟的时候，他给我们讲了一些关于郑老板当年在伊犁的情况。听后，父亲对郑老板的评价，还是比较准确的。他说，郑老板是一个有情怀的男人，是一个不会忘记吃过盐的地方的人。张伟说，那天郑老板在他们家喝得很高兴，席间，还聊到他的好朋友迪力夏提天才。郑老板说，喜欢迪力夏提天才的脾性，什么时候都像是中了彩票大奖的样子，乐呵呵的，很有人缘。

迪力夏提天才是伊犁知名的手风琴手，民间婚宴割礼，庆贺聚餐等活动，都要请他拉手风琴助兴，如果他拉琴能赢一分，他的脾性可以赢二分，迪力夏提天才就有这个魅力。人们都说他和他的琴声可以感动路边的石头和树木，是一个热爱生活的人。那时候，他是一个大忙人，每逢节假日都有好几家会请他去拉琴，因此他就一场接一场地跑场子。有的时候请客的人为了抢他，要他第一时间到场助兴，相互间还会发生矛盾，甚至出现吵架的情况，但是迪力夏提天才总能及时化解矛盾，满足他们的要求。那时候，伊犁民间有的是拉琴的人，可只有迪力夏提天才能拉出大家心里想要的那种情感，这就是人们叫他天才的原因。正是迪力夏提天才的琴声，那些忧郁中暗藏着欢快和希望的民歌旋律，唤醒了郑老板对家乡的怀念和对爱情的向往。于是在后来的家庭舞会上，郑老板也开始拉小提琴，和迪力夏提天才可谓是珠联璧合，在愉悦大家精神的同时，也安慰自己孤寂的心灵。渐渐地郑老板不想家了，开始喜欢上了伊犁。后来，又通过迪力夏提天才认识了许多朋友。在一次家庭舞会上，郑老板爱上了一位出生在伊犁的姑娘，叫姜丽丽。那时候她刚参加工作，在友谊医院当护士。两人相互爱慕，接触一段时间后感情一步步加深，成了恋人。几年后，郑老板带着姜丽丽回了一趟上海，但他的父母坚决不同意他们在一起，并要求断绝交往，主要是两个人调回上海的难度太大了。张伟说到这里低下头，不再诉说。

父亲在邀请郑老板来家里吃饭时，告诉他也请了迪力夏提天才。郑老板听后非常高兴，说，没想到，您也认识迪力夏提天才。父亲说，当然认识啊。在我们这个城市，不要说人了，就连天上的鸽子，小河里的流水，姑娘们唇上的口红，都认识这个迪力夏提天才，他是我们这一代人珍贵的记忆。我记得迪力夏提天才曾经说过，音乐，是上天赐予我们的，它能够给人间带来快乐。只要我的十个指头还在，就要继续拉下去唱下去。没有音乐，我们的生活就寡淡如水了。

周末的中午，阳光灿烂，微风习习，鸟儿鸣唱，令人心情极为舒畅。客人们来之前，父亲嘻嘻哈哈地变着花样向母亲献殷勤。母亲已经预感到父亲想借接待客人的机会提出在客厅里喝酒。因为前面父亲明确地说过，要抓住这个机会，加强与郑老板的关系，做肝胆相照的朋友。这样不仅对艾孜木和张伟有好处，而且还能让我也跟着他们学习做生意。母亲说，所以你想在客厅接待客人，对吗？父亲说，就一句话，今天宴请郑老板是个大事，葡萄架下宴请客人是不礼貌的，必须安排在客厅里。你要知道，请贵客必须在客厅里喝好酒，所以，你要改变你的那个老旧思想。母亲说，你刚一开口我就明白你的用心，有一句俗话说得好，不要为了治愈眼疾，而把眼睛治瞎了。你能保住我允许你在院子里喝酒的权利就不错了，我可以随时收回你的这个权利。父亲说，今天我就想自作主张一回，你看老天爷今天都给我好天气了，你不给我好心情吗？母亲说，夏天，最好的客厅就是葡萄架下。桌子我给你们摆好了，伊犁能找到的水果我给你们都摆上了，和田的牡丹花图案的地毯给你们铺上了，把儿子孝敬你的那几个玉酒杯也给你们洗净擦干摆上了，这样档次还比不上客厅吗？父亲说，上次在酒桌子上，一个哥们儿说了一句经典的话，欺负自己男人的女人最后是要下地狱的。母亲说，地狱已经是几万年前的事情了，现在都是天堂。阳光下面这么好的日子你不享受，脑子里还装着什么地狱。你那哥们儿我可以想象，一定是个蹭饭蹭酒的家伙，是个早晨起来和老婆抢馕吃的可怜虫。父亲说，你把我骏马一样的朋友，说成是无用的吃货，到了老天爷和你算账的时候，我担心你会变成哑巴，你要学会保护自己的舌头。母亲说，老天爷慈悲着呢，不会为难我的。父亲看着我，说，儿子，记住妈妈的话，到了那个时候，如果妈妈真的有麻烦了，你要帮她一把，就说那些不敬的言辞，都是我说的，都推到我的身上，爸爸的承受能力是一流的。

母亲正和父亲斗嘴的时候，迪力夏提天才带着郑老板，背着他古董一样的手风琴，走进了我们家的院子。我赶紧迎上去，从他肩膀上把手风琴拿下来。迪力夏提天才握着父亲的手，笑着说，你通知我以后，我就到艾尼瓦尔的饭店去找老朋友国荣了。我实在太高兴了，这么多年过去了，国荣还没有忘记我们，又回来看我们了。郑老板说，是啊，这么多年过去了，我没有一天不想念你们。这不，我又回来了。迪力夏提，我的好朋友，你还是这么精神。迪力夏提天才说，不是我精神，是我的手风琴精神啊。大家都笑了。父亲说，迪力夏提天才可是我们的老朋友啊，那个年代就是我们的手风琴手，我们多次邀请过他参加我们的家庭舞会。可惜的是，我没能和郑老板认识。那个时候，我们都是一个时间的儿子，但是我们的命运不一样。迪力夏提天才说，早上的时间和晚上的时间是不一样的，那时候我们都是晚上拉琴，很多事情我们是没有赶上啊。郑老板说，那个年代，我也是晚上拉琴的人，我很怀念那个年代。迪力夏提天才说，是啊，那是我们鲜花一样的日子啊，虽然生活中有许多困难，但是精神上很充实，我们没有放弃音乐，没有放弃歌舞。我们走到今天，我感觉我们没有辜负生活对我们的希望，我们在音乐的翅膀里，看到了我们应该看到的一切。

郑老板说，迪力夏提，你说得好！是的，我们从那个年代走过来，在精神上得到了多方面的锻炼，从而能融入今天的社会生活，在时间的怀抱里，我们找到了在那个年代失去的东西。我不会说时间欠了我们什么，我只想感谢岁月的执着，终于让我们感受到了今天的繁华和幸福。在广州创业的时候，每当回忆起我在新疆的岁月，我就想感谢伊犁给我的锻炼机会和独特的启示，感谢伊犁的朋友们对我的帮助。特别是我不能忘记迪力夏提对我的接纳、给我的友谊。我们无数次在朋友们家里参加舞会，一起拉琴，一起歌唱，一个酒杯轮着喝酒，闭着眼睛做着美梦，梦想我们在灿烂的天宇翱翔，为我们的理想歌唱。终于，我们赶上了这个伟大的时代，我们的物质生活和精神生活得到了极大的提高。使我们曾经期盼的美好生活成为现实。我这次回来，就是来感谢你们的，是来敬拜这片大地和蓝天的。我在广州能认识艾孜木和张伟是一种缘分，是我与新疆的缘分的延伸，因此我就决定在乌鲁木齐帮助他们开办电器超市。这不是我一时的心血来潮，而是真的想为我第二故乡的孩子们办一点实事，助力他们发展成长。

迪力夏提天才说，哎呀呀，阿吾提，国荣讲的话不正是应该碰杯的话吗？酒呢？父亲说，抓饭还没有吃呢。迪力夏提天才说，这么好的话都讲了，还吃什么抓饭呀。居来提，快把酒拿来，我要和我的老朋友国荣干一杯。我应了一声，转身去了厨房，把爸爸准备好的伊力王酒和三只玉酒杯拿出来,放在了饭桌中央母亲特意为客人们做的巴哈力点心的旁边。父亲正要伸手拿酒瓶,迪力夏提天才已麻利地拿起酒瓶,打开,在三只漂亮的玉酒杯里倒满,说,阿吾提,现在不是正式开始喝,我提议,咱们先敬国荣一杯。国荣,你是我们新疆真正的儿子娃娃,这么多年,你一直没有忘记我们。前几年你寄来的电视、电脑、洗衣机、面包机、冰箱这些好东西,我都收到了。最高兴的是我老婆,她可以不用手洗衣服了。女人的双手解放了,脸上的皱纹也越来越少了。在伊犁的这个美好的正午,在神话一样漂亮的葡萄架下,我们敬你一杯,祝愿你健康顺心。男人健康了,才能钱挣钱。男人顺心了,才能胃口好。好东西吃在嘴里,心就更善良了,就能给我们的孩子们办更多的好事了。男人的日子,从来都是这样一环套一环的。你看,今天阿吾提把家里珍藏的玉酒杯也拿出来了,我和他玩了大半辈子了,从年轻时一起追姑娘到现在的老年一起糊涂,就没有跟我用这种金贵的玉酒杯喝过酒。要不是为了接待国荣你,我这辈子可能都看不见他的这个酒杯。

父亲笑了,说,从年轻的时候开始,我们的迪力夏提天才就不喜欢用玉酒杯喝酒,不管走到哪里,就是在朋友的家里办舞会,衣服口袋里都有一个自行车的铃铛盖盖,拿出来满上酒就喝,说是方便。郑老板笑了,说,是的,是的,是这样,那个年代我也用自行车铃铛盖儿喝过酒。那时候酒稀缺,酒杯也不好找。迪力夏提天才也笑着说,是的,我们都有这样的经历。父亲接着说,迪力夏提,那时候酒杯少,但是我们有音乐,我们靠音乐走到了今天。迪力夏提天才说,说的好!是音乐支撑起我们对生活、对未来的希望。我们现在拥有的幸福,正是来自我们那时的希望。来,为国荣,为音乐,为希望,干杯!

迪力夏提天才喝完酒,开心地把酒杯放在桌子上,看着父亲,说,今天就咱们三个人,好好聊聊我们从前的事情,人多了不好说话。父亲说,对对,今天就咱们三个人,让我们好好回忆从前岁月留在我们骨髓里的挚爱和真情。我看，人生最宝贵的东西就是友谊。友谊可以使我们学会微笑和互敬。因为我向你致敬，会启发你向我鞠躬。这样你就不忍心藏起你的好酒，我也不会藏起我的玉酒杯。就是说，最好的朋友会以心换心，能够将自己最好的东西，拿出来共同分享。郑老板说，是的，是这样。阿吾提先生讲的好啊，我听了这些话，感到很温暖。一个人能留在他血脉里的珍贵记忆，包括真挚的友谊，都是他最宝贵的精神财富。

在我给客人们倒茶的时候，迪力夏提天才又倒了三杯酒，看着父亲说，好事成双，我再给国荣敬一杯，而且是用我的挚友阿吾提的玉酒杯，干了。郑老板笑着，端起洁白的玉杯，把酒喝了，说，迪力夏提，你真是堂堂正正的男子汉，脾性一点也没有变，既可爱又刚烈，身上辣椒胡椒姜皮子的味道还都在。迪力夏提天才说，我也就这么一点本事了。阿吾提，在你们家抓饭还没有做好的这个空当儿，我先拉上几曲，都是从前的民歌，是滋养我们的旋律。说着，迪力夏提天才调好音，拉起了他的手风琴。

当悠扬的琴声骤然响起的时候，在院门右侧的花园里啄食的一群野鸽子似乎被惊吓着了突然飞起来，朝着西边一片有着百年树龄的白杨树林飞去。

迪力夏提天才闭上眼睛，进入到了一种绝佳的状态。

后来，父亲说，当迪力夏提开始闭眼拉琴了，就说明他的情感已全部投入音乐之中，已完全被音乐征服，被歌词陶醉。我看了一眼身后，母亲从客厅打开的窗户里看着我们，深情地欣赏迪力夏提天才绝妙的音乐。母亲似乎流泪了，像上天放飞人间的天使一样，塑在那里，而内心已进入到迪力夏提天才创造的音乐梦境里，在无垠的宇宙花园中，寻找自己私密的忧伤和灿烂的光芒。我又看了一眼父亲，他也闭上了眼睛，粗粗的眉毛随着音符跳动，身心已经融进了迪力夏提天才的手风琴声里。再看郑老板,他开始用他洁白的手帕擦拭眼泪了。他在伤感的时候,似乎变成了另外一个人。因为在他脸上有了明显的痛苦的表情,不是我这几天看到的总是笑容满面的那个郑老板了。而迪力夏提天才,已完全被手里的手风琴俘虏了,下巴放在手风琴左侧的琴盖上,随着旋律微微地左右摇头。一会儿,又把下巴移到右边的琴盖上,也是按照音调的牵引,微微摇头,融入自己的天籁之音里。使我没有想到的是,这郑老板也是有着深刻伤痛的人,他会有什么样的苦痛呢?

这时,迪力夏提天才的歌声缓慢地响起,不是那种无力的、颓废的靡靡之音,而是那种在艰难中屹立不倒的声音,是在狂风里仍挺直腰杆的男子汉的呐喊。迪力夏提天才的歌声,征服了我。从他的喉咙里流出来的歌词,开始在我们头顶旋转、飞舞。

我是一个孤独的异乡人,
不知向谁诉说我的伤痛。
生活在同一片蓝天下,
就是见不到自己的恋人。

在音乐的间歇,我悄悄地观察每一个人,这个刺伤他们的恋人,究竟是无情的时间呢?还是有情的情人?是的,我不可能想象更多的细节,我只能从他们的表情和眼神里去判断。一定,在那个旋风一般逆转的年轮里,有着他们各自的经历和感受,而这些经历和感受此时此刻又在他们曾经熟悉的旋律里掀起波澜。

当音乐停止的时候,母亲的抓饭做好了。母亲把用油炸过的羊羔肉放在古旧的铜盘里的金黄色的抓饭上面,让我端到客人面前。此时还沉浸在往昔中的父亲看到我后才回到现实中。父亲邀请大家用餐的时候,母亲也从厨房里出来,再一次邀请客人们品尝。而后母亲回到厨房里，用一个专门喂野鸟的铁盘子，盛了两勺油亮亮的抓饭，走出来放在了院门右侧的花园前。母亲站在花园前仰望天空，一群野鸽子和几只斑鸠，似乎是闻到了抓饭的香味，从西边飞了过来，落在花园前，咕咕咕地相互招呼着，开始啄食浓香的米粒。

母亲每次做抓饭，都会给鸟儿们留出一份。母亲的这个做法，是源于她奶奶的教诲：在我们享用最美味饭食的时候，也应该给在我们周围为我们飞舞歌唱的鸟儿们留出一份，两勺抓饭也就够了。它们虽不会说话，但会在内心感激我们，惦记我们。当我们几天不出门时，它们会飞到窗户前来叫我们，提示我们应该出来享受阳光了。母亲说，她最喜欢野鸽子飞落时拍打翅膀的那种声音，它象征着生命气息，给人一种原始的宁静和和谐。

每当母亲深情地给我讲这些故事的时候，父亲就故意扫她的兴，说，把野鸽子肉清炖上，盐可以重一点，然后捞出来，焖在米里做成抓饭，味道很棒。如果是喝过二两后，喝上一碗野鸽子汤，那种感觉赛过神仙啊。母亲说，对你们喝酒的人，我研究的时间也不少了，就是不明白你们吃野鸽子肉，拳头那么大的野鸽子，吃着有什么意思呢？这世上还有比羊羔肉更好的东西吗？父亲听出母亲话里的火药味，就立马回到他善良友好的状态，说，我曾经也是这个想法，一旦喝高了，脑袋就被酒瓶子收买了，哪还会有赛神仙的感觉？

客人们吃过抓饭以后，我回到后院，开始给他们做烤肉。今天的烤肉与以往不同，方法是父亲独创的，羊肉切块后，用盐和蛋清拌上，然后放青椒和西红柿块，腌制一个多小时以后，拿出来慢火烤，能吃出与一般烤肉不一样的味道。我把烤好的十来串烤肉放在瓷盘里，端过去，放在客人们的饭桌上，邀请他们品尝。迪力夏提天才尝了一串，说，不错。常言说，老鼠的儿子会打洞，自然我们酒仙的儿子也是做烤肉的高手啊，真不错，香！郑老板更是对我的手艺赞不绝口。这时，从北边巷口那片茂密的梧桐树林里，飞出来两只漂亮的戴胜鸟，落在了厨房前面的樱桃树上，摇动着头上奇异的花冠，开始啄食羊肝儿一样鲜红的樱桃。它们从一个枝条飞到另一个枝条，品尝着世间的美味，像神话中从遥远的天际放飞人间的小使者，欢快的样子让人看了心情愉悦。父亲看着这对儿戴胜鸟，说，我们人类，最喜欢说的词就是幸福，但是万物中，最幸福的应该是野鸟。全世界所有的夏天都是它们的神话，好空气和好吃的东西都属于它们，可我们人类却不明白这个道理。迪力夏提天才说，老邮差，你都说到人类这个层面了，这个话题太大了。

我看了一眼郑老板，他的眼圈红了。显然，几杯酒下肚，他有点激动了。迪力夏提天才也看出来了，对郑老板说，国荣，过两天我找个地方，就去伊犁河那边吧，那里曾是你们常去谈恋爱的地方，现在变化很大。我来通知姜丽丽，咱们一起喝两杯。她跟我多次问起你，问你回来没有。唉！那个姜丽丽，奶油一样的好女人啊，你却没有抓住。你说你爸妈不同意，这种事情，有几个是爸妈同意的？老鹰叼小鸡一样叼走嘛，一年半载爱情的娃娃生下来，你的爸妈会牵着羊来庆贺的。好了，我的老板哥们儿，我继续给你们唱，来一首《伊犁河小夜曲》，是民歌联唱。国荣有好多年没有听了，今天让你过过瘾。我小的时候最喜欢唱《美丽的姑娘千千万》，可长大了我才知道，所谓爱情，不只是因为姑娘长得漂亮，而是在举止言谈人品德行等方面，都让人看着顺眼，由此产生爱慕才是真正的爱情。爱情，爱情像是一种活水，流到哪里，哪里就能孕育出生命和幸福。好了，我还是唱起来吧。老了，我发现自己添了毛病，就是爱卖弄了，话多，是隐秘的虚伪在作怪，可是已很难改了。父亲说，天才，我敬你一杯，喝完你给我们继续演奏，那水平就不一样了，你的手指也会唱起歌来。我麻利地给迪力夏提天才的酒杯斟满，他端起来一口喝了，然后长长地呼出一口气，说，酒可是好东西啊！可是没有人能说出酒的好处。我至今都在寻找发明酒的那个人的后裔，可是一点音讯都没有。

音乐是上天赐予人类的第二语言。

迪力夏提天才拉起漂亮的手风琴，闭着眼睛，优雅地唱了起来。没有风，风也停下来倾听。多年栖居在我们院子里的野鸽子，一群群地飞回来了。我专门看了几眼它们的嗉子，鼓鼓的，显然都是觅食回来的鸽子，它们栖落在葡萄架上，屋檐下的横梁上，厨房前面的樱桃树上，好像也在欣赏从迪力夏提天才的记忆里流淌出来的醉人旋律。我对音乐和民歌的热爱，最早是受了父亲的影响。我小的时候，每当父亲请客，都会邀请乐师和歌手助兴。当客人中的老人和长辈较多的情况下，主要请弹奏弹布尔琴和都塔尔琴的乐师。而在比较欢快的场合，或是要在葡萄架下跳交谊舞的时候，就请手风琴手。因此更多的时候是请迪力夏提天才，如果请不到，就请二流的手风琴手，也能助兴。父亲在任何时候都能找到安慰自己的话，说，常言道，烈马还未到手的时候，先屈尊骑骑毛驴儿吧。而迪力夏提天才，是公认的大师，大家对他的一致评价是，他是可以用琴声唤醒那些千古亡人的魔幻大师。

舒心的旋律把我的思绪带到了神秘的野马渡一带。小时候，我跟着母亲多次去过那个地方，都是在盛夏或秋天参加亲戚朋友的婚礼或割礼之类的喜庆之宴，因而我对这一带非常熟悉。我似乎听到了伊犁河水潺潺流动的声响。青黄鱼跃出河面，在空中舞动着漂亮的尾巴问候着两岸的人们。飞越河面的野鸭子深沉的鸣叫着，唤醒河两岸广袤草原里的鹌鹑和野鸟，祝福它们在富饶的草原繁衍生息，在遍地的野花蓓蕾里抒写它们生命的华章。

而后，在这油画般的景象里，河面上出现了一只巨大的木筏。湍急的河水持续拍打着木筏，迅速地把它冲向野马渡下游更加宽阔的河面，向木筏上的男子汉们，展示野马渡的波澜和气魄。河水像一面镜子，映照出河两岸的人们，他们在弯腰拾着苹果，村妇们在馕坑边打馕，孩童奔跑在开满田旋花的田野，追赶着飞舞的蝴蝶。红嘴野雁鸣叫着，飞向蔚蓝的天空，钻进仙女长袖般洁白的云层……

迪力夏提天才的歌声还在空中继续荡漾，我已经完全进入到他建造的那个音乐天堂。人虽没有睡着，但却处于白日梦的那种状态。奇怪的是，院子里静静倾听的那些野鸽子们似乎默默地流泪了，睫毛都变得湿漉漉的，看着让人心疼。

宴席在客人们的极度兴奋中结束了。当我收拾餐桌的时候，母亲走过来说，你爸爸不能再这样放开喝了，回到屋子里倒在床上就起不来了。我给他脱鞋的时候，他还喃喃自语说，人世间所有的彩虹，都是美酒的朋友。话没说完就打上呼噜了。我说，那是喝好了。母亲说，你怎么还这样说。你爸不能再喝了，对他来讲，现在是酒不要紧命要紧了。

雨从葡萄架上错乱的藤蔓间落下，像天上的一串串珍珠，急切地陨落人间。雨渐渐地开始大了，雨滴噼里啪啦地落在餐桌上，清脆、深沉而又急促。

第二天清晨，空气里弥漫着浓浓的雨香味，给人一种非常舒畅清新的感觉。在葡萄架上或是樱桃树上的野鸟们，齐声鸣唱。夜莺藏在茂密的橡树林里，也随声合唱。悦耳的鸣叫声让初醒的街巷充满了安乐和祥和。

几天以后，迪力夏提天才请郑老板和姜丽丽吃饭，就他们三个人。实际上，迪力夏提天才是想把他俩衔接在一起。迪力夏提天才把他们带到伊犁河下游一家新开业的饭馆，精心点好了饭菜，并说了热情洋溢的开场白后，吃了两三口抓饭，就撂了个套（新疆土话，意为编了个借口），假装很着急的样子，匆匆走了。这个地方，在百多年前是老百姓抓鱼的地方，茂密的枣树林以南是水草丰茂的伊犁河流域。河水上午、中午、下午和晚上的流水声和颜色都不一样，河床里的鱼也不一样。后来，这里成为青年人谈恋爱的地方。青年男女们在这美好的风光里，卿卿我我，互诉衷肠，留下了沙枣花般的甜美回忆。他们还在这里举办舞会，青春的舞步撩动着古老的伊犁河水发出轻快愉悦的声响。再后来，也就是现在，这里变成了吃饭的地方。

雅间的窗户向着河面，干净的窗玻璃和粼粼的水波相互映照，两个人都没有说话，看着窗外的景色，不由得回忆起他们曾在伊犁河畔留下的身影和相互倾诉的甜蜜话语。

岁月流逝，当年郑老板离开伊犁回了上海，后又去广州发展。在广州创业以后，企业有了一定的实力。他几次和姜丽丽联系，邀请她到广州游览，看看他的企业，说如果她的爱人刘建江感兴趣，他可以帮助他们在广州创业等等，但都被姜丽丽笑着回绝了。她友好地说，感谢你的好心。感谢你的好心，是标准的新疆话。这种拒绝方式既委婉又友好，对方能感受到你对他的敬重，但是因为种种原因，不能答应他的提议和请求。实际上，姜丽丽的委婉拒绝没有“种种原因”，而是只有一个，那便是怕引起误会，让那些闲言碎语吞噬她的名声和爱人的尊严。她虽没有直说，但意思郑老板已经听出来了。

郑老板夹了一块羊羔肉，放在姜丽丽的食碟里，说，我刚才尝了一块，不错，有嚼劲。我喜欢吃伊犁的羊肉，香！姜丽丽说，谢谢。是的，我知道你喜欢吃羊肉，明天去我们家吃手抓羊肉吧，我给你做，放你喜欢的恰玛古。郑老板说，恰玛古，学名叫蔓菁，很好的东西，对胃好。谢谢你啊。你家我就不去了，今天见到你，我已经很高兴了。这几天和迪力夏提天才他们吃饭，总聊起你。

说着，郑老板从衬衣兜里取出一张银行卡，双手拿着，微笑着，轻轻地放在了她食碟右侧的桌子上。而后，迅速地瞧了一眼姜丽丽，说，我一直有一个想法，想补偿一下你曾经对我的好。

姜丽丽瞬间沉默了，脸上的笑容和眼睛里的光芒消失了。晶莹的泪水，从她月亮一样漂亮的眼睛里流出来。她说，国荣，美好的初恋，是可以用金钱来补偿的吗？郑老板说，丽丽，你别误会，我说的补偿，是纯粹的，没有任何物质的成分。姜丽丽说，我都明白。我不缺钱，更不想用这笔钱影响我记忆里的那些纯真和美好。我不想忘记我们曾坐在伊犁河边，欣赏两岸的美景，观察从对岸的森林里飞起的野鸟，倾听河水赐予我们的祝福，朗诵诗人们创作的美好诗篇。

郑老板的银行卡最终没有送出去。郑老板不明白，金钱应该具有弥补过错、挽回缺憾的功能啊。可是，今天为什么这个功能无故失效了呢？那天，两人互相道别的时候，姜丽丽看着郑老板，说，国荣，如果我的爱，和当年我们留在这片热土上的故事，可以揉进你那张银行卡里，那该多好。但是不能，这是根本不相关的两码事。

被拒绝的郑老板不甘心。他不想让这张银行卡成为他新疆之行唯一没有达成的心愿。因此，郑老板继续施展他的智慧，但都被姜丽丽一一拒绝。他只好使出最后一招，说，丽丽，我尊重你，你可以不接受这张银行卡，但是我以我最纯洁的灵魂请求你，收下它。你可以不用，就把它当作我们曾经恋爱过的信物收藏起来，帮助我们回忆共同拥有过的那些岁月。

姜丽丽说，国荣，我明白你的心思。但是，这张银行卡里是有钱的。我们曾经共同拥有的那些岁月，和金钱没有一点关系，更不能用金钱来衡量。我有我们那个时候我用眼睛拍摄的我们的合影，已深深藏在了我的心底，这就足够了，比这银行卡要金贵千万倍。

听到郑老板近期准备回广州的消息后，我和艾尼瓦尔一起也请他吃了一顿饭。席间，我们聊了很多，我们对他有了更深的了解。别无他求，只为回报这片土地和在这片土地上繁衍生息的人们。如此单纯的想法让我们更加增添了对他的敬重。在他准备回广州的时候，郑老板把那张银行卡，送给了迪力夏提天才。

第十一章

时间是那暖心的玫瑰

第十一章　时间是那暖心的玫瑰

自从那年苏来提牙子被肖开提局长狠狠地教育了一番以后，他基本上大门不出二门不迈，窝在漂亮的别墅里，反思自己的行为，回忆他可怜的童年和艰难的青年时代。他想起在自己最艰难的时候，身边的人是怎样无私地帮助他，想起自己发达以后，贪婪的心像野草般泛滥滋长，伤害了那么多人，甚至包括帮助过他的人。他对自己的行为悔恨不已。

那年公安局协同有关部门，查清了苏来提牙子的问题。主要涉及两个方面，一是偷税漏税，二是销赃。当得知公安局将把他的案子移交检察机关时，苏来提牙子慌了，请求见肖局长一面。他给肖局长跪下了，说，我错了。都是我身边的人蒙骗了我，让我走了弯路。肖局长，您给我一次机会吧，我认罚，罚我多少钱都行。肖局长说，我们给过你机会，但你依然不思悔改。现在就等着法律的惩处吧。后来，法院依法判了他六年。

服刑期间，苏来提牙子的老婆到监狱看他，说，好好改造吧。当年，你没有把我对你的提醒当一回事儿,做了那么多坏事,结果把自己搞到监狱里来了吧。苏来提牙子说,你说得对,我进来后反思了我的行为,我真是鬼迷心窍啊。从霸占人家的宅院开始,到屠宰场低价收购盗贼偷来的牛羊,我是自己一步步走进深渊的。贪欲蒙蔽了我的双眼,让我丧失了理智,想想我的所做所为,我真是活该受到法律的严惩。

他反思自己企图把热西黛留给儿子艾尼瓦尔的宅院据为己有的丑行,有太多的悔恨和眼泪。他深深地为自己曾经的行为感到羞愧,觉得非常对不起帮助过自己的,已经去世的热西黛大姐。对不起像弟弟一样的孤儿艾尼瓦尔。对不起让他帮助照顾那个宅院,并免了他租金的阿吾提邮差,也就是我的父亲。

就在不断自责中,六年过去了。出狱后,苏来提牙子给父亲打了一个电话,说他想请父亲、肖开提局长、艾尼瓦尔等朋友吃个饭,主要是想就过去的所做所为真诚地悔过,向大家道歉。请父亲千万不要拒绝一个犯过错、坐过牢,已经认识到错误的人的请求。父亲开始没有同意,但听到他言辞恳切,心一软就勉强答应了,但提出要和肖局长联系后再定时间。肖开提局长没有同意,说,这种场合我是不会参加的。

父亲把肖局长的原话告诉了苏来提牙子,并说请客的事就免了吧,苏来提牙子听后,哭了。他痛苦地说,我已经认识到自己的错误,就请给我一个悔过自新的机会吧。父亲感觉到了他的真诚,就答应了。

那天,父亲带着我、卡米力和艾尼瓦尔参加了那个宴请。餐厅是父亲的回族朋友马维军开的,那里的八块鸡和油糕是父亲青年时代就喜欢吃的东西。父亲要我和艾尼瓦尔早一点过去点菜,他给我写了一个长长的菜单,还要求我们把需要的“坛坛罐罐”都备好。父亲说的这个“坛坛罐罐”,指的是酒和酒杯。说话比较婉转,是父亲的习惯,一般的人听不懂。

正午时间阳光灿烂,大家都到齐了。父亲说,这个天气,正是喝酒的好天气，就是喝醉了，也可以躺在渠沟里和太阳说话。

苏来提牙子来得最早，他带来了一只烤得黄酥酥的烤全羊，和我们点好的菜肴加在一起，显然是吃不完的。苏来提牙子说，和大家几年不见面了，我想好好表达一下心意。他这样说，我倒觉得也是句好话。

客人们在包厢里坐好后，老板马维军来向大家问好。马老板说，欢迎各位朋友。今天我给大家准备的是恰西山养的芦花鸡，是吃蚂蚱长大的野鸡，味道美得很，都是精瘦肉，再整上几杯伊力王酒，你们回家的时候脚板子（新疆土话，意为脚）自己会飞呢！大家都笑了。苏来提牙子说，阿吾提哥，您选的这家餐厅选得好，我和马老板认识多年了，今天介绍你们认识一下。父亲说，没错，马老板的这家餐厅可是在伊犁名气很大的。不过，你还不知道吧，我们俩也是几十年的老朋友了。马老板说，是这样的，苏来提老板，我和阿吾提是从小玩泥巴长大的朋友，我们彼此都能看透各自骨髓里的东西。加上阿吾提一直在邮电局工作，大街小巷狗窝鸡窝里没有他不知道的事情，自然就见多识广了，什么样的老话新话，都能成为他舌头下的朋友，我很敬佩他。

饭菜上来了。八块鸡的确是回民朋友的一道名菜，以前父亲也往家里带过，要母亲品尝。说，是山上五千年前的野鸡，肉味胜过天鹅肉，鸡汤胜过燕窝羹。母亲说，你这么说，这鸡应该是神仙鸡了，吃了一定会长生不老。还是你自己慢慢享用吧。父亲说，你总是不信我，你是不是又听到什么闲话了？母亲说，这鸡显然是下酒的好东西，我吃了，岂不是浪费吗？

八块鸡味道确实醇香，花椒味浓烈，有一种令人愉悦的功效。父亲还记得刚才马老板说的话，就开玩笑地说，这道八块鸡真的香啊，不愧是恰西山上吃蚂蚱的野鸡啊。马老板笑了，说，老朋友，蚂蚱的味道吃出来了？父亲说，没有。蚂蚱可能让你的大师傅偷吃了。大家听了都笑了。马老板说，哦，要是那样的话，那个老家伙这个月的奖金没有了。

父亲故作严肃地说，你还是手下留情，他会把你偷鸡的事情说出去的。听说最近许多人家的老母鸡都丢了，你要是扯上这个案子，会赔光的。马老板笑着说，我清白着呢，没人能把我怎么样。

根据苏来提牙子的安排，被切成一块块的烤全羊端上来了。苏来提牙子请客人们品尝，说，我特意让烤了两个小时，肉皮都烤黄了，很香。苏来提牙子请父亲先动手，父亲说，大家一起来，酒桌子上没有大小。父亲抓起一块肋条肉，咬了一口，说，是的，烤得好香啊，把羊的灵魂都烤出来了。

苏来提牙子哈哈地笑着，说，阿吾提哥，我还从来没有听说过，这羊的灵魂也能烤出来吗？马老板插了一句，说，邮差嘛，天上地下的事情都知道，就连恰西河里的那些鱼儿也是他的特务。父亲说，好，还是马老板厉害，将了我一军。大家又笑了。

等大家笑罢，父亲说，大家都垫了一点了，咱们开喝吧。实际上，是我自己坐不住了。我有一个不治之症，只要吃上两口烤全羊，舌头就会吵着说为什么酒还没有来？卡米力笑了，说，阿吾提爸爸，您的舌头是我们全伊犁最厉害的舌头，我就喜欢听您说话。父亲说，谢谢。人在将要老糊涂的时候，说话就会语法颠倒，听着有趣。我看，是不是先让苏来提老板把今天请大家的意思讲一下啊？

苏来提牙子端起酒杯，站了起来，准备说话的时候，父亲插了一句，苏来提老板，你也是上了年纪的人了，还是坐着说吧。苏来提牙子说，不敢当，在大家面前，我是个有愧的人，还是站着说吧，都是贪婪惹的祸呀。今天请大家吃饭，第一个意思，是想感谢阿吾提大哥，过去，鄙人不要脸的时候，阿吾提大哥就提醒过我，可我那时根本没有把他说的话当回事。就认为天上所有的鸽子，都是我锅里的菜。这几年我在里面的确是受教育了，悔不该当初不听阿吾提大哥的金玉良言。所以今天我首先要感谢阿吾提大哥。大哥，我先敬你一杯。说着，苏来提牙子把手里的酒杯伸过来,和父亲的酒杯碰了一下。父亲说,好好干,兄弟。把屠宰场开好,把手下的人管好,好好过日子。父亲讲完,笑着举杯,把酒喝了。

父亲把酒杯放在桌子上,说,好酒。这酒有些年头了,口感油润润的,能喝到这样的好酒,不是人有福,而是嘴巴有福。卡米力笑了,说,是的,人的嘴巴是最有福的,不是有"大饱口福"这个词嘛。苏来提牙子说,应该是眼睛有福吧,是"大饱眼福"才对。大家都笑了。苏来提牙子继续说,这几年来我开始看书学习,通过书本明白了许多道理。今年我还聘请了一位学习畜牧专业的大学生,给我做参谋,想把屠宰场的业务做得更规范些。

我一边倾听他们的对话,一边思考从前的苏来提牙子和现在的苏来提牙子真的不一样了。看来这几年他是被教育好了,镜子里面和外面的他,都变成了本分的人。

这时,苏来提牙子端着酒杯站起来,说,我今天的第二个意思是要给大家赔罪。这里面的故事,在座的大家都知道,我就不啰唆了。我总结了一句话,人在不要脸的时候,那真是鬼见了都怕。那些年,我霸占艾尼瓦尔母亲留给他的宅院,想尽了恶毒的办法,就连阿吾提大哥的规劝也没当一回事儿,真是无耻到了极点。这一杯我首先是给艾尼瓦尔赔罪,给阿吾提哥哥赔罪,给卡米力赔罪,当时我也没有少骂卡米力。那时候我就是一个臭骷髅,现在我要做一个好人,我要洗心革面重新做人。艾尼瓦尔是个孤儿,爸爸至今没有找到,他和居来提到和田找爸爸的事情,我也听说了,我也在打听从前的那个叫艾尔肯的人。难啊,一个人躲起来,里面的麻烦,第二个人说不清楚。和艾尼瓦尔相比,我真的不是个东西。这事要是放在我的身上,我能和他一样,千里万里地去找父亲吗? 说心里话,难! 实际上,关于孤儿,我也做了一些功课,我们人人都有责任关心孤儿的生活。关于扶助孤儿的事情,老人们留下过箴言：要做孤儿的爸爸，孤儿应有七个爸爸。可我一件好事没有做，反而想霸占艾尼瓦尔的宅院。艾尼瓦尔，请原谅我！卡米力，请原谅我！阿吾提大哥，请原谅我！我真诚地向你们致歉。

父亲接过他的话，说，好，亚克西。老话说，宁要朋友百万，不要金钱千万。苏来提牙子说，我再唠叨一句，那年肖局长要我把白住艾尼瓦尔宅院那么多年的租金，交给艾尼瓦尔，我照做了。但是艾尼瓦尔没有收，还说，都过去了，不讲这事儿了。后来我找过阿吾提大哥，他也没有说成这件事情。今天，我把那笔钱和利息一起带来了，阿吾提大哥，您就给我做个主吧。他说着，从身后拿起一个精致的皮包，放在了桌子中央。父亲看了皮包一眼，又看了卡米力一眼，说，是啊，当人回归正路的时候，就会变得坚强起来。特别是你还提到了利息，说明你把金钱和人间情谊分开了。艾尼瓦尔，你就把钱收下吧。卡米力也说，阿吾提爸爸说的好。艾尼瓦尔，你收下吧。艾尼瓦尔说，好吧，那我收下，谢谢苏来提叔叔。从前呢，我们不懂事，也有做得不对的地方，还请您原谅。卡米力说，对啊，苏来提叔叔，这些年来，不光是您，我也是有许多经验教训的。艾尼瓦尔听到这句话，看了一眼哥哥卡米力，看到了哥哥眼神里流露出的愧疚。艾尼瓦尔站了起来，看了看我，又看看父亲，说，阿吾提爸爸，这样吧，今天，我把这笔钱，送给我的哥哥。哥哥自从来到城里，生活上也是有些不顺的地方。我呢，作为弟弟，也做得不好，对哥哥关心不够，甚至有些事情，我做得还有些过分。主要是年龄小，心还没有长大。今天借苏来提叔叔的这个酒局，也请哥哥接受弟弟的道歉，并把这笔钱收下吧。父亲立马插话了，说，卡米力，收下吧。今天是好日子、好兄弟、好朋友、好酒、好肉、好酒杯，还有苏来提老板的好钱，几好合一好，那就是你弟弟的这片真心，你应该收下，卡米力。人嘛，身上哪能没有一点伤疤什么的，但是治愈了就是令人高兴的事啊！

卡米力的眼泪夺眶而出，站起来说，谢谢弟弟！谢谢大家！听你们这样说我很感动,那这钱我收下了。艾尼瓦尔站起来,抓起饭桌上的皮包,递到卡米力的手里。父亲带头鼓掌,大家也都开心地跟着鼓起掌来。父亲说,苏来提老板,你这第二个意思非常不错啊,今天这个酒咱们喝的好啊!

随后,大家开始自由结合,频频举杯,都热闹起来了。说话最多的人自然是父亲,无论什么样的内容,他都能掺和进去,似乎没有他不懂的事情,关键还都能说出个一二三来,有那么点儿民间博士的样子。

苏来提牙子和父亲聊了起来。他热情地给父亲敬了一杯,说,哥啊,还是你劳道(新疆方言,意为厉害),想起从前的日子,我的脸就红。现在钱有了,脸没有了。父亲说,那些事情,不是都过去了吗?和伊犁河的水一起流走了,不说了。

吃完饭,散场的时候,我细细地观察每一个人,最高兴的人是苏来提牙子。回家的路上,我悄悄跟父亲说,苏来提叔叔真的变了。

后来父亲说,那天,还有一个人非常高兴,就是卡米力。他在宅院的这件事情上,开始是有野心的。后来博斯坦古丽跟我说过,当年艾尼瓦尔车祸住院的时候,卡米力是知道的,但却装着不知道,也没有去看过艾尼瓦尔。当然这里面也有他老婆的小心思。那天的赢家看似是卡米力,毕竟那笔钱落在了他的手里,但艾尼瓦尔才是大赢家。他让大家看到了他那善良博大的胸怀。你不要看艾尼瓦尔没有读过什么书,实际上他的社会经验还是不少的,做人做事的道理他都懂得。艾尼瓦尔虽然把卡米力一家从饭店里赶出去了,但心里还是有哥哥的。我想,他是一个心里很有想法的人。他能把自己年迈的师傅艾山江请到饭店里照顾,就是他会做人的一个体现。这些事情,他嘴上不说,但都是在认真地去做。那天他当着众人把钱给他哥哥,那笔钱到底是多少,我们不好问。但是,艾尼瓦尔的这个做法,无声地告诉卡米力,哥哥,你放心,我永远是你的弟弟。这就是智慧,艾尼瓦尔的大智慧。

我对父亲看问题如此深刻，从内心里敬佩。我说，看来，我还是太年轻，只注意看表面现象了。父亲说，不过，你说的也没错，苏来提牙子确实变了，对于从前的那些事情，他已深深地悔过了，我们应该用新的眼光看待他，并接纳他。

几天后的一个下午，艾尼瓦尔来找我，说想请我在红桥那边的苹果市场吃饭，那里有一家肉饼味道非常好。我们来到这家肉饼店，是一个四十多岁的妇女开的。我们要了一个雅间，点了两个凉菜，五张肉饼，边吃边聊。艾尼瓦尔来找我时，我就从他的眼睛里看出，他心里有事。艾尼瓦尔说，居来提哥哥，有一句话，我可以问你吗？我说，可以呀，你客气什么，讲。艾尼瓦尔说，今天我想和你说的是关于你成家的事情，是你的个人私事。按说这种事情我是不能问的。这个道理，是我的师傅艾山江先生告诉我的。他说，与人交往，有两件事是要特别注意的，一是别人家家庭成员之间的矛盾，是不能打听的。二是关于别人婚姻的事，也是不好打听的。因为这两件事都涉及人家的隐私。但是，你是我亲哥哥，我不能不说。我每次回到家，我的爱人博斯坦古丽就嘘寒问暖，热茶热饭伺候我。我累了，还给我揉肩捶背。孩子们也像他们的母亲一样，非常尊敬我。每当这时，我就感到非常满足，我的生活是如此的幸福。而每次看到哥哥你时，总是形单影只，和爸爸妈妈生活在一起。我就想问问你，为什么不成家？难道你就不渴望爱情吗？

听了艾尼瓦尔的话，我沉默了。以前，我的确是小看他了，实际上，他是一个有心的人。他一直在观察我，关心我。我必须向他坦露胸怀，把他作为自己的知己，在往后的日子里，和他肝胆相照，成为无话不说的兄弟。

我说，今天你既然问起这件事情，我就给你好好讲讲。我今年快四十岁了，至今没有成家的原因，主要在于我。前几年父亲和母亲三五天就和我锵锵（新疆方言，意为争吵）这个事情，现在也不说了，我们都静下来了。我曾经有过一个心上人，叫古丽夏提。我们家和她家是一个巷子的邻居。她小的时候就很漂亮，我们经常在一起玩，玩沙包、荡秋千。父亲不同意我和她玩，说得比较直接，说我从小和女孩子混在一起，长大了对性格没有什么好处。那时候我还不懂父亲讲的那种意思。母亲就和父亲吵，说，都什么年代了，你还这么封建，孩子们在一起玩，有什么不好吗?

我们小学是同班同学，中学也是。中学的时候她已经长得像杏花一样漂亮了。我和她一起上学放学，男同学们都羡慕我和她这么要好。读高中的时候，我们依然并肩上下学。每次她头发散发的馨香，都会吹进我的心田，我的青春开始萌动，但我们谁也不敢捅破这层窗户纸。后来，我们一起考上了大学，还是同校同班。于是我们终于可以正大光明地恋爱了。两家的大人知道后，除了父亲外，都为我们高兴。父亲说，他们现在都还是生萝卜，人生之路漫长着呢，将来的事情谁知道呢，命运和我们的想法有时是不一样的。母亲说，你这是什么话呀，怎么还有你这样的爸爸?父亲说，真话是不好听，刺儿多，但我说的不是没有道理。看着我们俩每天形影不离，同学们就开玩笑地说我们是一个箩筐里的两只苹果(意为两口子)了。大学毕业以后，古丽夏提被分配到口岸工作，我留在了城里，分配到第一中学做了一名教师。当我们两家开始谈婚论嫁的时候，她突然提出要和我分手。因为她认识了一个做外贸生意的老板，比她大十岁，叫哈木拉提，他们很快就结婚了。那个哈木拉提当年是在黑市上倒卖美元起家的，很有钱，在市里还有一家大型商场。没过一年，古丽夏提辞职不干了，开始管理她男人的外贸公司。这突如其来的变故，对我打击很大，一度精神恍惚、萎靡不振。后来我辞去了教师的工作，成了一个时间相对自由的作家。在她准备嫁给哈木拉提的时候，她还冠冕堂皇地对我说，之所以和我分手，是因为她工作的口岸离市区有一百多公里，如果和我成家，将来生活上会有很多的不便。实际上,她是看上了哈木拉提的财产。当我揭穿她的时候,她竟然理直气壮地对我说,没错,我是看上了他的财产。我是穷人家的孩子,嫁给一个有钱的人,我有什么错?这不是我的权利吗?我们都是读书人,都应该明白,爱情是一码事,婚姻又是一码事。我父母亲把我们几个孩子养大不容易,当我遇到能够改变自己人生的机会,我是不会视而不见的。现在,这个机会来了。哈木拉提答应给我哥哥和两个弟弟开一个公司,让他们在口岸发展,这将从根本上改变我们家的生活面貌。你能够给我提供这样的条件吗?在你的身上,没有我需要的东西,因此我就重新做了选择。当然,我的这个选择不存在我在道德上有什么亏欠你的。

我一口气给艾尼瓦尔讲述了伤害我极深的这段情感经历。

艾尼瓦尔静静地听着,神情慢慢变得深沉起来,前额上也出现了些微的波浪型的皱纹。我看了一眼餐桌上最后一张肉饼,感觉有点像古丽夏提中学时代的面庞,很是耐看,不由得产生了狠狠咬上一口的冲动。

艾尼瓦尔非常关切地看着我,说,哦,是这样啊,居来提哥。我说,这一切都已经过去了,我已不再为此而焦虑,我的心态已变得平和,顺其自然吧。当爱神降临时,我的爱情之门就会打开。这就是我为什么至今没有成家的原因。不过我不成家并不代表我厌倦了生活,回避爱情,对真挚的爱情我从不怀疑。我只是渴望得到那种纯粹的、本真的爱情。

艾尼瓦尔给我倒了一碗热茶说,哦,是这样啊。你深深爱着的女人在金钱的诱惑下离开了你,选择她并不爱的男人,并与他结婚。这对你是多么大的伤害啊,但你仍能这样快乐地生活,居来提哥,你真的是一条硬汉啊,我十分敬佩你。你先喝茶,我也说说我的爱情吧。你是知道的,我的爱情中没有恋爱的过程,生活没有给我这个机会。我师傅艾山江给我说过一句话，说有些事情是可望不可及的，但是我们不会饿着。我的理解是，这个“饿着”包含的东西太多了。就拿我的经历来讲，当知道自己是被生母遗弃的孤儿时，痛苦让我迷失了方向，我天天把自己灌醉，麻痹自己。当灵魂和肉体被摧残的时候，是博斯坦古丽拯救了我。这样说来，我没有被“饿着”，相反却开始了我的崭新的生活。当我决定娶博斯坦古丽的时候，我不敢告诉我哥哥和嫂子，博斯坦古丽也是这样，如果给她的家人讲了也不会同意。关键是我们在年龄上的差距，特别是我嫂子一定会千方百计地阻挠。那年车祸出院后，我把心里的想法告诉了我的师傅。他沉默了很长时间以后，说，这个事情，要给你哥哥讲，无论怎么样，他是你哥哥，是你唯一的亲人。我沉默了，我知道师傅给我指的这条路会给我带来非常大的麻烦，我可能会失去博斯坦古丽。师傅接着说，这几天你要好好想想，如果你和这个女人结婚了，现在会怎样，将来又会怎样，心里要有一个准备。生活中最可怕的事是没有亲人，在你痛苦的时候没有人来安慰你，没有人会拉着你的手帮你转身，向着太阳的方向前进。你现在这个年龄，应该还想不到那么多，但我作为你的师傅，我有这个义务提醒你，把生活的背面，照不到阳光的那些地方说给你听。关于博斯坦古丽的年龄，我没有意见，但是，你们结婚的事必须要让你哥哥知道，他有这个知情权。我已经是走进黄昏里的人了，不知哪一天，黎明就会带走我的老命。但是，你的生活才刚刚开始，所以，在你完婚的大事上，不能没有亲人站在你的身边，你不能选择孤独。你说你要报答博斯坦古丽，我很欣赏这句话，你是个男子汉。不过，报答她的方式有很多种，你可以把她养起来，可以管她的那几个儿子，你可以教他们打馕或学会一门手艺，将来走到哪里都不会饿着肚子，但不一定非要娶她才是报答。找一个和你岁数相当的姑娘，结婚生孩子，留下你的血脉，也是非常重要的事情。

实际上，当时师傅说这些话的时候，我并没有听进去。我的脑袋里，只有一个念头，那就是娶博斯坦古丽，和她幸福地生活在一起。至于她比我大的问题，我根本就不在乎。过了几天，师傅见我仍旧那样坚持，就说既然如此，那就按照你的意思办吧，我也不能过分强迫你。有一句老话说，自己喜欢的，上天也会喜欢。只要你高兴，作为师傅，该说的我已经说完了。

我们悄悄地结婚了，我只有一个想法，那就是要报答博斯坦古丽。我之所以感到自己很幸福，是因为我实现了自己的誓言。当年，我们到民政局领结婚证的时候，博斯坦古丽站在大门前又犹豫了，说，艾尼瓦尔，今天咱们先回去，你再好好想一想。你正值花样年华，不能牺牲在我这个深秋的季节里。再说我的三个儿子，也会拖累你的。博斯坦古丽是真诚的，到现在我也能清晰地回忆起当时她说这话时的表情。我说，我都想好了，只有和你生活在一个屋檐下，我才能看到人间的黎明，才能看到温暖的太阳，才能看到我们共同奋斗的金色秋天。于是我坚定地拉着她的手走进民政局大门。

吃完最后一张肉饼，我俩准备起身离开。艾尼瓦尔说，马上就到七月份了，咱们去特克斯的喀拉峻玩十来天吧！我说，七月是去吐鲁番沙疗的最好时机，母亲腰痛，父亲腿痛，所以，他们每年这个时候都要跑一趟吐鲁番。去吐鲁番沙疗的伊犁人很多，平日里在伊犁见不到的人，都能在吐鲁番沙疗点上遇见。父亲这次让我也去，为他们服务。我听母亲说，你老婆博斯坦古丽也想去，干脆你把她也带上，咱们一起去吧。父亲在吐鲁番有一个很要好的朋友，他们每年去都是找他。艾尼瓦尔说，好啊，我听你的，咱们一起去，为阿吾提爸爸和沙代提妈妈搞好服务。

第十二章

暖风吹拂柳叶低唱

第十二章　暖风吹拂柳叶低唱

郑老板这几天要回广州的消息,是父亲告诉我的。父亲联系好了为郑老板饯行的地方,就在伊犁河南岸老矿长加玛力儿子开的那个南岸游乐园。父亲说,那里风光好,有树林、河水、野鱼,是最佳的地方。我们多请一些朋友,好好送一下郑老板。艾尼瓦尔说,阿吾提爸爸,您就不操心了,一切由我来准备。父亲说,谁准备都一样,这回我来带酒,咱们好好地和郑老板喝几杯。艾尼瓦尔说,那您看都邀请哪些人作陪?父亲说,客人嘛,要把肖开提局长请上,再把在汉人街玩鸽子的萨依提,皮里青煤矿的麦尔丹 ,张伟的爸爸张洪,还有咱们的迪力夏提天才叫上。记得一定让迪力夏提天才把手风琴带上,给客人助兴。还有卡米力,对了,苏来提牙子也叫上吧,也就十来个人。咱们中午开始,一直热闹到半夜。还有,你们要把接送人的车准备好。

我和艾尼瓦尔陪着父亲去伊犁河南岸时,经过了一座现代化的大桥。桥上什么时候都是满满的人和车,有卡车、卧车、马车、毛驴车。人们被两岸的风景和宏伟的大桥所吸引,都不禁驻足,在桥两边的人行道上照相留念。当年号称“河谷第一桥”的这座桥落成的时候，父亲给我说，这座桥是一位女设计师设计的，这就验证了那句老话，有力量的人只能战胜一个人，有知识的人可以战胜众多的人。她一个人的设计，就可以调动几百号人修建这座大桥，可见拥有知识是多么重要啊。我至今都记着父亲说的这些话，我从中得到了一定的启示和滋养。

这个游乐园我和艾尼瓦尔来过。父亲喜欢岸边的那座望河楼，装修得极其精美，顶棚和每一个柱子上，都镶有古朴的版画，材料也是上好的阿勒泰红松和桦树，没有上漆，保持着原色，看着十分舒服。版画上绘着的诞生于不同年代的图案，是民间工匠们智慧的结晶。精美图案有玫瑰、野蔷薇、牡丹，还有小刺玫、葡萄和椭圆形的祥云。止步欣赏的人，都不禁会说出类似“岁月静好”的赞美之词。望河楼可以登高望远，站在十多米高的阁楼上远眺，既可以看到东面宽阔的伊犁河，又可以看到河北岸护卫着河床的高高的百年白杨树，还可以欣赏到南岸边那片茂密的森林。

再看近处，从北岸飞到南岸的野鸟，一群群的，它们发出的欢快的鸣叫声，像春天里的青年人郊游时快乐的笑声和歌声。转身望向下游，可以看见一群群鱼儿不时跃出水面，偷吃新鲜的空气，然后浮在平静的河面享受阳光温暖的抚摸。父亲每次看着平静流淌的河水，都会说，实际上，人的幸福就像河水。后来，我问父亲，爸爸，我搞不懂您说的那句话的意思。父亲说，我也不懂，就是那天，在那样一个特定的环境，我看着河水不由得就冒出这么一句。至于其中的意思嘛，我还真没想出来。其实，世间的有些事情，也没必要我们非要去搞明白，有的时候懵懂一些，更好！

客人们都来了，最后来的是肖开提局长。

我和艾尼瓦尔根据父亲的安排，一左一右，开始给客人们斟酒。父亲站起来，咳嗽了一声，用友善的目光把客人扫视了一遍，说，尊敬的男子汉们,下面我们就要愉快地、幸福地开喝了。哦,对了,肖局长因还有公务就以茶代酒了。下面我把今天聚会的主题讲一下,今天这个酒,主要是为欢送我们的好朋友郑老板而喝的。郑老板大家都知道,老家在上海,现在是大老板,在广州有自己的工厂。他当年是支边青年,曾在咱们市防疫站工作。那时,他还是我们迪力夏提天才的好搭档,喜欢拉小提琴,常常与迪力夏提天才一起组织家庭舞会。他们可以说是肝胆相照的朋友,都是站着尿尿的男子汉。大家听了父亲的这番话都笑了,气氛顿时活跃起来。父亲接着说,这次郑老板回到新疆,一方面是看望我们这些老朋友。另一方面,也是最重要的一个方面,他为了报答伊犁对他的养育之恩,将帮助咱们的艾尼瓦尔和张洪的儿子开办一家家电超市,支持家乡的孩子们创业。过几天,郑老板就要回广州了,来,让我们共同举杯,感谢我们老板朋友的善举,并祝他一路平安!祝他从前的日子和现在的日子海麦斯(维吾尔语,意为全部)幸福!干杯!

父亲举起酒杯,首先和郑老板碰了杯,而后和肖局长他们依次碰过后,说,酒杯一碰,滴酒不剩。说完,父亲带头,一口把酒干了。大家在酒精的作用下,情绪都被调动了起来,欢声笑语在包厢里此起彼伏。

父亲说,朋友们,因为肖开提局长下午还有事,我们先请肖局长给大家讲几句。肖开提局长说,好,那我说几句。首先感谢阿吾提大哥,盛情邀请我们一起吃饭,为我们的郑老板送行,也替阿吾提大哥谢谢各位朋友光临。我先敬郑老板,这段时间郑老板的事情我都听说了。上一次迪力夏提请郑老板的时候,也请了我,我和郑老板聊得很好,听了许多他的故事。这次郑老板回到第二故乡,刚才阿吾提大哥也讲了,主要是为了给咱们张洪和艾尼瓦尔的孩子在乌鲁木齐开办家电超市,我听着非常高兴,这就是有馕大家一起吃的胸怀呀。那么,我这一杯茶,单独敬郑老板。说着,肖局长和郑老板碰杯,把杯中的茶喝了。肖局长接着说,这第二杯茶,我敬大家,祝大家吃好玩好乐好,叫郑老板喝好。

说着，肖局长和大家一一碰杯，然后他放下杯子，说，我下午还有工作，就不陪大家了，待下次郑老板再回伊犁的时候，我们再聚。说完，肖局长站起来，和大家握手告别。

我和父亲，还有苏来提牙子，一起送肖局长。车刚驶出大门，身后便传来阵阵笑声，先是迪力夏提天才那豪爽的笑声，而后是大家极度欢快的笑声，很是热闹。我们赶忙回到自己座位上。迪力夏提天才看着满面红光的苏来提牙子，说，苏来提老板，肖局长坐车走了吗？苏来提牙子说，走了。迪力夏提天才说，你说你已经变成好人了，我看还差一点。我要是你，见了肖局长我会把腰弯成九十度，为什么呢？要对把自己由一个坏人变成一个好人的人从内心里感激才对。父亲说，把腰弯成九十度，那他眼里哪还会有我们，他眼里只会有满桌子的美味佳肴和一杯杯美酒了。这话让苏来提也笑了起来。我的笑声也与大家的笑声融在一起。

等大家笑罢，父亲说，现在，应该请郑老板给我们讲几句。郑老板站起身来，准备说话的时候，父亲说，郑老板，请坐下说，坐下说话舒服。站着说话腰会吃亏，男人的腰是要爱护好的。郑老板说，谢谢您关心我的腰，人活着，腰硬不硬可是很重要的。我首先要说，今天是我难忘的一天，感谢阿吾提哥哥今天的盛情款待，而且是在印刻在我灵魂深处的伊犁河畔。刚才我再一次看到伊犁河水，依然是那么亲切，让我很激动。今天坐在这里，对我来讲真是故地重游。迪力夏提天才说，你说的对，朋友，玩音乐的人，都是这样一天三个世界，一日等于百年。郑老板说，是这样的，我很庆幸在自己人生中有这样一个支边的经历。当年我离开伊犁以后，才发现伊犁是那么美丽和可爱，在朋友们之间，哪怕是在陌生人之间，都有一种令人温暖的东西。我最后得出的结论是，伊犁是一个充满着美好的地方。这里的人们的浪漫、友好、善良，不同民族之间相互欣赏、相互尊重，都在我的认知里留下了深刻的印迹。我是一个喜爱音乐的人，伊犁是一个音乐的天堂，这里的人们能歌善舞，个个都是艺术天才。这一点，给我的印象也是非常突出的。比如，我们的朋友迪力夏提就是一位超级的天才人物。可以说，他是伊犁民间音乐的见证人和传承者。因此，迪力夏提天才的称谓，他当之无愧。生活离不开音乐，孩子相亲、朋友聚会、婚礼庆典等等，都离不开音乐。当春天来了，音乐会从冬天的屋子里走出来，在明媚的乡村，在百花盛开的田野，在开满野罂粟的高山草原，可以说到处都飘荡着它悠扬的旋律。所以，今天我要感谢阿吾提哥哥，感谢我青年时代的老友迪力夏提天才，感谢在座的各位，感谢伊犁，感谢伊犁人民。我以这杯酒，敬你们，敬伊犁，来，干杯！

郑老板端起酒杯，一饮而尽。这时迪力夏提天才已经进入了状态，悠扬的琴声如从远古传来，刚进入耳朵，便立即传入心扉。大家都被这琴声所陶醉，时而闭着眼睛晃动身体，时而随着迪力夏提天才齐声合唱。这琴声打消了人世间所有的隔阂，让所有人的心紧紧地连在了一起。

父亲似乎醉了，音乐停了他还在唱。当河面的凉风吹拂他的脸时，他才微微睁开眼，扫了一眼已经两三成对儿的聊天交心的朋友，大喊一声，哥们儿，今夕是何年？迪力夏提天才第一个回应，有酒有肉高朋满座的盛世之年！父亲又说，我欲乘风归去，又恐情义难舍。迪力夏提天才应道，好酒高朋唱岁月，恰似天上人间。然后，他抱起蔚蓝色的手风琴，又开始他深情演奏。

当星星开始点缀夜空的时候，已经看不见河水的波光了。客人们基本上都喝高了，我们先送郑老板和迪力夏提天才，外面备好的小车，只安排了他们二人。迪力夏提天才上车的时候还对我说，把我的歌声留在河边。孩子，告诉你爸爸，请他给河边的苜蓿花打个招呼，让它们好好存储我的那些旋律。河里面有我认识的青黄鱼，等它们上岸的时候，告诉它们，那些旋律，是我献给它们的礼物。让它们再把那些音符带进河里，放给众多的鲫鱼鲇鱼白条鱼听，它们会明白，我们人类和它们是最好的朋友……

郑老板就要回广州了。父亲逗母亲，说，要是放在以前，我会到广州去做生意的。挣一大笔钱，回来风风光光建一个别墅，给你雇一个保健医生，天天给你按摩鼻子耳朵，让你返老还童，从头再活一遍。这样在家族里，也可以创造一个奇迹，算我没白当你男人一场。母亲说，谢谢，阿凡提的阿，你把这心愿，画在纸上送给我，我就非常满足了。父亲说，你这就不对了，你不能不尊重我的梦想。母亲看着我说，孩子，梦想和妄想有什么区别吗？我说，妈妈，梦想要好一点。母亲说，你就好好和爸爸学吧，将来没准儿都能用得上。

实际上，爸爸在家里躺了好几天，确实喝多了。

那天早晨，父亲让我代他送郑老板去机场。我们早早来到机场，候机的时候，我和郑老板聊了起来，内容是那天他在河边宴会上的那番讲话的继续。他说，我之所以喜欢伊犁，是因为这片土地有着浓厚的人文情怀，有美丽的山川河流，到处都有各种令人舒心的花草树木，有品种众多的飞鸟，有悄悄话一样挠人的暖风，有令人心情舒畅的清新空气，有辽阔无比的森林草原……任何一个人来到伊犁，都会感觉到这里就是他梦里的家乡，是可以成为他归宿的地方。

我们正聊着，姜丽丽提着一个黑色的手提包，出现在候机厅里。首先是我看见了她，她穿着一件蓝底黄花的连衣裙，快步向我们走来。我说，郑老板，丽丽阿姨来了。而后，我站起身来，悄悄地走开了。我看见他们握手谈笑，场面很是温馨。我来到饮水机前，抽出一个形状类似漏斗的三角形纸杯，接了一杯温水，喝了一口，又回头看他们。他们没有坐下，可以想象他们谈得很开心。由于距离远，我看不清他们的表情，只能看见郑老板不停地做着一些动作，似乎在表达他炽热的感情。姜丽丽侧着身，把耳朵贴近郑老板嘴的方向，倾听着他的诉说。随后姜丽丽把手里的皮包交给了郑老板，我仍旧看不清他们的表情，只能在远处猜想皮包里会是何物，不可能是钱财，那会是什么宝贝呢？我想，很有可能是精神维度上的某种东西吧。这个东西一定是承载着他们过去青春的信物，一定对他俩都有着非同寻常的意义。

飞机起飞了，向着南方飞去了，渐渐地消失在了视野。

晚上吃饭的时候，母亲说，七月份了，准备准备咱们去吐鲁番沙疗吧。父亲说，有什么可准备的呢？要走我们随时可以出发啊。今年把居来提也带上，为你服务。一会我给吐尔逊江打个电话，让他给我们留两间房子。母亲说，上次和博斯坦古丽吃饭，她说也想和我们一起去，说她多年来腰疼腿酸，有关节炎。还说，艾尼瓦尔也想去。父亲说，好啊，那咱们就一起去，我让吐尔逊江再多留间房子就是了。

父样说的那个吐尔逊江，是他的朋友，伊犁人，在吐鲁番开了一个沙疗所。每年开春后，他就去吐鲁番做准备工作。沙疗最佳的时间是六月底到八月底，因此到了秋天，他就回到伊犁生活，窝在灯捻村，静静地过他的日子，那里还有他的一个面粉厂和榨油厂。之所以叫灯捻村，是因为这个村最早是做灯捻的，在电灯普及前几乎全市的灯捻都是由这个村做的。村里曾经有一个很大的水磨，周边百里的人家，都在这里磨面。父亲说，灯捻村曾经是一个很热闹的地方。后来，因水磨的生产能力有限，渐渐地办不下去了，吐尔逊江就在老水磨的原址上，建了一座电磨，生意发展得很快，不久就开办了一家面粉厂，接着又搞了一个榨油厂。我第一次和父亲母亲去吐鲁番沙疗时，吐尔逊江给我的感觉是那种自来熟、有心计的人。

父亲把组织大家出发的事情交给了我。两天的时间，我们就做好了准备。根据爸爸的意见，我们买了到吐鲁番的火车票。博斯坦古丽是第一次坐火车，当火车启动的时候，她善良的脸上露出极其愉快的表情。她看着车窗外的那些连片的楼宇，说，艾尼瓦尔，坐火车的感觉真好啊，好像整个城市都在欢送我们。艾尼瓦尔深情地看着她说，那年我和居来提哥哥坐火车从和田回来，也有这样的感觉。

父亲和母亲坐在走道边的窗口旁，欣赏着快速发展的美丽的城市。银筷一般的白杨树，迅速地向后方退去。

火车开出了市区。

长龙般的列车一路飞驰，车厢里的旅客有的闲聊，有的欣赏窗外的风景。父亲又和母亲在斗嘴中败下阵来，脸色不好地把我赶开，躺在床铺上打起呼噜。我本想去安慰一下母亲，但看到母亲的面色比父亲还要难看，便借口接水避开了她，去找艾尼瓦尔闲聊。

七月是一个神奇的月份，我虽然说不出什么原因，但我就是对七月情有独钟，我深深迷恋着每年的七月。在伊犁河的波澜里，在各家的花园里，在每个人的脸上，我都可以感受到七月带给人间的光热和福泽。

六个多小时后，火车驶进了吐鲁番站。睡醒一觉的父亲已经忘记了几个小时前的不愉快，兴奋地拉着母亲趴在窗前急切地寻找站台上他的老朋友吐尔逊江的身影。

父亲的朋友吐尔逊江来接我们了。他非常热情地抱住父亲，说，欢迎你啊，亲爱的阿吾提哥，我的老朋友。什么时候看见你，我都很激动，你是一个和夏天一样好的好人啊。

吐尔逊江说这话的时候，我有意看了一眼母亲。她的眉头皱起来了，显然心里已经有了微词。晚上，谈到这个吐尔逊江的时候，母亲向父亲说，你的这个朋友，这些年确实对我们不错。但是，心里的话我还是要说的。他就是一个靠吹捧发家的人。父亲说，他也是一个实干家，人和人的活法是不一样的。再说了，人家在伊犁有实体，在吐鲁番有沙疗所，是靠着勤劳和智慧发财的人，是一位值得交往的朋友。母亲说，你的朋友和你一样肚子里都很复杂。甜言蜜语不知道什么时候就成口蜜腹剑了。他恭维你的那些话，我听着就浑身发麻。他说你是和夏天一样好的好人，你一个人怎么可能成为一个夏天？这话听着难道不吓人吗？父亲说，我蹦跶了一辈子了，第一次听到老婆你说出嫉妒自己男人的话。

吐尔逊江的沙疗所，位于一个名叫风园村的村子旁。他给我们留了三个标准间，母亲和父亲住一间，艾尼瓦尔和他老婆住一间，我一个人一间。与几年前相比，房间都是装修一新的，给人一种很舒适的感觉。吐尔逊江对父亲说，晚饭就不在我们的食堂用了，我安排在旁边一个村庄里的朋友家了，咱们吃烤全羊。父亲说，今天累了，就在你的食堂简单吃一点吧。吐尔逊江说，阿吾提哥，我心脏一样的朋友，你们来了我不能有丝毫怠慢呀。尤其是这一次你不仅把嫂子儿子带来了，还带来了两位新客人，每一顿饭我必须亲自安排。阿吾提哥，你我已经到了通向坟墓的岔路口的年龄了，剩下的日子属于青年人，几年后我们就会落在他们手里，所以不能得罪后生们，这可是千古不变的道理啊。父亲说，还是你厉害，我当了一辈子邮差，也可以说是见识不少了，可就是没听过你今天说的这个道理。好吧，就按照你的想法办吧。我还是那句话，客人应和绵羊一样老实。吐尔逊江说，你可是罕见的好绵羊啊，是可以做几辈子朋友的好绵羊。

幸好，父亲和吐尔逊江叔叔热聊的时候，母亲不在。如果母亲听到这些对话，少不了又要和父亲辩论一番。母亲一定会说，阿斗的阿，你这个朋友不仅靠吹捧起家，还是一个奸诈的人。这人世间会有几辈子的朋友吗？我不知道父亲会怎么回答母亲，但是我可以断定，在这种交锋中，父亲从来都不会理屈词穷。

我出门参观了一番院落，几排平房除了内部进行了装修外，外面没有什么变化。院子里最大的神奇仍旧是那几排巨大的百年柳树，每棵直径都有一米多，高大茂密。树身和那些枝杈弯弯曲曲的，容易让人产生遐想，似乎每一棵柳树都有着许多故事。上次和父母亲来时，看见这些柳树我就有这样的想法。我绕着院子看了一圈，沙疗的沙堆还在院子西面的那个坡上，坡的南北两头和从前一样，还是那些有着许多故事的柳树。两边柳树的中间便是冒着热气的沙子。各地来的人们躺在阳伞下，戴上太阳帽，身边准备好足够的茶水，把身子埋在沙子里，用热热的沙子排去身上的湿气，这就是沙疗。沙疗的人一个小时换一个地方，当从沙坑里坐起来的时候，身上带着潮湿的沙子，说明疗效显著，然后就再找一处新的热沙埋住身子，以巩固疗效。

一个非常有意思的现象是，从伊犁河谷来这里沙疗的人最多，主要是因为气候的原因。位于北疆的伊犁由于气候比较潮湿寒冷，人的身体极易受寒。而吐鲁番是热馕坑般热的地方，这里的沙子能把人身体里的湿气烘烤出来。吐尔逊江和父亲聊天的时候，说过这样一句话，沙疗特别适合女人，因为女人身上的湿气比男人的多。

食堂的位置和院门南边的围墙是连着的，临街的宽大的窗户如橱窗一般，发挥了极其有效的广告作用。路过的人们，看到食堂师傅们忙碌的身影和烟火气，就会受到感染，不由自主地走进院子来吃饭。在院子里的柳树边，放置了二十多张桌子，有圆桌和方桌。几张供客人盘腿而坐，围坐在小炕桌边吃饭、喝茶，还可以躺着休息的大炕，也是一道风景。我喜欢坐在对着院门的那棵古柳树下，看那些吃饭的人们和过往的游客。从他们的长相、衣着和说话声可以判断出，他们大部分是伊犁人。说话声铿锵有力，喜欢用重音。看人的时候，都有一种似曾相识的亲切感。我喜欢坐在这里，还有一个原因，就是喜欢这里吹过的热风。特别是从下午一直到黄昏，热热的北风吹过来，像馕坑里的温度，有一种将肉体和骨骼分离的感觉。此时人轻飘飘的，像柳树枝条上的长条叶片，在热风里左右旋转，沉浸在一种似梦非梦的舒适当中。

上一次和这一次的感受加在一起，我最想说的一句话是，我喜欢这热风。在这样的热风里，我似乎可以听到无数柳叶的低唱，那是风从远方带来的故事。春天的故事、人间的故事和天上的故事，都飘落在柳叶上，浸润在叶片的叶脉里，倾诉着岁月留在它们身上的烙印。随风摇曳的柳叶轻声地感谢这热风不停地把那些迷人的故事带到这里，让它们有机会和这里的人们分享。

院门前的马路有着不同于大都市的热闹和繁华。从北到南的几公里的马路，两边都是门面，最多的是饭馆。其他的小店，主要出售沙疗用品，如铲沙用的巴掌大的小铁铲、防晒帽、拖鞋、肥皂、香皂之类。还有水果店，店里最受欢迎的是切成牙的西瓜，在热风的吹拂下，路过的客人总是经不住那又红又沙的瓜瓤的诱惑，不吃上两牙就迈不开腿，走不动路。

中午和晚上，街上最受欢迎的美食是烤羊肉串，真正是南疆一带的烤法，不放太多的调料，只放少许食盐。客人就着专门搭配烤羊肉串的薄馕吃，非常可口。吃完烤肉的客人们往往会继续坐着，喝一口热茶，惬意地享受着丝绸一样拂面而过的热风，享受着吐鲁番因特殊地理环境所具有的独特的魅力。吐鲁番的热，已成为一种资源，每年吸引着大量前来沙疗的游客，为当地的经济发展发挥着重要作用。

院门右侧也有几棵古柳树，树身上有多处疤痕，应该是长年的热风吹拂留下的印记。有的地方树皮掉光了，有可能是被飓风扒掉的，撕裂的树身，像老阿妈脸上的皱纹，默默地诉说时光的流逝和岁月的沧桑。

每天下午，我就坐在靠着古树的那条长条饭桌旁，边吃烤羊肉串，边在热风里，看着烤羊肉串的师傅迪力木拉提，欣赏他的吆喝声。他总是放开嗓门大喊：火焰山的羊羔肉！吃热风长大的小公羊！不香不要钱！香了多给钱！他的声音滑稽、自信，吸引人。听到吆喝声的人们，闻着烤羊肉串的香味，都不由自主地径直走过来，要上几串品尝解馋。我和迪力木拉提师傅聊天的时候，他说，卖烤羊肉串，你不吆喝不行，客人听不见，就不会过来吃。还有烤羊肉串就适合在外面卖，顾客们闻到香味，自己就走不动了，必定要买几串解馋。

吐尔逊江的确是父亲的好朋友，从我们到风园村的第一个晚上开始，每天都安排一顿大餐。七天的晚饭，他都安排在村里朋友的家里，七天吃了七只羊，对我们十分热情。母亲悄悄地对父亲说，孩子他爸，吐尔逊江过于热情了吧。他这样做，我反倒不自在了。我们就是普通人，天天一只羊招待着，不太合适吧。第一天吃了烤全羊，第二天就可以安排家常饭了嘛。父亲说，他喜欢这样，习惯了。咱们先吃着，你记好，一共是几只羊，公羊母羊你都记着，到时候我自然会回报他的。

第一天晚上吃烤全羊时。肉出馕坑后，吐尔逊江亲自动手，给我们切肉，一人一大块。切给母亲和父亲的都是瘦肉，切给博斯坦古丽的也是瘦肉，切给我和艾尼瓦尔的却是肥肉，而且还有说法。他说，年轻人，要吃肥一点的，心脏旁边没有点油围着，长大了就会有麻烦，走路会摇晃，人就老得早。父亲笑了，说，我知道，你也是幽默大师，现在大家都怕吃肥肉，你却还有这样的道理。吐尔逊江说，男人不吃肥肉不行，特别是年轻人。只要肉吃得好，记忆力就会好，等你们到我这个岁数时，年轻时发生的事情都能记得住。父亲笑了，说，好，说得好。吐尔逊江接着说，再说了，艾尼瓦尔和他妻子是头一次来我这里沙疗，我更要招待好啊。这一次认识了艾尼瓦尔我非常高兴，冬天回伊犁就又多了一个朋友，多了一个乐趣。父亲说，朋友，你真的活得很潇洒啊。整个夏天享受吐鲁番的热风，冬天回伊犁吃马肠子喝美酒，我看你就是个母亲祝福过的幸运之人啊。吐尔逊江说，我哪有什么福啊，夏天大家都去山里避暑纳凉了，我却只能待在这火焰山，我是辛苦命啊。父亲说，朋友，人嘛，不可能年年岁岁都像孙悟空一样好强，猴子也有打盹的时候嘛。不过你刚才说的，等到老了还能记得住年轻时发生的事，那可不容易啊。吐尔逊江说，人生当中，会有很多值得记忆的事情，尤其是年轻时犯的错误，是不应该忘记的，应该在条件成熟的时候尽量去弥补，不能等到进了坟墓，还带着一书包的遗憾和后悔。父亲笑着说，有道理。

那天回到沙疗所，母亲说，孩子他爸，我觉得吐尔逊江是一个相当复杂的人。刚才说的有些话，不像是开沙疗所的人讲的话呀。父亲说，做生意的人，一般都是说话前要先练嘴的啊，这不奇怪。他这个人，常年和各种人打交道，什么样的人没见过，什么样的事没听过啊，这些足够让他成为半个哲学家了。母亲说，我总觉得这个人的肚子里面还有一双眼睛。我也琢磨过，感觉他不是你年幼一起玩大的朋友，是后来加入你唱酒圈子的酒肉朋友。他是一个有钱人，而你不是。父亲说，交朋友没有这么一说，脾气相投就可以以心换心了。母亲说，我总觉得，你和他换不了心，你们不是一路人。在他过分的热情里，似乎隐藏着什么东西，我也说不清楚，感觉既像彩虹一样漂亮的绸缎，又像雨中一道糊满泥浆的篱笆，看不清也看不透。说心里话，我不欣赏你这个朋友。父亲说，老婆，我的朋友里你能欣赏的没有几个。这些年，你没有让我睡在羊圈就不错了。母亲说，阿斗的阿，阿猫阿狗的阿，你不要太狂，你等着，看我回家怎么收拾你。父亲说，要是在家里，我还能这样说话吗？我现在是出门在外的大狼狗，你抓不住我的。

每天沙疗后的晚饭，吐尔逊江都为我们精心安排。第二天在村里他另一个朋友家里吃的是清炖羊肉。他们宰了一只大黑羊，放在直径一米多的大锅里煮，我们没有见过这种做法。整只羊放进大锅里，倒满水，慢火煮。大锅两边各站一个手持木棍的小伙子，不停地翻转羊肉。一个半小时后，羊肉就出锅了。父亲说，吐尔逊江，我们伊犁没有这样的做法呀，都是切块煮。吐尔逊江说，每一个地方的小曲儿调子都不一样，主要是考虑整只煮，敬献客人的时候好看。烤全羊也是这样啊，整只羊放在桌子上，不是很有面子吗？父亲说，朋友，你我之间面子不重要啊。吐尔逊江说，那是自然，这不是还有嫂子和新朋友嘛！父亲说，我明白了。

第三天晚饭，吐尔逊江又带我们去了一个新的朋友的家，在葡萄架下吃沙漠烤肉。先把羊肉包在羊肚子里埋进沙子，然后在上面架上柴火烧，一个小时就能熟透。那浓香的肉味，让你稍不留神就能把自己的舌头也一起嚼着咽下去。母亲以前没有吃过这么香的沙漠烤肉，简直是赞不绝口，说，这种做法很不错，胃里可以长时间地热热的，真的很舒服，这个沙漠烤肉的确是治胃寒的好东西。什么时候我们再去一趟和田，尝尝那里的沙漠烤肉，看和这里的有什么不同。父亲说，和田是用红柳架在沙子上烧，烤出的肉味道也是一绝！到时候，我只需打一个电话，沙漠烤肉就会给我们准备好的，因为那个地方也有我的朋友，嘿嘿，艾尔瓦尔的舅舅扎克尔。母亲笑了，说，是不是那边的沙子土块都认识你啊？父亲说，当然，就连你擦嘴用的餐巾纸也认识我呢。母亲笑了，笑得那样灿烂。其实和父亲斗嘴，只是她的一个喜好，而在心里，母亲像沙漠烤肉一样热烈地爱着父亲。

第四天晚饭安排的是馕坑贴肉，也是在吐尔逊江的一个朋友房子里。客厅的装修非常漂亮，大红大绿的，热情奔放的风格，和外面的热风是一样的。吐尔逊江说，这种吃法也是南疆特色，馕坑烧好稍微退热后，就在巴掌大的剔骨肉上面洒上一点盐水，贴在馕坑壁上，也就十多分钟的时间，就熟了。最好吃的地方不是腿肉，而是肋条肉，肥瘦搭配，软滑香糯，上口就能吸溜掉，非常好吃。父亲把吐尔逊江夹给他的一块肋条肉，放在了母亲的食碟里，说，尝尝，有朋友的地方，就有这样的好肉。母亲笑了，拿起面前的肋条肉，咬了一口，说，是的，熟透了，好香。

第五天晚上吃的是库麦其，就是民间特制的一种肥羊肉烤饼。肥羊肉烤饼的馅儿主要是羊肉和洋葱，有两个巴掌那么大，埋在已燃尽的柴火堆里用余温焖烤，那个味道可以令天上的神仙也垂涎三尺。父亲掰了一小块，递给母亲，说，你尝尝，爱吃的话回家我给你做。母亲咬了一口，细细品尝后，喝了一口茶水，说，我听说过库麦其，原来是这样做的。它应该是男人们喝酒时下酒的好东西。父亲说，好老婆，刚就你这一句话，真是千古经典啊，简直可以唤醒整个城市里酒鬼们迷醉的心灵啊。母亲说，他爸，谢谢你的夸奖。

第六天吃的是霍尔达克，也就是霍尔顿。用羊肉疙瘩炒洋芋，放洋葱、干辣皮子、西红柿、大葱、花椒，小火炒，慢火煮，汤汤水水的，一人盛一大碗，泡着馕吃，那叫一个美。后来，母亲说，其他的东西，我做不过他们，但是这个霍尔顿，我的手艺也是一流的。父亲笑了，说，那是自然。

每次吃饭，几乎都是父亲母亲和吐尔逊江说话，尤其是父母亲的斗嘴，就相当于是宴席上的开胃菜，我和艾尼瓦尔两口子听着笑者，心情非常愉快。

吃完霍尔达克的这天晚上，回到沙疗所后，我把艾尼瓦尔叫出来，坐在院门前的长条饭桌旁，边吹热风边聊天。艾尼瓦尔说，这个吐尔逊江不一般啊，一个伊犁人，在馕坑一样热的火焰山，开这么一个沙疗所，是了不起的事情。我这几天一直在想，我们可以搞一个比这个沙疗所更大更现代化的沙疗中心。这就是艾尼瓦尔的风格，做事从不张扬，但要做的事情，肚子里面清清楚楚、明明白白。

最后一天晚饭吃的是肉馕，就是在平底锅里煎过后再小火焖熟的那种家常肉饼。馅儿里也放点洋葱，既调节口味，又可压油腻，松松软软的，极好吃。对高血压病也有一定辅助疗效。

后来，母亲对父亲说，你这个朋友，好像在向我们炫耀自己的财富，一天一只羊，我们成了来吃羊的人了。常言道：天天吃抓饭，和天天吃麦草是一样的。父亲说，沙疗，就是要吃好。肚子里面没有油水，身体会吃不消的。再说了，遇上这样一个吃肉的机会，就要张开嘴巴、解开腰带好好享受。机会一辈子就一次，该张嘴的时候，决不能和牙齿商量。

母亲仍旧在她的那个逻辑里面出不来，说，我坚持认为，这个吐尔逊江今年的接待过了。以前我们来的时候，也不是这样啊。而且这次还不收我们的钱，亲兄弟还要明算账呢，要不以后我们还好意思来吗？父亲说，好老婆，以后是以后的事情，现在我们只管尽情享受就行了。母亲说，那他秋天回伊犁时，你一定要多请他几次，我可不愿落下个吃人家嘴短的坏名声。父亲说，就是说我有在家里客厅请客喝酒的权利了？母亲说，阿斗的阿，不要太过分了。父亲说，好老婆，不要生气。我是在你的翅膀下活着，你咋说我就咋办。母亲说，你这一辈子当邮差，真的亏了，应该做一个演员，你会成为全国一流的演员的。父亲说，谢谢，不要说当演员了，你就是让我在伊犁河边放驴，也是我最大的荣耀啊。

吃完晚饭，我和艾尼瓦尔与迪力木拉提师傅一起聊天。正说着，吐尔逊江也加入了我们。我的话题是，这个村庄的名字，为什么是风园村呢？迪力木拉提师傅说，我们这个村是个风窝子，老辈们说，几百年前就是这样，一圈一圈地刮热风。以前这里种甜瓜，因为热，瓜就非常甜。后来都改种葡萄了，现在这里的葡萄也很有名气，因为各家各户都有葡萄园，所以就叫风园村了。我说，来这里我一路上看到的都是白杨树，是和伊犁一样的白杨树。为什么就你们村里都是这样巨大的柳树呢？吐尔逊江说，是这样，听村里的老人们说，当年这里是一片湿地，适合种柳树，即使找根柳树枝条插进地里，几天也能发芽，而且长得快，所以我们村的柳树长得好。迪力木拉提师傅接着说，这些年来，我们这个村占了沙子的便宜，沙疗和旅游绑在一起以后，我们都发了。艾尼瓦尔插了一句，将来，我们也想到这里来开办沙疗所。这次和阿吾提爸爸他们一起来，真的发现沙疗是个好东西。过去每到秋天，我的膝盖就从里往外透凉气，通过这次沙疗我感觉膝盖里的凉气被吸出来了，膝盖轻松了不少。吐尔逊江说，你再坚持几年，就会根治的。从前，从秋天到第二年开春，我总是双脚发凉，热不起来，很难受。现在好了，都正常了。我之所以每天下午在沙堆上待一个小时，就是巩固这几年的疗效。以后每年到了这个季节，你们就给我打电话，我会给你们安排好房间的，一切都很方便。我说，我身上倒还没有什么毛病，但是我喜欢这里的热风。那年和爸爸妈妈来过一次，就喜欢上了。走在路上享受着热风，我感觉自己的五脏六腑都清晰可见了。吐尔逊江说，吐鲁番的这个热，对人的身体非常有好处，是个修身养性的好地方。

在我们准备回家前的那个晚上，艾尼瓦尔向父亲说，阿吾提爸爸，咱们能不能在乌鲁木齐停留几天呢？一直沉默不语的博斯坦古丽，也插了一句，说，我也很想去乌鲁木齐看看孩子们。父亲愉快地同意了他们的请求。说，好，我们就在乌鲁木齐停几天，到你母亲阿娜尔古丽家里看望一下你们的弟弟妹妹。还有我的同学帕尔哈提，我们也得见个面了。母亲逗父亲，说，是的，你是应该见见你的那个热馍馍同学了。父亲说，谢谢。看来，这几天的沙疗，对你的脾性还是有效果的。

当我们回到各自房间收拾东西的时候，吐尔逊江走进我的房间，说，麻烦你把艾尼瓦尔叫一下，我给你们俩说件事情。按照他的要求，我把艾尼瓦尔叫到了我的房间。吐尔逊江友好地笑着，坐在窗户前面的椅子上，说，叫你们过来，是因为我有点私事要讲。我和阿吾提是多年的好朋友了。今年他不仅带来了妻儿，还把艾尼瓦尔和妻子也带来了，我非常非常高兴。你们都是阿吾提和沙代提的孩子，那就也是我的孩子，我想送你们个小礼物。几年前，我到欧洲旅游，买过几块手表，送朋友以后，还有两块，我想送给你们。说着，吐尔逊江从包里取出两个方盒，一个给了我，另一个给了艾尼瓦尔，说，希望你们能接受我的礼物。你们一定会问，为什么送你们手表呢？因为未来的日子，是属于你们的，我是想你们能更准确地把握自己的时间，用好这些时间，创造出你们美好的生活。居来提的情况，我比较熟悉。居来提，孩子，我对你的希望是，不要总站在一个地方不动，固执地认为当年的那只夜莺是从这个地方飞走的，就一定要一直在这个地方苦等。人间万象，变幻莫测，你没必要非要搞明白夜莺为什么要飞走，也没必要非要等着那只夜莺飞回来，你应该朝着太阳的方向前进。因为太阳每天都是新的，你要迎着朝阳开启你的人生之路。你们都很年轻，都有很长的路要走，所以你们必须读懂这块手表，它的秒针分针时针永远不会停在一个地方，虽然它们会一圈圈地轮回，但是走过的每一圈都有着不同的深刻意义。艾尼瓦尔就是个很好的例子。艾尼瓦尔给我讲过他的情况，我听后很佩服他，极为欣赏他坚毅的品质。他坚信通过自己的双手，在打馕、卖馕、收钱的无数个瞬间，从看到的他人无数张笑脸中会得到尊重和认可。如今他已经有了自己的饭店，实现了他人生的梦想，这是多么令人高兴的事啊。这两块手表是我花钱买的，但手表里的时间不是我的，我把它们送给你们，就是希望你们能从中得到启示和鼓励，把自己的时间把握好，利用好。记住，没有自己的时间的人，是天下最狼狈的人。

我们向吐尔逊江表示了真挚的谢意。我说，您太关心我们了，您今天不光送我和艾尼瓦尔手表，还给我们讲了这么多深刻的道理，我们真的是从心眼里感谢您。吐尔逊江说，我和你爸爸交情非常深厚，我视你们为自己的孩子，真心盼望你们都好啊。艾尼瓦尔说，谢谢您的盛情款待，谢谢您的关心爱护。等您秋天回伊犁的时候，我也要好好地接待您。吐尔逊江说，谢谢你，我的孩子。

吐尔逊江走后，我们打开了手表盒，是一款名牌手表，劳力士。款式精美，金光灿灿。以前我听说过这种表价格很贵，但是我不知道值多少钱。艾尼瓦尔说，看来是块好表，应该很贵。我说，是的，我听人家说过，是世界名表。艾尼瓦尔说，等他秋天回伊犁的时候，我也会给他准备一些贵重的礼物。我说，我看这个人也不会缺什么的，送他什么好呢？艾尼瓦尔说，这倒也是，到时候再和阿吾提爸爸商量吧。人嘛，总会有喜欢的东西的。

后来，我们从乌鲁木齐回到伊犁，我把吐尔逊江送我们劳力士手表的事，告诉了父母。我把手表递给母亲，说，妈妈，这么贵重的手表，我和艾尼瓦尔一人一块，吐尔逊江叔叔出手真是大方啊。母亲说，这块表，最少也值几万块钱。他为什么送你们这么贵重的礼物呢？你们俩这么贵重的礼物也就心安理得地收下了？父亲说，吐尔逊江是我多年的老友，看着居来提和艾尼瓦尔就像看自己的孩子。再说他也有这个能力，送孩子们的这两块表，对他来说应该不算什么。

在吐鲁番的第七天的晚上，艾尼瓦尔的长子艾孜木从乌鲁木齐给他打来电话，说他们的家电超市开业了。听到这个消息，博斯坦古丽高兴地说，这次刚好咱们要去乌鲁木齐，可以看看孩子们的家电超市了。艾尼瓦尔说，对，咱们一起去。

这天晚上，父亲也接到了郑老板从广州打来的电话，告知父亲，孩子们的家电超市开业了。父亲感慨地说，郑老板真是说到做到的男子汉啊。

第十三章

真情永驻的人心驿站

第十三章　真情永驻的人心驿站

那天，即将离开吐鲁番的时候，父亲给他的同学帕尔哈提打了电话，把情况细细地说了一遍，并告诉他艾尼瓦尔此次去乌鲁木齐还想见见那几个同母异父的弟弟妹妹，不知行不行。帕尔哈提说，你们来吧，我尽量给你们安排，走一步看一步吧。

我们告别了火焰山，告别了吐尔逊江，乘火车前往乌鲁木齐。在火车上，父亲继续逗母亲，看着我，用那种哀叹的语气说，本来，我想坐班车去乌鲁木齐的，一路上可以看到许多风景。旅行如果没有风光作伴，就像在漆黑的地窖里吃手抓肉一样难受。

母亲说，那你为什么不那样做呢？父亲说，不是你要坐火车的嘛，我哪敢说不啊？我偷偷地笑了，父亲继续装糊涂，说，我能和你对着干吗？一日三餐都在你的手里，我敢逞强吗？母亲说，我说过，你干邮差，真是亏了。真应该做个演员，你演什么像什么。父亲说，我也是没有办法，不都是为了让你高兴吗？要不是这车厢里地方太小，现在我就为你献上舞蹈了。

到了乌鲁木齐以后，父亲的同学帕尔哈提把我们从火车站接出来，安排在了二道桥那边的一个叫人心驿站的饭店。饭店是和田人开的，在一个狭窄的巷子里。巷头巷尾都是小饭馆，有阿克苏人开的，有喀什人开的，也有伊犁人开的。帕尔哈提把我们领到一家和田人开的饭馆里，给我们安排了饭菜。他说，人在旅途，晚饭最好来一点稀稀软软的东西。这家的手工面是一流的，面擀得劲道，汤是新鲜的骨头汤，是一整夜用小火熬成的高汤，实际上就是补钙汤。这里的圆烤包子也很有名，味道极好。手工面果然不错，我们吃得热乎乎的，一身疲劳顿时消除。

那天晚饭后，帕尔哈提把父亲叫走了，显然是喝酒去了。母亲叨叨了几句，要我等一会儿下楼在大厅里等父亲。母亲准备回房间的时候，又撂了一句，命是他自己的，想喝多少就喝多少吧！果然，他们半夜回来的时候，父亲喝多了。和帕尔哈提告别的时候，父亲说，老同学，对于一个男人来说，最重要的是什么？是尊严！你一定要像个男人，只有这样，你才能明白活着的意义。所以……

帕尔哈提打断了父亲的话，说，居来提一直在等你呢，上去休息吧。父亲说，看来你是听不进我的话了，你这个热馍馍，你真是个……帕尔哈提说，好了，老同学，今天你又给我上了一课，上楼休息吧。说着，给我使了个眼色，我忙把父亲扶到电梯里，上楼了。

走出电梯，看着窗外的路灯，父亲说，孩子，我在你这个年龄的时候，常常到伊犁河边钓鱼，钓上来的每条大鱼，眼睛都像这街边的路灯一样漂亮。我把父亲送进他和母亲的房间后，自语了一句，老爸今天算是喝好了。

第二天早上吃早饭的时候，母亲看到父亲旧抹布一样难看的脸色很不高兴。说，他爸，你教育别人时，就像教授，可到了你自己，咋就像草原上初生牛犊一样不听话了呢？你看你的脸色，就像大烟鬼一样让人目不忍睹。父亲说，你不要为难我，我能看清自己的嘴脸吗？脸这个东西，承担的生活压力最大，只能一天一个样，你得辩证地看。母亲说，哦，还有这么一说啊。

中午的时候，帕尔哈提来了。说，艾尼瓦尔的弟弟凯赛尔，我已经联系好了，晚上他请我们吃饭，还有他的妹妹赛丽麦。另外两个孩子，他们不想见艾尼瓦尔，意思就是不想认他。艾尼瓦尔笑了，说，这样已经很好了。我的师傅艾山江说过一句话，有啥算啥。所以，哪怕只有一个兄弟认我，那也是大好事。父亲说，说得好，慢慢来。

母亲看着艾尼瓦尔，说，孩子，你师傅讲的那句话，是真正的人生哲言。记住，只要是有人的地方，我们就不缺鲜花。父亲跟着说，艾山江师傅真是经历过风雨的人啊。帕尔哈提说，晚饭就在这个饭店，我也参加。艾尼瓦尔看着母亲，说，我要不要给凯赛尔和赛丽麦准备些礼物呢？博斯坦古丽立马插嘴，说，应该准备吧。母亲说，不急，咱先看看他们的态度。时间有的是，礼物也有的是。父亲说，对，不行咱们回伊犁后，你把礼物交给我，我负责邮寄过来。母亲说，你那个破旧的邮政自行车不是还在嘛，你可以亲自跑一趟的呀。

大家都笑了。

我是倾向准备礼物的，人家都答应来了，那态度应该就是明确的。因为一份礼物有的时候比珍珠玛瑙还要有意义。但是，我不敢这样说。在经常闹意见的父母中间做儿子，可不是那么轻松的事。

我们几个利用下午的时间，去了一趟公墓。

是艾尼瓦尔提出来的，想去公墓祭奠母亲。父亲立即响应，联系了他的同学帕尔哈提，要他带我们去公墓。乌鲁木齐最大的公墓在城市的东面，在一片绿色的山脚下，南北方向的宽阔地带，便是公墓了。进了公墓正门后得知，好的地方都让早先去世的人占了。我们从西门进去，眼前是一片碧绿。帕尔哈提介绍说，都是墓主早年自己栽的树，和看墓的人说好，每年给点儿钱，负责浇水，慢慢地就连成一片绿色了。我们跟着帕尔哈提来到了北边的一片墓地，这是一片寸草不生的戈壁。帕尔哈提说，好地方没有了，死在后面的人，就这石子儿地了。有人说，亡人葬在这样的地方睡不好。我不这样想，人死了也就一了百了了，在地下谁还看得见，没有什么好啰唆的。父亲说，话都是这样说，但是，从感情上讲，人家说的也不错。

我们来到十八区第十六排中间的地方停下了。帕尔哈提前后走了走，停在了一处坟包前，看了一眼高出坟包的一块石碑，说，就是这，阿娜尔古丽的墓。

我们都来到墓碑前，肃穆站立。父亲把站在身后的艾尼瓦尔叫到他的身边，并排看着阿娜尔古丽的墓碑，说，孩子，跟妈妈说几句话。艾尼瓦尔表情严肃地说，妈妈，我们来看您了。我在人世上的日日夜夜，都想看到您慈祥的面容。妈妈，感谢您给我生命……

临走的时候，父亲抓着艾尼瓦尔的手，说，孩子，记牢这片区域，是十八区第十六排。艾尼瓦尔说，阿吾提爸爸，我记住了。父亲说，好。有的时候，我们根本没有准备，有些数字会突然跳出来，成为我们记忆里永远的数码，提醒我们生活的最后就是死亡。我们活着的人的任务就是，在死亡之前，要过好每一个日子，要在一些重要的场合，注意说好每一句话。

后来，回到伊犁的时候，母亲对父亲说，老阿，那天在乌鲁木齐，在阿娜尔古丽的墓前，你给艾尼瓦尔说，要注意说好每一句话。这可能吗？你是个超级天才一样的人，有的时候说话不是也管不住自己的舌头吗？你这个要求，太强人所难了吧。父亲说，我这不也是在严格要求自己嘛，老婆子。

约好的吃饭时间到了。帕尔哈提带着凯赛尔和赛丽麦已在饭店一楼餐厅的包厢里等我们了。母亲说，不急，我们十分钟以后再下楼。有很长时间，我没有闹明白母亲为什么要让他们等这十分钟。后来问过父亲，他说，没有太大的意思，就是女人的心理，想拿把一下人家罢了。

我们走进包厢的时候，帕尔哈提热情地给我们介绍凯赛尔和赛丽麦，而后，第一个把艾尼瓦尔介绍给了他们。说，今天是有意义的一天，以后你们就可以相互来往了。亲戚间相互不来往，就不是亲戚了。父亲热情地和凯赛尔握手问候以后，母亲和赛丽麦来了一个拥抱礼，而后把脸贴在赛丽麦嫩白的脸上，表示热情和重视。可以看出来，母亲对这个赛丽麦的第一感觉是可以的。我这样说的理由是，赛丽麦有一双纯洁的眼睛，看人的时候，就像看她的母亲一样纯真。

赛丽麦和博斯坦古丽拥抱的时候，也温情地闭着眼睛来了一个贴面礼，说，感谢来乌鲁木齐看我们。我和凯赛尔商量过几次，要去伊犁看你们，但一直没有时间。大家坐好后，父亲看着稳重地坐在那里的凯赛尔，说，这一次能见到凯赛尔和赛丽麦，我们很高兴。居来提要给我们多拍几张相片，历史就是这样静悄悄地诞生的。

我立马从挎包里取出我的照相机，给大家拍了几张照片。此刻，我感觉我还是脑子反应慢，拍照的事情不应该由父亲提醒我。当时我在观察气质不凡的凯赛尔，总的感觉是一个很强壮的人，前额铿亮，浓浓的连眉，给人一种久违的亲和力，感觉是童年的一个好朋友。

帕尔哈提对凯赛尔和赛丽麦说，这一次，我的老同学阿吾提和家人，还有艾尼瓦尔和他的妻子博斯坦古丽，是到吐鲁番沙疗的，在那待了七八天了，此次是特意来乌鲁木齐看你们的。父亲说，我喜欢吐鲁番的沙子，把一生苦难的双脚埋进热沙里，美美地喝一口绿茶，躺在热沙上睡上一个小时，沙子的热乎劲儿会从毛孔渗透到骨节里，缓慢地温热骨髓。那个感觉和人微醉时候的感觉一样，特别舒服。好像你可以与你的肉体分离开来，站在你自己的对面，直接地欣赏你自己的嘴脸。而在家里，我是没有这种福分的。

大家都笑了。

唯有母亲没有笑。她瞪了一眼父亲说，他爸，你在沙漠里一个小时就有这种神话般的感觉，要是在那睡上一晚上的话，我看你会变成一位神仙的。父亲说，如果有这种造化，我一定会变成一位神仙，和热风一起周游世界，向远方的人们敬献我的故事，我就可以长生不老了。帕尔哈提说，你会把我带上吗？父亲说，不好意思，朋友，我只能带一点新鲜的热馕。

帕尔哈提笑了，我和母亲也笑了。

其他的人看着我们，不知道我们在笑什么。帕尔哈提赶紧解释说，我们在说吐鲁番沙疗的故事。凯赛尔说，吐鲁番的热沙里面，有好几种矿物质，对人的身体特别好。赛丽麦说，特别是对寒性体质的人，有特殊的疗效。父亲说，我和居来提的妈妈都是寒性体质的人，所以我们沙疗的感觉非常好。母亲说，是的，沙疗的确很神奇，是上天赐予吐鲁番的福祉，吐鲁番人是有福气的。

饭菜都上来了，很丰盛。母亲说，吐鲁番的豇豆包子很有名，每次去我都要品尝。赛丽麦说，今天我们也点了，这个饭店也做得很好。

大家开始动筷子的时候，坐在帕尔哈提身边的凯赛尔，把嘴靠近帕尔哈提的耳边，说了两句悄悄话。帕尔哈提听完看着坐在对面的父亲，说，老同学，要来两杯吗？父亲笑了，说，我就是喜欢你这一点，天塌下来你也是两杯主义。这样的好日子，咱们的艾尼瓦尔和亲人团聚了，喝三杯也是可以的呀，我的好同学。可是，今天不行，我那个开沙疗所的朋友吐尔逊江说，沙疗后，一个月内不能喝酒。这不就是一日等于百年了吗？母亲说，你不要这样折磨自己，倒上一杯，闻一闻，鼻子过过瘾也是可以的吧。父亲看着帕尔哈提，说，老同学，听见了吧，你嫂子总是有办法。但是，一旦我闻到了，这酒香就会和魔鬼一样纠缠住嘴巴。所以，我只能感谢这个建议，而无法实施。帕尔哈提说，那个吐尔逊江我认识，和他喝过几次酒，感觉这人也没有那么严谨啊。什么一个月不能喝酒，胡诌嘛，他又不是医生。父亲说，这一次，我一定要听他的话，好好保养保养，因为我现在觉得生活才刚刚开始。

大家又笑了。

凯赛尔招呼大家吃菜的时候，父亲说，凯赛尔，去过伊犁吗？凯赛尔说，没有。父亲说，哦，不远呀，现在一天就到了。艾尼瓦尔说，欢迎你们去伊犁，我们会很高兴的。母亲看着赛丽麦，说，你去过伊犁吗？赛丽麦说，我也没有去过。母亲说，可以去旅游，艾尼瓦尔的饭店很方便。今年一定要去一趟，我亲自招待你们。你这孩子长得多好，像你妈妈。母亲通过这样的一个形式，把自己的感受说出来了。帕尔哈提说，伊犁是个果园一样漂亮的地方。我每次去伊犁，都玩得非常开心，不想回来。好像那里空气中都有一种香气，让你不忍离去。特别是伊犁的马肠子，到了冬天，十天半月地煮上一锅，两个好朋友一起喝上一瓶，那可是神仙般的感觉啊。父亲说，一瓶子不够吧，最少也要两瓶，人醉了眼睛不醉也没有意思。母亲说，那就是度数低了，你们应该喝那种八十度的酒才行。父亲笑了，说，他妈，嘴下留情啊，那样的度数，三杯后舌头根子都烧烂了。母亲说，喝酒一般都是靠嘴唇吧，舌头不是要缩进去吗？父亲说，他妈，没有舌头发挥作用，任何味道都尝不出来啊。母亲说，是这样啊，那你们还是喝度数低一点的酒吧。

父亲看着凯赛尔，说，孩子，什么时候有时间了，你给我打电话，来一趟伊犁，我带你到伊犁的好山好水去游玩，你会喜欢上伊犁的。你会突然发现你以前非常喜欢的，但是一直没有用过的美好词汇，都用在伊犁也不为过。

凯赛尔说，好的，阿吾提叔叔，我一定会去。父亲说，我带你们去东县的几个高山草原玩玩，那里的美景不是一句两句能说清楚的。那里到处油绿，满山牛羊，森林里是动物的世界，蓝天中有翱翔的雄鹰，蝴蝶在漫山的红花里飞舞，蜜蜂会在百花丛中亲吻我们的面颊。在这样的景色里，我们会非常喜悦地发现，原来生活给我们的美好，比我们要求生活的，要多出许多倍。母亲说，他爸，说得太好了，你是不是把茶水换成酒了？父亲说，在这美好的乌鲁木齐的夜晚，我一个伊犁著名的邮差，能那样做吗？那不是在侮辱酒吗？酒要光明磊落地喝，不能遮遮掩掩，那样，就对不起酒了。

大家又都笑了。

父亲说，凯赛尔，你可以在一年不同的季节里来伊犁，那样你会有我也说不出来的体会。你会增添许多智慧，你的眼前，将会是一片灿烂。在这样的环境里，你会变得宽容大度，不会再去理睬那些曾经让你烦恼的琐事、烂事、烦心事。因为你会第一次发现，你的一双眼睛是你自己的。凯赛尔说，谢谢阿吾提叔叔，您真的说到我心里去了。父亲说，不急，孩子，还有呢。你会在那里享用众多的美食，来满足你的肠胃。伊犁的面肺子，奶油般晶亮，你见了就会流口水。还有那凉粉，拌上鲜红的油泼辣子好吃得能让你的嘴巴自己会说话。还有薄皮包子，在有一定年份的大蒸笼里诱惑着你，那清香的味道，侵袭着你的鼻孔，你就是肚子不饿，也会停下脚步买几个，满足你的味蕾。而后是烤包子、煮羊头、煮羊蹄、煮牛蹄，都是治愈胃病、让男人腰杆挺直的好东西。特别是煮得鲜嫩的美味羊头，那美味你会舍不得轻易下咽，就希望在舌尖多停留一些时间。你再品尝一下羊蹄子，那更是一种刻骨铭心的味道。后面还有羊肉串、拌面、纳仁、葫芦包子、肉糊糊，都是可以唤醒坟墓里的朋友的美味。

凯赛尔好像有些激动了，站起来，说，阿吾提叔叔，您讲得太好了，我一定要尽快去伊犁找您。父亲说，现在是旅游季节，要多走走多看看。看似你的脚吃亏了，兜里的钱少了，但是你却能感受到生命的意义和生活的美好。你可以想象，在每一道美食的背后，会有多少人为之付出辛劳。他们的劳作，看似为了糊口，实际上却是一种价值的体现，这就是人人都要有一种维持生计的手艺，并把这种技艺传给后人，代代相传下去。

当天的宴席在欢声笑语中结束。帕尔哈提和凯赛尔、赛丽麦送我们回房间。凯赛尔向父亲母亲道别后，拉着艾尼瓦尔的手说，下午本来是想陪着你们去妈妈墓地的，但是后来脑袋里的魔鬼搅乱了我的思想，这让我非常后悔和愧疚。刚才阿吾提叔叔他们说了那么多长辈的话，我都深深记在心里，从今天起我们就是亲兄弟了。艾尼瓦尔和博斯坦古丽听到这话眼中不约而同地涌出泪水，紧紧拥抱着凯赛尔的艾尼瓦尔的肩膀一耸一耸的，积压在心中多年的泪水难以抑制。赛丽麦也与博斯坦古丽拥抱在一起，相互擦去脸上的泪水。我看了一眼父母亲和帕尔哈提叔叔，他们作为长辈总是那么沉稳，不住地点着头，见证这一家人的团聚。

第三天，张伟和艾孜木一早就来到饭店，接我们到他们新开业的家用电器超市看看。超市位于市中心的大十字附近的一座高大建筑的负一层，面积有两三千平方米。各类电器琳琅满目，根据分类分为大家电区和小家电区。母亲挽着父亲走在前面，听着张伟和艾孜木的介绍。艾尼瓦尔和博斯坦古丽跟在他们后面，我则跟在最后。博斯坦古丽不时在艾尼瓦尔的耳边说这说那，这里怎么这么大啊，这里怎么什么都有啊，这里的东西价格和咱们伊犁的相比，贵还是便宜啊？孩子们的生意怎么样啊？等等。艾尼瓦尔微笑着一一回答她的提问。父亲站在一台双开门的大冰箱前，兴奋不已地对母亲说，咱家的旧冰箱该淘汰了，换这么一个大冰箱，可以放多少熏马肉、马肠子啊，就是吃到来年的春天也不成问题，经常把迪力夏提天才他们请到家里来品尝也足够了。母亲看了父亲一眼说，阿凡提的阿，你不觉得咱家院子是一个多么好的天然大冰箱吗？既省电又环保，你可以把全伊犁的熏马肉、马肠子都放在里面，把你全伊犁的朋友都请来品尝，应该也可以吃到第二年春天吧。父亲笑着说，你总是能够在关键时刻点醒我这梦中人，大自然对人类的最大恩赐就是当你需要阳光时，它就会阳光普照，当你需要凉爽时，它就给你凉风细雨。是的，咱家院子是足够储藏我的那些珍爱的美食的。其实，今天来孩子们的家电超市，我是想买点东西给孩子们捧捧场。母亲这时脸上才浮现出开心的笑容。张伟和艾孜木拉着父亲的手，说，非常非常感谢您。开业以来，我们的生意非常火爆，像这样的高档冰箱一天就能销售十几台，现在库房里已经没有了。这台是样机，您就是想要，我们也不能卖给您啊。我们已与郑老板联系了，正在紧急调货，过几天应该就到了。昨天，还有几位中亚国家的客商来我们这里洽谈，希望我们能成为他们长期的供应商，这样我们的电器产品就可以出口中亚，走向世界了。听到这里，父亲母亲都高兴地笑了，博斯坦古丽一直揪着的心也一下子放松了，脸上兴奋地泛起一圈圈红晕。由于太过兴奋，她双手用力过度掐痛了艾尼瓦尔的手臂。本来艾尼瓦尔正咧着嘴笑的表情，瞬间变成一副哭笑不得的模样。大家看着他的窘相笑弯了腰。

参观完家电超市卖场，张伟和艾孜木请我们到办公室坐坐。办公室简洁干净，张伟忙着给我们倒茶，艾孜木则一杯杯端到我们面前。父亲说，看到你们的超市很气派，商品非常丰富，你们经营得也很好，我们就放心了。不过，做生意是门大学问，你们在大学所学的知识，只是进入社会的基础，要多向郑老板请教，这里面你们要学的东西还多着呢。艾尼瓦尔和博斯坦古丽也跟着说，阿吾提爷爷是智慧超群的人，你们一定要听话，多学习，长本事。两个孩子异口同声地说，我们已经报名，准备参加MBA（工商管理硕士）的考试，希望边学习边工作，提升我们的能力和水平。各位长辈，你们就放心吧！

从超市出来，已经临近中午，两个孩子请我们到附近一家回民餐馆吃了午饭,然后他们就回超市工作了。我们则在附近的市场和巷子里逛了逛,就回饭店休息了。

回饭店的路上,母亲瞅空,悄悄对我说,昨天和凯赛尔他们吃饭的时候,爸爸是不是又喝了?我说,没有。母亲说,我现在最可怜,没有人给我说真话了。

那天和凯赛尔、赛丽麦一起吃完晚饭,大家开始闲聊的时候,母亲说,刚才吃的那个豇豆包子的确很香。伊犁没有这种做法,都是皮牙子羊肉馅儿的,韭菜鸡蛋馅儿的,白菜肉馅儿的,看来每个地方都有自己的好东西啊!父亲说,你说的这个好东西里面,有没有酒?母亲说,有,就是没有酒杯。

大家都笑了。

这时候,凯赛尔咳了一声,看着帕尔哈提,说,叔叔,我想说几句话。帕尔哈提说,是啊,你应该说话。凯赛尔说,今天,我很激动,也是我和妹妹赛丽麦最难忘的一个日子,我们终于见到了我们的哥哥艾尼瓦尔,我们要感谢帕尔哈提叔叔、阿吾提叔叔和沙代提阿姨。刚才听了阿吾提叔叔金子一样闪光的介绍,我很兴奋,决定尽快去一趟伊犁,看看你们生活的那个好地方。我要说的是,感谢你们来乌鲁木齐看我们。从前,一张张一页页,都过去了。自从我母亲走了以后,我开始思考人世间什么东西最宝贵?什么是最应该珍惜的?就在与艾尼瓦尔的关系这个问题上,我也曾有过犹豫,开始对他的出现,内心也无法接受。可是我不能责怪已经故去的母亲。一度,我也曾想就让这事过去吧,就当我们是两个陌生人,各走各的路。但是后来,帕尔哈提叔叔给我们讲了艾尼瓦尔不幸的身世,对我和赛丽麦触动很大。没有接受过母亲的爱的艾尼瓦尔对母亲的热爱却是那么的真挚,这是人世间最高尚的品行啊。因此我们决定和艾尼瓦尔哥哥相认。艾尼瓦尔哥哥,从今天开始,我就是你的好弟弟,你就是我的好哥哥。

父亲说，说的好，孩子。你的智慧，够你吃一辈子的。帕尔哈提说，今天我最高兴。第一，我完成了良心交给我的任务。第二，冬天的熏马肉马肠子有着落了。一般情况下，有熏马肉马肠子的地方，也是有好酒的地方。父亲一听笑了，说，放心，熏马肉马肠子艾尼瓦尔会去操办的，酒杯我负责给你寄过来。大家都笑了。一直没有吭声的博斯坦古丽，看着赛丽麦，说，真诚地邀请你去伊犁游玩，带着亲戚朋友们一起去，我希望我们能永远保持真诚的交往和友谊。赛丽麦说，谢谢。这也是我的想法，今天对我来讲真是最美好的一天。说着，她流泪了。母亲看到这一幕，也激动地流出了泪水。

第四天，我们乘火车回伊犁了。父亲在火车站和帕尔哈提叔叔拥抱的那个场景，令我十分感动。他们两人紧紧地抱在一起，脸贴着脸，表露着一种纯粹的朋友情谊。那天，父亲最后一个上火车，手里提了一个白色的编织袋，里面是帕尔哈提送的四个甜瓜，要我们在路上吃。

艾尼瓦尔接过袋子，放在了我们头顶上的行李架上。父亲坐在母亲身边，朝着她吹了声口哨，意思是问她，怎么突然间沉默了？母亲没有理他，头转向窗户的方向，看着站里的一列列火车，仍在想自己的心事。父亲说，他妈，想什么呢？母亲说，想心事呢。正说着，火车启动了，似乎是悄悄地驶出了车站，一点声响也没有。站里一列列火车，静穆地停在那里似乎在目送我们离去。

火车将要驶离乌鲁木齐的时候，母亲看着铁路边的一排橡树说，我最喜欢橡树，郁郁葱葱的，让我想起童年的故事。父亲说，我喜欢白杨树，刮风的时候，它们的树叶哗啦啦地清唱，极美。秋天的时候，金黄的树叶飘落下来，像醉人的诗歌。

父亲看着艾尼瓦尔，说，孩子，你喜欢什么树？艾尼瓦尔说，喜欢榆树。母亲说，哦？有意思，说说看。艾尼瓦尔说，我少年时期有四年多的时间是生活在哥哥他们的那个渔村的，那里有太多的榆树，都是上百年的古树。我喜欢榆树，是因为听过许多榆树的故事，村里几乎所有的人都会讲。我看着巨大的榆树，心里就感到踏实，总是觉得有一种希望在召唤着我。母亲说，说的好，孩子，你是一个有爱心的人。父亲看着我，说，居来提，你说说，你喜欢什么树？听到这句话，母亲转过头，对我说，爸爸问你呢，你喜欢什么树？我说，我以前也不知道喜欢什么树，但是自从去了吐鲁番不知为什么喜欢上那些柳树了。父亲说，有意思。母亲说，我要是你，我就会说我喜欢白杨树。儿子嘛，要事事紧跟爸爸才对。父亲说，风园村的那些柳树我也喜欢，苍老、智慧，让人看着舒服。我说，那年我第一次看到这些古树的时候，就联想起了在电影里看到的塔克拉玛干沙漠的那些千年胡杨，很是震撼。这次又看到那些沧桑的柳树，我想，它们一定收藏了热风送来的太多的人间故事，所以我每天晚上坐在那些古树下倾听它们和热风的对话。从第二天开始，我感觉就能听懂它们的言辞了。热风说，你几乎是千年的古董了，为什么还不倒呢？柳树说，我的那些根须不同意啊，我的根之所以扎得很深，是因为你每天都在给我输送光热啊。

母亲说，好，说得好，快赶上你爸爸了。你爸爸说过一句话，人的运气都在嘴巴上。我看你基本上是学成了。父亲说，他妈，这句话是你说的吧。母亲说，不要谦虚了，阿先生，阿哲学家，我不能抢你的风头啊。父亲说，我一个酒腻子，有什么风头啊！

在平坦的铁路上，火车像一条长龙向着伊犁河谷奋力奔跑。我们离开了城市，空旷的田野仍旧是碧绿碧绿的。路边一排排笔直的白杨树，飞快地向后奔去。

一个村落出现在了我们眼前。一排排房屋，仿佛在向我们致敬，似乎在说，伊犁河谷的朋友们，在你们顺利到家干杯庆祝的时候，不要忘记我们在路边曾目送过你们。村庄北边是茫茫的原野，是已经收割过的麦田，没有了成长时的绿色，没有了成熟时的金黄，只剩下光秃秃的麦秆。

我看着艾尼瓦尔，说，那边的村庄，和你小时候生活的村庄有什么不同吗？艾尼瓦尔说，我小时候生活的村庄离乡里远，离学校也远，也就因为这个原因，我没能继续读书。母亲说，过去的事情，再筛也筛不出什么金豆子来。当年如果我说话声音再大一点，你的命运可能就在天平的另一边了。

我明白母亲话里潜在的意思，父亲也听出来了。他说，有的时候，就那么一句话永远讲不清楚，你必须一生忍受人家的误解。被误解其实也是一种磨炼。

火车驶进了尼勒克县的地界。欣欣向荣的大地上，生活着欣欣向荣的人们，享受着欣欣向荣的日新月异。父亲小声地唱起了他心爱的民歌。

我和有情人牡丹汗，
青梅竹马一家园。
她是我生命的甘泉，
我是她灵魂的生命。

父亲开始唱的时候，母亲也跟着唱了起来。两人自然地闭上眼睛，沉浸在一种忘我的境界里。唱完，母亲睁开眼睛，看着父亲，笑了，说，他爸，词儿我们没有唱错吧？父亲说，怎么会呢？已经是老歌了。母亲说，有一天你喝高了，回来把“牡丹汗”唱成了“帕夏汗”，我还以为歌词改了呢。父亲说，那可能不是我，我喝多了时，看似是我，而实际上不是我，酒就有这个本事。母亲说，所以你喜欢酒。父亲说，谢谢理解。

大家都笑了。

火车继续前进，我们进入了伊犁河谷。当我们走出火车站的时候，王辉医生和她的爱人张洪，出现在眼前。父亲悄悄问母亲，你给王医生打过电话吗？母亲说，没有，可能是艾尼瓦尔通知他们的。

王医生走过来，热情地和母亲握手，而后和博斯坦古丽握手，说，欢迎回家。昨天接到了艾尼瓦尔的电话，说你们从吐鲁番去了乌鲁木齐，见了他的弟弟和妹妹，还看了孩子们新开业的家电超市，我们听了都非常高兴。张洪拉着父亲的手，说，大哥，这一趟辛苦了。今天你们休息一天，明天我给你们接风，我们喝两杯。母亲说，张洪，你告诉你哥哥，你们要喝两瓶，他就跑得飞快了。大家都笑了。

回到家，打开院门的时候，在院墙边的白杨树和橡树上纳凉的野鸽子们，看到我们，都飞了下来。有的落在母亲的手臂上，有的落在父亲的肩膀上，兴奋地“咕咕咕”地叫着，似乎在欢迎我们回家。父亲说，这些鸽子，想我们了。母亲说，主要是肚子饿了，以前都是我们喂它们食物，这段时间真的是饿着它们了。哦，我的小可爱们呀，委屈你们了，肚子饿坏了吧。

母亲放下手里的包，快步走进库房，从麻袋里取出一大碗小米，撒在了院子的地上。近百只野鸽子舞动着翅膀，纷纷飞过来，开始啄食。每天早晨喂鸽子，多年来都是母亲一个人做，从不让我动手，也不麻烦父亲，说这是她的专利，这些鸽子一代代的都认她。

那天，我找到艾尼瓦尔，说，咱们中午在外面吃点吧，前些天天天吃的都是肉，没有胃口了。艾尼瓦尔说，我知道一个地方，在西大桥，在以前的鱼市那里，有一家饭馆，做玉米面饺子，薄荷馅儿的，很爽口。那里还有一道菜，辣子炒豇豆，很调人胃口，我带你去尝尝。

我们来到了西大桥一条巷子里的那家饭馆。

我们要了五十个玉米面饺子，这是我第一次听说，也是第一次品尝，的确味美，而且可以刮去肚子里面的肥油。艾尼瓦尔说，也是干活儿的人吃的东西。辣子炒豇豆上来了，是用红辣子炒的，漂亮、不腻，味道极美。

艾尼瓦尔说，居来提哥哥，我有一个想法，想和你商量一下，你看怎么做才好。原来，他是想落实一个多星期前，父亲在乌鲁木齐的许诺，今年冬宰时做一些马肠子、熏马肉、熏牛肉，寄给乌鲁木齐的帕尔哈提和艾尼瓦尔的弟弟妹妹们。我说，虽然帕尔哈提叔叔是随便说说的，他的性格也就那样，但是我们有必要认真对待。这次在乌鲁木齐，凯赛尔和赛丽麦能见我们，请我们吃饭，帕尔哈提叔叔一定没少做他们的思想工作。至于其他的弟弟妹妹没有来，说明他们还没有想通。咱们这边主动一点是对的，好吃的东西咱们先敬献上，时间慢慢地过去以后，有些问题也就自然而然地解决了。艾尼瓦尔说，牛和马是不是要提前预订呢？我说，入冬第一场雪的时候，到畜牧市场去买也行。提前预订的好处就是可以选最好的四岁的马，最好的三岁的牛。爸爸在山上有几个放牧的朋友，我给爸爸讲一讲，让他给咱们拿主意。

晚上父亲听完我的诉说，说，那你们就到那拉提草原跑一趟吧。找我的哈萨克族朋友马赫萨提，就说是我让你们去的。你们在他那里住上两天，吃上一只羊，晒晒山上的好阳光，把马牛都订好后再回来。我在你这个年龄的时候，到了夏天就往山上跑，空气好，牛奶好，马奶子好，羊肉好。可以骑马上山顶，摘野草莓，做成草莓酱，储存到冬天好调养胃口。现在的你们都泡在城里不去大自然了，整天在网吧里浪费时间。我说，爸爸批评得对。母亲说，就你和艾尼瓦尔去，狗肉朋友不要带。和艾尼瓦尔也讲讲你自己的事情，你看你都多大了，还自己啃自己的骨头，和青春赌气。哪天我走了，眼睛留在你的脸上，我能瞑目吗？父亲说，这个话，我们有好长时间没有说了，因为你不是孩子了。要抓紧时间，世间有多少种花儿，就有多少种好姑娘。爱情这个东西，也没有什么了不起的，只要是五官端正的姑娘就行。

八月初，我和艾尼瓦尔来到了那拉提草原。出发前，父亲说，多买一点蔬菜、水果和糖果上去,马赫萨提的妻子孩子们喜欢。在买这些东西时我们还买了一箱好酒。

马赫萨提叔叔放牧的牧场在山脚下一个叫三岔口的地方。岔口两边有几家做生意的人家,主要是出售蜂蜜,还有卖奶酪和野草莓酱的,纯天然的东西,看着就让人流口水,我们准备回家的时候再买。我们继续赶路,中午时分,来到了马赫萨提叔叔的牧场。

马赫萨提叔叔看到我们,非常高兴,走过来抱住我,说,这不是我的朋友阿吾提干部的儿子居来提吗?我说,您好,马赫萨提叔叔,爸爸问您好。马赫萨提叔叔说,谢谢,他为什么没有来呢?我说,他过一段时间会和朋友们上来玩。马赫萨提叔叔说,你爸爸是一个会生活的男人,会做饭,会唱歌,会弹琴,会说笑,会让人开心,总之什么都会。我笑了,说,谢谢您。马赫萨提叔叔把我们引进了一个毡房,显然是接待客人的毡房。

喝茶前,我把艾尼瓦尔介绍给了马赫萨提叔叔。马赫萨提叔叔说,我听阿吾提干部说过,你是一个有钱人啊。

喝完热气腾腾的奶茶,我把我们的意思给他讲了。他说,你们来得正是时候,牛呀马呀,你们自己选也行,我帮你们选也行,总之我会安排好的,麻达没有。

谢过马赫萨提叔叔,我们走出毡房,开始从车上往下搬那些蔬菜水果之类的东西,把酒也搬进了我们喝茶的那个毡房。马赫萨提叔叔说,酒也带了,很好。在山上喝酒最舒服,晚上可以听到月亮的祝福。下午我宰羊,黄昏的时候,我把马牛羊都赶回来,咱们好好地喝一场。我有一个月没有喝酒了。你爸爸说过一句话,男人两个月不喝一场酒,鞋子就会穿反的。

我笑了,没有说话。马赫萨提叔叔接着说,你爸爸是个玩家,还可以用哈萨克语说笑话,非常幽默。他每年带着朋友上来时,都是晚上喝酒，白天睡觉。他说，酒喝到微醉的时候，就能听到月亮给星星们讲的那些故事。还说月亮是讲故事的高手，因为在黑夜里，它看人间最清楚。你的爸爸啊，真是少有的热闹人啊。

马赫萨提叔叔出去抓羊了。

我们也跟着他出来，看着他骑上马，朝着东边大沟的方向去了。午后的山林特别安静，睡过午觉的马牛羊都爬起来，继续吃草。远远地看着那些啃食花草的羊群，我的心，也静了下来。艾尼瓦尔从毡房里拿出一块长方形的地毯，铺在了毡房前面的草地上。我坐在地毯上，开始欣赏远处的松林。茂密的松林，像是上天赐予的礼物，风把松针的苦香味吹到了我们的身边，令我们身心愉悦。

艾尼瓦尔说，居来提哥哥，这里的空气太好了。我说，是的，来此游玩的客人们，实际上都是来享受这里的好空气的。而后才是吃羊肉，草好水好，羊肉自然也好。民间有一种说法，叫“吃空气”，听着虽然别扭，但一听都能明白。艾尼瓦尔说，对啊，我现在就能感觉到我正在吃新鲜空气。

时间不长，马赫萨提叔叔骑着他的枣红马回来了，马鞍子前面驮了一只大黑羊。他下了马，把羊四蹄捆好，从腰间抽出刀子，开始宰羊。这个时候，马赫萨提叔叔的妻子和孩子们，也都从大毡房里出来，生火、提水、帮助宰羊。这一切，都是那么默契和麻利。

我们坐在地毯上，欣赏着马赫萨提叔叔宰羊的熟练动作。很快，羊宰好了。剥皮后羊的内脏被完整地取出来，放在羊皮上面，去了皮的羊肉则吊挂在平时晒奶疙瘩的木架子上。而后，他看了我们一眼，大声地说了一句，放一会儿，排酸。我向他招了招手，用哈萨克语回了他一句，加克斯(意为好)。他洗好手，走过来，坐在地毯上，说，三岁的黑羊，对男人好，治病。我说，我们给您添麻烦了。他说，我就是一个喜欢被麻烦的人。没有麻烦，日子的铃铛响不起来呀。男人嘛，天天有麻烦，就天天过得有意思。羊肉一个小时以后就排酸了,我放进锅里煮,然后还要去放牧。马和牛在一个地方放,羊群在另一个地方放,有点麻烦。所以肉好了以后,你们先吃着,慢慢地喝着,我天黑以后才能回来,那时再陪你们喝。很高兴你们的到来,不光带来了城市的人气,还带来了好菜好糖好酒,我也可以跟着你们沾沾光。你爸爸说的那句话是对的,我要是两个月不喝酒,不要说鞋会穿反了,就连我这个毡房的位置也会找不到的。我笑了,说,马赫萨提叔叔,您也是一个喜欢热闹的人啊。他说,喜欢热闹的才是人,不喜欢热闹的就是木头。

一个小时以后,马赫萨提叔叔把挂在架子上自然排酸的羊肉一块块切下来,放在妻子刚才拿过来的大木盆里,又把妻子叫过来,交代了几句。随后他妻子端着木盆去煮肉了。他走到我们跟前,说,我和儿子现在去赶马,刚好给你们看看马和牛。你们要的是四匹四岁的马,三头三岁的牛,是吧?我这里都有。必须选肥牛肥马,冬天宰好熏好,天寒的时候养身子,寂寞的时候喝上二两三两,闭着眼睛都能看到夏天的草原了。

马赫萨提叔叔走了。艾尼瓦尔看着他骑马远去的背景,说,这个人这么会说话呀。我说,他朋友多,见的人多了,嘴巴也就练出来了。实际上,夏天在山区生活是最好的。艾尼瓦尔说,主要是空气好。我说,是的,纯净的空气可以洗净我们的内脏和嘴脸。

我们就这样聊着,不知不觉已近黄昏,看着天边的夕阳,艾尼瓦尔沉默了。草原上的黄昏锁住了他的记忆。在夕阳的映衬下,他变得那样纯情,双眼深情地望着远方。我想他的思绪一定已经飞到了千里之外。当满天的星星开始慢慢在夜空中眨起眼睛,开始与世间万物无声地交流时,我们回到了毡房。

不一会,手抓羊肉的香味就飘了进来,马赫萨提叔叔的妻子把两大盘手抓肉端上来了,里面放了我们从城里带来的胡萝卜和恰玛古,还有肉汤、馕、奶酪、奶茶。马赫萨提叔叔的妻子说,你们先吃着,马赫萨提要过一会儿才能回来。她招呼完我们就礼貌地退出去了。我首先按照礼节,把一块羊臀部的肉敬给了艾尼瓦尔。他说,居来提哥,不敢当,你先来。我说,给大家筹办冬天的肉是你先想到的,应该由你品尝这第一块肉。艾尼瓦尔说,谢谢哥哥,我也给你敬一块肉。说着,他也切了一块好肉,放进了我的食碟里。

我们吃过几块肉,喝了一小碗肉汤以后,开始喝酒了。我说,咱们先喝三个满杯,然后半杯半杯喝,边聊天边等马赫萨提叔叔。他来了以后,咱们再正式开喝,喝到天亮。艾尼瓦尔笑了,说,好。今天我也很高兴,那我先敬你。

三杯以后,我们放慢了速度。艾尼瓦尔说,这次去乌鲁木齐,见到凯赛尔和赛丽麦,我太高兴了。他们脾性好,跟我们很亲切。博斯坦古丽也说,亲人相认多好啊,我们以后要经常到乌鲁木齐去看他们。我说,是啊,早就应该这样了。只是他们一直没有来,我们也没有去。好在这次咱们都联系上了,以后来来往往就方便了。艾尼瓦尔接着说,可是这次乌鲁木齐之行唯一遗憾的是,我没有给他们准备礼物。我看了艾尼瓦尔一眼,说,这次咱们准备四匹马,三头牛,也不少了,每一家起码五十来公斤呢,心意就是要慢慢来表达的。艾尼瓦尔说,居来提哥,我这次在乌鲁木齐,肚子里面有了一个新的想法,我和老婆还没有商量,我想将来去乌鲁木齐发展,那是一个充满机会的城市,是一个卖凉水也能挣钱的地方。那天我们去看张伟和艾孜木他们的家电超市,我算是明白了,做生意就是要到人多的地方去。我们现在这个饭店,一年里大半年生意还可以,可是到了冬天就进入淡季了,客人都没有住满过。而在乌鲁木齐,只要是在繁华的地段,饭店什么时候都是床位紧张,这次我们住的那个饭店就是这样。我和他们经理聊过,和服务员也聊过,所以在乌鲁木齐开办饭店,我觉得一定能够挣大钱。像我这样的人，手头是要有些钱的。我现在有三个儿子，将来他们成家立业都需要钱。还有我老婆娘家那边，我乌鲁木齐的弟弟妹妹那边，将来都会有用钱的地方。还有我爸爸虽然到现在还没有消息，但我总觉得他还活着，将来总有一天会找到的，我也是需要钱来给他养老的。因此，将来花钱的地方会很多，我必须加倍努力才行啊。我说，是的，艾尼瓦尔，我很理解你，也很欣赏你的坚韧，你真的不容易。来，我敬你一杯。我们碰了杯，把杯中酒喝了。

艾尼瓦尔吃了一块肉，把手里的骨头放在食碟里，说，我是不容易，但是我并没有把这些不容易天天挂在脸上，我默默地承受着压力，我咬着牙挺过来了。我没有想到我能过上今天的日子，更没有想到我能有一家饭店，因此我要感谢所有给过我帮助的人。比如阿吾提爸爸和肖开提局长，如果没有他们的帮助，我是根本无法要回热西黛妈妈留给我的那个宅院的。不仅仅是这些，包括情感上的支持，道义上的支持，都是我能坚持到今天重要的精神支撑。我知道我自己的情况，所以我在平时总是克制自己，低调地过自己的日子。导致在外人看来，我是一个怪人，甚至有点傻不拉叽的。有的人不理解我的婚姻，背地里说三道四，甚至有的言辞恶毒，我并不以为然。他们现在不理解我，但随着时间的推移，我相信他们早晚会发现我的灵魂是什么样的。活着，能知道感恩，才是最重要的。有人说我脸上是我自己的年龄，肚子里面却是老婆的年龄，主要是想借着我老婆的年龄比我大来说事。这使我不能理解，我老婆的年龄和他们有什么关系呢？我想了好长时间，才发现这些人是为了别人活的，而不是为自己活的。我觉得他们很可怜，而他们反倒觉得我可怜。这些人为什么要站在自己的灶台前评价他人的饭菜呢？心态不正常的恰恰是他们自己！

听着艾尼瓦尔的这些话，我沉默了。我真的没有想到他竟然会有这么多的想法而且还这么深刻。他接着说，对我伤害最深的是，有人说，我养着别人的三个孩子，却没有自己的骨肉，说我一定是身体有问题。这话对我来说太残忍了，是狠狠地打我的脸，伤我的心。他们想以此来破坏我的婚姻，破坏我的家庭，他们打错了算盘，家就是我的生命，是我的一切。血脉固然重要，但是在我看来，更伟大的东西是人性。没有人性的生命的意义又何在呢?

我又给艾尼瓦尔敬了一杯。我尊重艾尼瓦尔自己的选择，他已经找到了他生命中最重要的东西。但我并没有顺着艾尼瓦尔的话继续和他往下聊，因为这个话题实在太敏感了。就连我父亲，也是有他的看法的。每当父亲喝多了的时候，就会说出心里话，一个男人，没有自己的后代，那他的人生还是完整的吗? 每当听到这话，母亲都会对父亲进行严厉的呵斥。父亲的酒也就醒了一大半。

当我们准备开第二瓶酒的时候，马赫萨提叔叔回来了。他从草场回来有些时间了，只是他要先安顿好他的那些马牛羊，还要帮着妻子挤牛奶，再帮儿子把整桶整桶的牛奶装上车送到山下的奶站，这样才算忙完一天的活计。他说，每天都这样，晚上的活儿特别多，不帮着做，家里忙不过来。牧区的生活，看似浪漫，实际很辛苦，尤其是挤牛奶，需要一手一手地挤，然后装桶，送山下的奶站。奶站再送到城里进行无菌处理，在第二天凌晨再分配给那些售卖牛奶的生意人，由他们拉到街头巷尾去卖，这是要过多少手啊。那些有老有小的人家，可离不开牛奶啊。我说，马赫萨提叔叔，您说得对，我们都是喝着奶茶长大的，都已经有瘾了。马赫萨提叔叔说，是的，喝惯了奶茶的人，不喝都不行啊。对了，孩子们，你们要的马和牛，我已经看好了。明天你们再看看，如果可以，我就在这些牛马的耳朵上打上记号。到下山的时候我给你们单独喂养，饲料里放盐，这样肉就更香了。我看了一眼艾尼瓦尔，意思是要他说话。艾尼瓦尔说，太好了，我们相信您。您看的马牛一定不会有错，我们放心，我敬您一杯。马赫萨提叔叔把杯中酒喝完后，从木盆里抓起一块肉，大口大口地吃完，缓了一口气，说，人饿过劲儿了以后，吃肉才香。但是，我们现在也有头疼的事情，马牛羊倒是多了，可草场不够用了。就像家里的娃娃多，吃肉就厉害一样的道理。我说，是啊，没准儿将来马牛羊只能圈养了，靠吃饲料了。

我把四杯酒倒在一个茶碗里，敬给了马赫萨提叔叔。我说，叔叔，我们俩已经喝了一瓶了，您把这碗酒喝了，就能赶上我们的量了。马赫萨提叔叔端起茶碗，一仰头，大口大口地喝了半碗，说，好酒啊。你要我赶上你们，这可是你爸爸的喝法啊。你爸爸常说，酒这个东西，就是晚上喝最舒服。

那天，我们三个人喝了三瓶酒，一直到半夜才休息。早晨我们醒来的时候，马赫萨提叔叔已经赶着马牛羊去草场了。我们又躺了一会儿，继续享受着酒精对身体各个部位的按摩，感觉十分轻松。

早晨的阳光从毡房顶上的天窗照射下来，落在毡房里鲜亮的地毯上，像可爱的美女的容颜，呼唤我们赶快起床去享受早晨山里的美好时光。

我们起床了，马赫萨提叔叔走前给妻子留下话说，早茶不要等他，让我们先喝，等他回来带我们去看那些马牛。我们洗脸的时候，艾尼瓦尔说，用山里的水洗脸真舒服啊，似乎我所有的毛孔都睁开了眼睛。我说，是真正的矿泉水，所以我爸爸他们年年要上几次山，到这里来享受生活。

我们喝过早茶，坐在小河边的毡子上，享受着新鲜空气的时候，马赫萨提叔叔回来了。他坐在我们跟前，说，孩子他妈说你们喝过茶了，其实你们还可以再睡一会儿。我把马牛羊都赶到草场上去了，今天又是一个好天气，充足的阳光把草所有的油脂都挤出来了，牛羊吃得特别来劲。我说，山里的空气太好了。马赫萨提叔叔说，那是大自然的恩赐。在山里，一切都好。然后笑着又说，昨晚我们都喝多了，现在要不要回几杯酒？我说，不要了，一大早的，会把血管堵住的。马赫萨提叔叔说，那就不急，晚上咱们继续喝。我回毡房吃点东西，你们继续休息，多看看河水对眼睛有好处，眼睛好了脑袋就健康，脑袋健康了就能吃能喝，能吃能喝了太阳就会高兴，太阳高兴了，就会不断生出好日子，那大家就都高兴了啊。

说完，马赫萨提叔叔回毡房喝早茶去了。

我们看着潺潺的河水，继续聊着。我说，牧区人说话和我们不一样。他们说多看河水对眼睛好。这样的说法，我以前从没有听说过。艾尼瓦尔说，我也是，感觉倒是挺新鲜。

时间不长，马赫萨提叔叔来叫我们去看他相中的那几匹马和牛。我们骑着马，翻了两个山沟，来到一片宽阔的草场。一群漂亮的马在东边，中间是羊群，西边是牛群，都悠然地低着头吃草。我们来到了马群里，有几匹马抬头看了看我们，而后继续吃草。那样子很高贵，祖辈烈马的气势犹在。马赫萨提叔叔给我们指着在马群后面吃草的四匹马，说，这几匹膘好，马瘦了肉就不香了。你们看，如果可以，我就在它们耳朵上打记号了。我看着艾尼瓦尔，说，艾尼瓦尔，你看怎么样？艾尼瓦尔说，我不是太懂，马赫萨提叔叔说好就好啊。随后我们又看了马赫萨提叔叔看好的那三头牛，也不错，也让他在耳朵上打了记号。马赫萨提叔叔说，三岁的牛，肉最好吃，一定是阿吾提干部告诉你们的。我说，是的。他说，你爸爸那个人，什么事情都知道。他能和马说话，可以和天上的鹰交流。去年夏天他和朋友们来了，我们在我家大毡房旁边的坡上喝酒，有两只鹰飞过来，他说，它们是来问候我们的。我说，是闻到酒味，馋酒了吧。他说，鹰不馋酒。你们看它们的翅膀，舒缓、优美，就是一个友好的表示。好，咱们为这两只鹰干杯，它们会听到我们的祝福的。于是，我们把手中的酒杯高高举起，人人都说了几句祝福鹰的话，就把酒喝了。可那两只鹰却不肯离去，一直在我们头顶的高空盘旋、鸣叫。直到你父亲说，好了，我的鹰朋友，去忙你们的吧，我们还要喝酒呢。让我意想不到的是，那两只鹰果真叫了几声，转身朝远方飞去。

后来，我问过马赫萨提叔叔，为什么叫我爸爸干部呢？他说，吃公家饭的人嘛，就是卡德尔(哈萨克语，意为干部)。

回到毡房的时候，艾尼瓦尔从他的包里取出一个深色的塑料袋，从里面拿出一万元钱，放在马赫萨提叔叔面前，说，叔叔，这是一万，订金，您收下吧！马赫萨提叔叔说，不急啊，到时候算账就可以了。艾尼瓦尔说，按规矩来，订金要收。马赫萨提叔叔说，也行。马牛的价钱嘛，到时候我会以低于市场价给你们算，都好说。现在人人都喜欢钱，但是我更喜欢人。人和人心在一起的时候，钱才能有意义。他要给我们打收条，艾尼瓦尔说，不用打收条了。马赫萨提叔叔说，要按规矩来，我们家族从来都是这样，收了人家的钱，借了人家的马牛羊，都是要打收据的。这是保护信誉的办法，有了信誉，人才能有朋友。

他给我们打了一张收条，写得很清楚，而且把我的名字也加上了，说是我带着艾尼瓦尔来到这里的。这样，艾尼瓦尔要落实的，从乌鲁木齐带回来的心愿，就有了一个好的开端。那天晚上，我们又喝了一场酒。马赫萨提叔叔还是那样，很晚才回来。为了能赶上我们的进度，他自加压力，要了一小碗酒，端起来咕咚咕咚喝了。然后，吃完一块肋条肉，就唱起了古老的山歌，舒缓而又豪放。

第十四章

最后一枚戒指金灿灿

第十四章　最后一枚戒指金灿灿

秋天的味道，是从伊犁河那边飘过来的。是青黄鱼和鲇鱼以及薰衣草的混合味，再加上田地里的葵花、留在田埂上的白玉米、家家宅院里的二秋子苹果、马奶子葡萄，和街巷里、沟渠边的海棠果树发出的味道混杂在一起，形成的一种独有的秋天的气息。不久，白杨树和橡树桑树榆树们的叶片便极不情愿地片片飘落，在它们诅咒的秋风的蹂躏下，飞向城市田间的沟沟坎坎和它们最不喜欢的垃圾场。秋天，它到了。

十一月出现在日历上的时候，吐尔逊江准备回伊犁了。年年都是这样，都是秋天赶着他回家。

他回来了，回到了自己的故乡。

后来爸爸说，吐尔逊江这次回来，闹的动静可不小。摔过跟头的人，似乎都想用自己的财富治愈心痛。但是时间不买账啊！母亲说，阿教授,你说的话我怎么听不懂,能解释一下吗?他可是把你当作夏天一样好的朋友啊,你怎么突然这样说他呢?父亲说,哦,其实,也没有什么,我就是……主要是昨天的酒劲还没有过去,让火车从嘴巴里开出来了。母亲说,老天爷啊,真是人越老越狡猾啊,我今天算是领教了,你个老狐狸。父亲说,我现在处在糊涂前的过渡期,有的时候我也不知道我在说什么……

在这样的“交锋”中,父亲总是有办法回避母亲的责问。这次,吐尔逊江从吐鲁番回到伊犁,带回了一百箱白粮液酒,一百个标准的甜瓜。所谓标准,就是个头大小几乎一样,都在五公斤左右,而且品质一流,可以储存到第二年四月份。那几天,他给朋友们送酒送瓜,算是出尽了风头。

这天,他带了六箱酒、六个甜瓜来看父亲了。父亲见到老友自然非常高兴,说,看你客气的,年年我们去吐鲁番都麻烦你,你来看我们还带着这么多东西,不好意思啊!这白粮液可是好东西,瓶口一打开,满屋都是清香的高粱味啊!吐尔逊江说,一点心意,不必客气,就想请你们品尝品尝。对了,我听说艾尼瓦尔他们前段时间往山上跑了一趟,订了几匹马和几头牛,准备过冬的肉了。艾尼瓦尔,这孩子懂事啊,早早就做准备了。过几天,我也跑一趟伊宁县牧区,找我朋友订上五六匹马,入冬前做成马肠子,也送送朋友。父亲说,那太好了,看来今年我不用宰马了,艾尼瓦尔已经跟我说了,今年过冬的马肉由他负责。现在,你又要给我送,我太有福气了。母亲说,人老了,脸皮子就不知不觉地厚了,像没有加工过的牛皮一样。父亲说,主要是白吃人家的东西习惯了。再说了,吐尔逊江是我兄弟一样的朋友,艾尼瓦尔就更不必说了,是我们自己的孩子呀。吐尔逊江说,是的,是我们自己的孩子。母亲说，可是当年我要收养这个孩子，你这个酒鬼哥哥态度不坚决，不然，他就是我们家的孩子了。父亲说，吐尔逊江，你也是见过世面的人，一个男人一旦被误会了，遭受诽谤了，那是一辈子也洗不掉的污点啊，唉，我的命不好啊。母亲说，你的命要是再好点，就长出翅膀飞到天上下不来了。父亲说，那你不就是天下最幸福的女人了吗？母亲用白眼回复了父亲。

去年秋天的时候，我的同学阿娅提给我介绍了一个姑娘，叫古丽巴哈尔，比我小五六岁。我见了几次，感觉挺好的，主要是脾性好。我给阿娅提说，我这个年龄，已经是男人下午的年龄了，我现在没别的要求，只要脾气合得来就行。阿娅提说，我看中的也是这点，你们俩就是一条绳子的两头呀。但是，我要把“但是”的事情也给你讲清楚。古丽巴哈尔以前结过婚，但三个月以后就离婚了。原因是，她那个男人身体有毛病，晚上总是自己单独睡。虽然两人想了很多办法，私立的公家的医院都去了，可就是治不好，于是两人只能分手了。说是结过婚，实际上就只背了一个名声，她还是可以在你手心跳舞的好姑娘。这个事情，给外人不好讲，但是事实就是这样。听她这么一说，我不由得吃了一惊。我说，我的好同学呀，你不会是在给我讲故事吧？阿娅提说，哪一天你和她吃个饭，假装和她握握手，感觉一下她的皮肤，你就会知道，她仍然是春天的好草莓。

就因为这，我想了好几个月，也一直没有再和古丽巴哈尔联系。我心里的疙瘩是，娶一个结过婚的女子，在亲戚和朋友面前会抬不起头来的。有一天，阿娅提来找我说，居来提，这个古丽巴哈尔，不是我随便给你介绍的。首先，你看一下你自己的年龄，我的儿子都快高中毕业了。再者，古丽巴哈尔人品好，你看她那个面相，如冬天的火炕一样温暖。

你不要看人家的皮肤有点黑,和这样的姑娘过日子心里面踏实,可以一辈子安心。最后,你不要把人家嫁过人的事情挂在心上,这是一个机会,不要听别人说长道短,她身上不缺少任何东西。

我觉得阿娅提的话不无道理,就决定和古丽巴哈尔继续交往。吃过几次饭以后,我感觉她是一个聪慧的女人,是个还没有被串起来的珍珠。我想,我们会成为彼此的温暖和知己。我将此事告诉了母亲和父亲。母亲听后,没有说话,扭过头,看着窗外的葡萄架。窗外,两只鸽子栖息在一根横梁上,不停地扭动着小脑袋,窃窃私语。父亲说,他妈,说话。母亲说,我们家不是男人先说话吗? 父亲说,不是老早以前就改了嘛,家里的大事都是你先说话啊。母亲说,儿子要是不在这里的话,我可以用一句话噎死你。父亲说,我以前就说过,儿子是我的救命稻草啊。他妈,还是先说正事吧,不然把儿子结婚的大事都给忘了。母亲说,他自己的事情,自己定。自己喜欢的,上天也喜欢。儿子,你定个时间,我们给你把婚事办了就是了。

我听出来了,母亲口头上这么说,实际心里是不乐意的。主要原因应该就是古丽巴哈尔离过婚。父亲说,我也同意,年龄也合适,老婆年龄小个五六岁,当你老了,她还有精力照顾你。如果两个人岁数一样大,一起变老,都像蔫皮球一样蹦跶不起来了,那晚年可就要辛苦喽。母亲有些不高兴地说,真是开天辟地的奇闻呀,还有这样的说法吗? 阿教授,阿斗的阿,阿凡提的阿,阿猫阿狗的阿邮差,你说的这话,我怎么从来没有听说过呢? 父亲说,可能你确实没听说过,不过道理是这样啊! 母亲开始生气了,怒道,儿子的婚事咱们先放一放,先给你娶个小妾怎么样? 不然,以后入土的时候,你睡不着啊。父亲赶紧低声说,他妈,儿子在这里呢,请注意形象。母亲大声地说,你刚才胡诌的时候,儿子不在吗？父亲说，咱们说正事。儿子，你的婚事，爸爸没有意见，而且爸爸还要感谢你。儿子，你终于回到生活里来了。母亲气呼呼地说，办吧，儿子的那个新房也空了这么多年了，粉刷一下，就把婚事办了吧。那个古丽巴哈尔要是也有两三个儿子该多好，居来提就可以和艾尼瓦尔一样领着两三个儿子逛街了，多威风。

听到母亲这句话，我顿时蔫了，母亲终于把她心中的怒气发出来了。父亲也生气了，看了一眼母亲，没有说话。我看着母亲，从她的表情可以看出她有些尴尬。显然这句话，是她赌气说出来的。几分钟的沉默后，父亲说道，好了，孩子，既然母亲也同意了，你就和艾尼瓦尔去看看那个新房，如果需要重新装修的话，叫人看看，需要花多少钱。我还要对你妈妈的开明表示感谢。唉，哪会有天天都吃手抓肉、抓饭包子的好事情啊。记住孩子，人一年半载不吃肉不要紧，但是要是精神上让人咬出伤口，你一辈子都找不到医治的医院。

我感到屋里气氛不太正常，忙站起身，走出屋子。刚走出门口，屋里便传来父亲的怒吼声，父亲和母亲吵了起来。我长这么大，还没有见过父亲发这么大的火。

我的新房在樱桃园小区，是十多年前买的房子。艾尼瓦尔看过后，说，不仅是粉刷的问题，家具也落伍了，该换了。周末，我们在家具市场挑选沙发餐桌之类的家具的时候，接到一个不好的消息。父亲来电话说，吐尔逊江出车祸了，要我们迅速回家。当我们赶到家的时候，母亲说，父亲已经去医院了，在友谊医院。车祸发生在西大桥向解放路左拐的路口，一辆越野车撞上了吐尔逊江的卧车。

我们又急忙赶到友谊医院，吐尔逊江正在手术室里抢救。

我们在手术室门前的过道里见到了父亲。父亲一脸焦虑地说，医生说吐尔逊江的腰部伤势严重，正在做手术。我问，具体怎么回事？是谁的责任？父亲说，现在还不知道。我已经通知他女儿卡米拉了，她正在赶来的路上。艾尼瓦尔说，不会有什么危险吧？父亲说，谁知道啊。唉，真是飞来横祸啊。我以前听父亲讲过吐尔逊江的一些情况，他有一个女儿，叫卡米拉，以前就在这个友谊医院工作，是内科医生，后来辞职了，自己在西公园路那边开了一个诊所。还听父亲说，吐尔逊江早年就离婚了，至今单身一人。艾尼瓦尔说，阿吾提爸爸，需要我们做些什么吗？父亲说，人还没出来，再等等看吧。唉，飞来横祸啊。

我们陪父亲坐了一会，我想不能就这么干等着，应该去问问，看能不能打听到什么消息。我来到护士中心，护士说，现在情况不明，病人还没有出来，但他的伤势比较严重，失血过多。

我回到父亲身边的时候，看到父亲正在和一个三十来岁的女人说话，我猜可能是卡米拉了。父亲把我介绍给她说，是居来提，我的儿子。你们见过面吗？卡米拉说，没有。接着，父亲把艾尼瓦尔介绍给了她。我看了一眼她，她也是满脸焦虑，对着父亲说，我认识这里的医生，我去问问情况。卡米拉走后，父亲说，你们也回家吧，这里有什么情况，我会给你们打电话的。艾尼瓦尔说，阿吾提爸爸，还是您回家休息吧，我和居来提哥留下，有事我们给您打电话。父亲说，你们先走，等一会儿我还要和卡米拉商量一些事情。我说，爸爸，我陪您吧，让艾尼瓦尔先回吧。父亲说，也好。艾尼瓦尔，你先回家。一旦有什么事情，我会给你打电话的。

我把艾尼瓦尔送到医院门口说，家具的事情，过几天再说吧，不行让古丽巴哈尔自己先去挑选。

我回到父亲身边的时候，卡米拉正在和父亲说着什么。和方才比起来,她的表情有了明显的变化,前额上多了两道细长的皱纹。她看着父亲说,护士长说,爸爸出血过多,正在全力抢救。父亲满脸忧伤地说,唉,横祸啊。你是知道的,这家医院是咱们这里最好的医院,一定会抢救过来的。卡米拉说,我刚才给院长打电话了,他已经通知医生全力救治。父亲说,你再给你妈妈打个电话,让她也知道这件事情。卡米拉说,刚才在路上打过了,她正在参加一个婚宴,要我到了以后,给她打电话把情况告诉她。父亲说,可能要等到晚上了,你在这家医院工作过,他们的技术水平还是可以的。卡米拉说,是的,但愿爸爸能够脱离危险。

大概过了四个小时,手术终于结束了,主刀的刘力军医生走出手术室。卡米拉和父亲见了赶紧上前围住他。刘医生说,病人抢救过来了,现在已经没有危险了。只是腰部还要进行一次手术,最好请上海的专家来做。父亲说,太好了,抢救过来就好啊。感谢刘医生,感谢白衣天使。刘医生离开后,父亲对卡米拉说,你刚去问你父亲病情时,给我打来电话,说肇事司机是个女的,已经被控制了。唉,横祸啊!卡米拉说,阿吾提叔叔,我爸爸出了车祸是谁通知您的?父亲说,是交警,从你爸爸的手机里找到了我的电话。卡米拉说,谢谢您,阿吾提叔叔。你们先回吧,有事我给您打电话。父亲说,好吧,那我们先回家了,在这里也帮不上什么忙。是不是也给你们家的亲戚打个电话,让他们也知道这件事情。卡米拉说,我明白,阿吾提叔叔。

路上,父亲对我说,孩子,横祸这个东西,真是防不胜防啊。好好的一个人,怎么就突然遇到车祸,就这样躺倒了呢。我说,真是没想到,多好的一个人啊。父亲说,孩子,好这个东西,太神秘了。有的时候好在沼泽里,有的时候在风口浪尖里,有的时候和太阳一起照耀人间,有的时候在垃圾场抬不起头来。人们常常只是看见好和太阳在一起,却不知道好也有不好的一面啊。我说,爸爸,您说得太深奥了,就不能说得像水一样简单些吗?父亲说,孩子,水简单吗?千万不要这样想,这世间就连一片枯叶也不简单啊。我陷入沉思,想弄明白父亲说的话。

回到家里,父亲给母亲把情况讲了一遍后,说,太可怕了,好好的一个人。母亲说,是啊,自你赶去医院后,我就一直在想,人的生命的确很脆弱啊。随后我突然有了一个顿悟,虚伪和炫耀,才是自己最大的敌人。能静静地享受馕和奶茶,那才是最平安的生活。父亲说,你是在影射可怜的吐尔逊江吗?他妈,可不能这样说啊。他都已经这样了,生命已经薄得像一张纸了啊。你怎么还这样说他?

是的,母亲藏在她那些话里的埋怨,我也听出来了。特别是这次吐尔逊江带酒和瓜回来,到处散发的张扬劲儿,母亲是有意见的,说,也不能说是收买人心,但是这个年龄了,还招摇什么呀?亲戚朋友跟前送一点就可以了,几年不见一面的人也送,有什么意义吗?任何事情,一旦变得没有意义了,你做的好事,你的慷慨大度,也会让人觉得是一种张扬和炫富。父亲说,现在的语言真是太丰富了。吐尔逊江嘛,这几年比较顺,挣大钱了,想让大家与他共同分享,一起高兴高兴,这也是自古有之的人之常情嘛。你遇到高兴的事,不是也要和大家分享吗?但是如果过度地强调它的意思,发酵它的意思,才是没有意思的意思呢。母亲说,凡事皆有度,一旦过了度就会适得其反。父亲说,老婆子,我们都这个年龄了,话不能说得太尖刻,还是找老实一点的词语,中庸些的,那些喜欢打瞌睡的,脾性在五十度以下的,不伤人的,比较好些。母亲说,把真实的想法藏起来,浑水摸鱼,是吧?父亲说,一个人和一个人的生活方式不一样,但是到了晚年,已经走在去坟墓的路上了,还是应该宽容和大度一些。过些天，等吐尔逊江好一点了，你和米日古丽联系一下，去看看他吧，不要让她天天活在她的那些道理里面。母亲说，这个我知道。米日古丽也是一个可怜的女人，晚年孤独一人。要是他们能复合，相互也好有个陪伴，有个照顾。父亲说，他妈，孤独不是可怜，是一种修身养性。母亲不高兴了，看着我，说，儿子，这些话你都听见了。你这个金爸爸银爸爸，我只要说甲他一定说乙，一生就这样和我作对，从来就不知道让我一码，总和我斗嘴，我算是看透了他。我说，妈，先不要看透，爸爸的好处还在后头呢。父亲说，好儿子，这就是智慧。结婚的事情，你要抓紧。艾尼瓦尔说了，你们已经看过家具了，那就快换，原来的拿回来放在咱家后院里，我好坐在那里和朋友们一起喝酒，不能浪费。唯一一个要求就是，把古丽巴哈尔娶回来以后，一开始就不要惯着，不然，老了你就是我这个下场。

车祸第六天，吐尔逊江从昏迷中醒过来了。我们每天去医院探望，想在精神上多给他一些安慰。后来，按照父亲的要求，我们和卡米拉商量，做了分工，我们上午来照顾她爸爸，下午她自己来，或是派她诊所里的护士来。每次我都是和艾尼瓦尔一起来，坐在吐尔逊江身边，小声地和他说话，安慰他。后来，艾尼瓦尔一生中最大的事情，神话一样在病房里发生了。

那天上午，艾尼瓦尔陪着我继续到医院陪护吐尔逊江。吐尔逊江突然表情严肃地说，孩子们，我和阿吾提商量过了，今天，我有一个重要的事情要告诉你们。我感到了一丝紧张，看了一眼艾尼瓦尔，艾尼瓦尔的表情顿时也严肃了起来，看眼神似乎也在猜测这个突然出现的“重要的事情”是什么。只见吐尔逊江微睁着眼睛，好像在心里琢磨该怎么开口。我说，那我去给爸爸打个电话吧，让他也来。吐尔逊江说，不用了，他都知道。今天,我主要是给艾尼瓦尔和你讲。

谁也没有想到,他今天所讲的事确实让我和艾尼瓦尔感到非常震惊。他慢慢从枕头下摸出一个红色的小盒子,小心翼翼地打开后从里面取出一枚亮闪闪的戒指,递给了艾尼瓦尔。说,你见过这个戒指吗?艾尼瓦尔接过戒指,里里外外地看着,当看到戒指内环上刻着“艾尔肯”的字样时,愣住了。他直勾勾地看着躺在病床上的吐尔逊江,慢慢地站了起来,说,我见过。难道您就是……吐尔逊江看了我一眼,用虚弱的声音说,孩子,帮我把头垫高一点。我立马把床边的一个大枕头,垫在了他的头下。他重新躺好,看着艾尼瓦尔,说,孩子,对不起,这么多年,我让你受苦了。我就是你的爸爸艾尔肯。听到这句话,我蒙了,这个天大的消息,竟来得这么突然,让我既兴奋,又惊奇,简直是不可思议。我看了一眼艾尼瓦尔,他呆立在那里,说不出话来,眼眶里的泪水露珠般排列在睫毛边,像晶莹的钻石,闪着光。突然间,他向后一仰似乎马上就要倒下,我赶紧大步过去扶住他,让他坐在椅子上。他用双手捂住脸,两个肩膀不停地耸动,积蓄在他心中多年的心酸和苦楚随着泪水从指缝中流出。病房里的空气似乎在这一时刻凝固了。好一会,他才止住了哭泣,从手指上取下妈妈留给他的那枚也刻有“艾尔肯”字样的戒指,把两只戒指放在一起进行对比,而后眼泪再次夺眶而出。他把自己的那枚戒指递给了眼前这个神秘的吐尔逊江。说,爸爸,这枚戒指给您吧,是妈妈留给我的。吐尔逊江此时也已是满眼泪水,说,孩子,爸爸对不起你,爸爸让你受了太多的委屈,爸爸心里愧对你啊。艾尼瓦尔紧紧握住吐尔逊江的手说,爸爸,我找您找得好苦啊!

看着眼前发生的一切,我愣了,脑袋里在不断地想这个事情。我还没有理清这里的来龙去脉,怎么就成了父子关系呢?突然,我想到了父亲,他是知情者,但他却一直在瞒着我们,对母亲也是隐瞒着的。我万万没有想到,父亲竟是这么一个冷酷的人,这么大的秘密,竟能在心中埋藏了这么多年。我抬头看了一眼艾尼瓦尔,他正在用手擦拭泪水。吐尔逊江看着我,说,孩子,我就是艾尼瓦尔的亲生父亲,后来我改名字了。如果我不改用现在的这个名字,就不会有我的今天了。现在,艾尔肯复活了。一个犯错的男人,对过往的一切,下跪也好,一命呜呼也罢,总是要有一个交代的。我是喝着干净水长大的,但是长大后也喝过被污染过的水,这让我至今不能原谅我自己。等我出院以后,如果我还能出院的话,我会告诉你们我曾经的丑陋和自私。但是现在,在我还没有做完手术之前,我要告诉你们的是,从今天起,我不再是从前的艾尔肯,我将是一棵崭新的白杨树,一棵受人尊敬的白杨树。我要做一个好爸爸,做一个将来可以安心瞑目入土的艾尔肯。这就算是我的一个忏悔吧,艾尼瓦尔,请你原谅我,我的孩子。

后来,父亲告诉我说,艾尔肯认儿子的那件事,是他一手策划的。那天父亲单独去医院看艾尔肯的时候,艾尔肯说,万幸啊,老朋友,我没有死啊!父亲说,老朋友,我们在人间的时间还没有用完,我们还有喝几车好酒的福分呢,关键是你还有一件很大的事没有交代啊!艾尔肯说,是啊,我也是这个意思。医生说我还要再做大手术,说我的腰伤得不轻。也许我没有多少时间了,我必须要认艾尼瓦尔了。这件事情,只有你能帮我。父亲说,你有什么想法?准备怎么认?艾尔肯说,你带着艾尼瓦尔到病房里来,你先把情况告诉他,然后我再说。父亲说,这件事情,没有先说后说一说。我看,还是叫艾尼瓦尔和居来提一起来,让我儿子陪着艾尼瓦尔,你把你的戒指拿出来,给艾尼瓦尔看,他自己就全明白了,这样干脆利落。你直接告诉他:孩子,我叫艾尔肯,我就是你的爸爸。至于忏悔呀，对不起呀之类的话，你看着办，以后再说也行。

那天，我在病房里听艾尔肯说完，惊愕地陷入了长时间的沉默。艾尔肯闭上眼睛，脸色凝重。艾尼瓦尔用衣服袖子擦干眼泪，温情地把艾尔肯的手贴在自己的脸上，轻轻地抚摸。我坐在那里，脑子晕乎乎的。我想理清这里面的头绪，努力地控制住自己，让自己清醒。此时此刻，以往的许多画面，才逐渐地在我大脑里清晰起来，父亲和艾尔肯，真的是藏得很深。今年在吐鲁番沙疗的时候，艾尔肯一天一只羊的盛情款待和殷勤地为艾尼瓦尔夹菜夹肉等等，在母亲看来，都是超乎寻常的表现。因为从年龄上讲，他的殷勤是一种极其过分的做法，具有明显的目的性。现在看来，在光天化日之下，真的有许多我看不清楚、弄不明白的事情啊！

那天中午，艾尔肯的女儿卡米拉来送饭，我们借故离开了病房。刚从病房出来，艾尼瓦尔几乎要瘫坐在地上，脸上充满了复杂的表情，泪水已模糊了他的双眼。我赶紧扶着浑身颤抖的他走出住院部大楼。刚一出楼门艾尼瓦尔就抱住我号啕大哭。那哭声让人听着肝肠寸断。我明白，这应该是艾尼瓦尔从童年起积蓄至今的哭声，伴随哭声流下的眼泪，记录着他在成长中的孤独和辛酸。他像一只离群的鸽子，没有节日里亲人的祝福，没有过年时穿的新衣裳，就孤孤单单地一个人走到今天。只有善良的师傅是他心中的月亮，但是他几乎所有的梦都是围绕着打馕的画面在旋转，在千篇一律的生活里，今天就是昨天的希望，明天就是今天的希望。

我们来到医院围墙边，在一排丁香树下的长椅上坐下来。艾尼瓦尔仍然在抽泣，他内心的悲喜交集在一起，开始咀嚼那些无声的岁月给他留下的伤痛和难过。我不断地安慰他，说，艾尼瓦尔，一切不幸都已经过去了，这件事不是正向着美好的方向发展吗？应该高兴啊！他含着泪说，是的，哥哥，我高兴。我要感谢阿吾提爸爸、沙代提妈妈，感谢你，我的好哥哥，感谢我身边的每一个好人。

凉爽的北风吹过来了，我抬起头，看了一眼医院大门的方向，父亲正从外面走进来。我拉着艾尼瓦尔，去迎接父亲。我对父亲说，刚才卡米拉来送饭了，我们就出来了。父亲看到满脸泪水的艾尼瓦尔，轻轻地抚着他的后背说，那就是说，艾尔肯已经和你们谈过了。我点了点头。艾尼瓦尔一把抱住父亲，哭着说，是的，阿吾提爸爸，我终于找到我的爸爸了。父亲也含着泪说，祝贺你！孩子。我说过，只要你爸爸还活着，就一定会来找你的。你先回家吧，把今天的事情，给博斯坦古丽也讲一下。孩子，不要哭了，这是应该高兴的大好事啊，要笑着回家。等你爸爸出院后，咱们再请客祝贺。艾尼瓦尔说，好的，阿吾提爸爸，谢谢您。此时此刻，我才感觉自己是一个完整的人了。父亲说，不能这样说，你本来就是一个坚强的人。

艾尼瓦尔回家了。我和父亲坐在长椅上，长时间无语。我不知道该怎么开口，便装着看大门的方向，迅速地用余光瞄了一眼父亲，想知道他此刻的心态。我之所以沉默，是因为我对他向我们隐瞒了这么大的秘密而不满。父亲敏锐的眼睛，早已看出我的心思。说，孩子，生活就是这样，就如同山中的野苹果，当它还没有成熟的时候，它是苦涩的，难以下咽的。只有到了成熟的季节，它才会清香甘甜。在这件事上，你要理解爸爸，不是我不想说，而是我不能说，因为时机不到。我说，那年，我和艾尼瓦尔到和田找他爸爸的时候，您是不是就知道这个秘密了？父亲说，是的，孩子。我刚才说了，因为在那个时间，还不是公开这个秘密的时候。具体原因，我这就告诉你。但你首先要打消对我的猜忌和疑虑。因为,学会坦然面对突然而至的变故,也是一个男子汉成熟的标志。

说实话,父亲用这些我不曾想到的话,把我心里隐藏的不满,压下去了。父亲说,我和这个艾尔肯,很早就认识,那时我们都没结婚,关系还不错。但是后来,我们都各忙各的事情,也就几乎没了联系。直到艾尼瓦尔的亲生母亲阿娜尔古丽去世后,你帕尔哈提叔叔给我带来一封信,是阿娜尔古丽的绝笔信。她在信上告诉我,这个吐尔逊江,就是艾尼瓦尔的亲生父亲,就是当年的那个艾尔肯,这时我才弄清楚他们之间的关系。她在信中请我在适当的时候,帮助他去认他们的儿子。于是我想办法联系上了吐尔逊江,把情况都给他讲了。他说,好朋友,我请求你,先把这件事埋起来吧! 千万千万不能给任何人讲。当年,我和阿娜尔古丽离婚后,也就是艾尼瓦尔出生后不久,我与我第二个老婆米日古丽结婚了,但我隐瞒了我曾结过婚的事。后来米日古丽知道我曾经结过婚,和我闹得不可开交,我给她跪下都不行,最后还是和我离婚了,那时候女儿卡米拉才一岁多。我又离婚的这件事,闹得满城风雨,我的脸就变成屁股了,屁股怎么能见人呢? 我只好把名字改成了吐尔逊江。我之所以总是跑到吐鲁番不愿意回来,就是为了躲避人们的唾骂和鄙视。如果现在我认了艾尼瓦尔,这个事情会再次发酵,再次爆发,那我就真的没法活人了,流言也会影响到艾尼瓦尔的。所以请你先把这个事情压下来,直到我已成了老汉的时候,我再认艾尼瓦尔,那时候也就无所谓脸面的事情了。于是在这种情况下,我答应了艾尔肯的请求,替他隐瞒了这件事。没有想到的是,这一次,他突遇车祸,担心自己时间不多了,才急着提出提前认儿子的事。

我说,哦,原来是这么回事啊,看来他也有他的苦衷。不过艾尼瓦尔现在应该很高兴，终于找到亲生父亲了。父亲说，实际上，他是喜极而泣啊！从小到大，缺少母爱父爱，他的生活就像是被人偷走了心脏一样难受啊。他找了那么多年的父亲今天终于出现了，肯定高兴啊。我说，难怪刚才您让他回家告诉他老婆，他就飞一样地跑了。父亲笑了笑后眉头又皱在了一起，说，这件事情，你现在赶快回家告诉妈妈，我到晚上再回家。要是你妈妈从别人那里听说了这件事情，我的麻烦就大了。我可以想象，你妈妈一定会质问我，和我大吵大闹的。你和妈妈说这件事时，千万要强调一下，这事发生得很突然，然后你再故意问一句，爸爸去哪儿了，就说爸爸还不知道这件事情。晚上，我故意喝上二两回家，我就把这件事揉捏在一起，装疯卖傻，蒙混过关。

真没有想到，在这件事情上，父亲和我竟做起朋友来了。

我回到家里，按照父亲的设计，把情况给母亲仔细地讲了一遍。母亲听完直勾勾地看着我，说，天啊，是这样吗？这个吐尔逊江就是艾尼瓦尔的亲生父亲吗？就凭一枚戒指，就能证明吗？我说，艾尼瓦尔手上不是也有一枚相同的戒指嘛，是他亲生母亲留给他的遗物，里面有他父亲的名字：艾尔肯。母亲说，是这样啊，哦，这倒也是。随后，母亲沉默了，似乎也在梳理其中的关系。

许久，母亲突然说，吐尔逊江和你爸爸走得这么近，你爸爸一定知道这个事情。我赶紧转移话题说，艾尼瓦尔找到了爸爸非常激动，非常高兴。但母亲很聪明，接着说，我刚刚才明白过来，你爸爸平时就不太上心艾尼瓦尔找爸爸的事情，原来他什么都知道啊，但就是一直装糊涂，就为了瞒着我们。你这个爸爸啊，真是藏得深啊。母亲最后一句话，说的声音十分低沉，平时脸上的神采顿时看不见了，眼神失去了光芒，整个人的精神塌陷了一大半。母亲看着我，软蔫蔫地说，倒是该祝贺艾尼瓦尔这个可怜的孩子，终于找到了父亲。无论怎么样，父亲就是父亲啊。等那个吐尔逊江，哦，错了，等艾尔肯出院了，把他们都邀请一下，给王医生张洪他们也要通知到，咱们一起吃个饭，庆祝一下。都这么多年了，艾尼瓦尔的愿望终于实现了。我说，好的，妈妈，到时候我负责通知他们。

太阳落山的时候，父亲摇晃着回来了。中午我们在一起时，他说过要找个朋友喝二两才回家。可眼前的这个状况，他最少喝了十几个二两。母亲看到父亲的醉态，说，唉，今天又是世界末日了，你这个年龄，多贪一杯，就少活一年。知道吗？父亲说，好日子我已经享受了，好吃的好喝的我也没有错过，我这辈子值了。现在的问题是，我这大半口牙都换成牲口的牙了，吃饭喝酒都是麦草饲料洗碗水的味道。我这剩下的命，基本上就是过一天赚一天了，没有必要太在意。这样我就可以安安心心踏踏实实地去坟墓报到了，不留什么遗憾。母亲说，儿子，看看你爸爸，满嘴说的都是胡话啊。父亲说，夫人，你是有所不知啊，今天是酒水节，市上的酒水协会下命令了，全市的酒水都打五折，我看那些不喝酒的家伙们也开喝了，满世界的酒香啊。我没控制住自己，就加入他们了。母亲说，孩子，快从冰箱里拿一瓶冰水，给爸爸喂几口，我看他的大脑已经被酒精烧糊涂了。父亲说，我才没糊涂呢，我脑子清醒得很。母亲说，那好，那你说说艾尼瓦尔爸爸的事吧。父亲说，什么事情？母亲说，就是你给艾尼瓦尔藏爸爸的事情。父亲说，什么？藏什么？天地良心，老婆子，你应该知道，天下最恶毒的事情就是诽谤。母亲说，天下最好的演员阿吾提，你还打算装到什么时候？父亲说，我装？我装什么装？我也是刚知道的。刚才艾尼瓦尔哭着给我打了一个电话，激动得说不出话来。我说，孩子，什么事，慢慢地说。但他还是哭，说不清楚。

我说，怎么啦？人家把你的宝贝抢了吗？他才说，他找到爸爸了，他爸爸就是吐尔逊江啊。我一听都愣住了，半天才反应过来。不过是好事啊，今天我喝多了，咱们改天再祝贺他们吧。好事啊，这孩子找了这么多年的爸爸没想到却近在眼前啊。母亲说，一流的戏子也没有你这个水平。父亲说，打人骂人不要糟蹋人，你是一个固执的怀疑主义者。我说一句话，你总是能找出一车的虫子来。这样不好啊，没有和谐，我们这日子的铃铛就不响了。天天都是我磕头，你假装着让我一句不行吗？母亲说，那你说说，这个事情，以前你知不知情？父亲说，以前不知道，后来，帕尔哈提从乌鲁木齐带来一封信，是艾尼瓦尔的亲生母亲给我的信，我是那个时候知道的。母亲说，那为什么没有给我讲呢？父亲说，阿娜尔古丽在信里说了，不能给任何人讲，要长期保密，到最后才能给艾尼瓦尔说。死者为大呀，我能违背吗？母亲说，你连我也不信任吗？父亲说，不是的，你不能这样说，这是对一个亡人的承诺。母亲说，我给你说一句心里话，你干的这个事情，让我伤透了心。我敢肯定，这一切，都是你一手导演的。我才知道，你以前的那些说笑和幽默，都是魔鬼的匣子，什么坏事都能藏进去，你是一个十分危险的人。大半辈子和你吃在一口锅里，我怎么就没有看出你的这副嘴脸，我真是世上最可怜的可怜虫啊。你上次说过一句话，人一年半载不吃肉不要紧，要是精神上让人咬出伤口，一辈子都找不到医治的医院。这话是你说的吧？你现在怎么说，你怕你的精神被咬，我的精神就不怕被咬吗？难道我就不知道疼吗？父亲看到母亲大发雷霆，酒已经完全醒了，忙说，今天这个误会闹大了，有些事情，我想得太天真了。现在看来，当年我把这个事情都告诉你就好了。当时也是吐尔逊江求我，他说，这个儿子，早晚我是要认的，他母亲交给他的那个宅院，实际上是我留给艾尼瓦尔的，就作为我的忏悔和赎罪吧，但是现在还不能把实情告诉他。等我老得走不动路了，到了坐下就站不起来的时候，再认这个儿子，那时把一切事情都给他讲清楚。他当时就是这样说的呀，现在看来，因为这次车祸，吐尔逊江提前把儿子认了。母亲说，今天要不是儿子在这里的话，我还有一句话要跟你说。父亲说，那你就先留着，不急着说，等你过生日的时候再一起说吧。母亲狠狠地瞪了父亲一眼，气呼呼地坐在沙发上，不再理父亲。父亲偷偷对我一笑，我知道父亲又赢了。

第二天晚上，母亲请王医生吃饭，把艾尼瓦尔找到爸爸的事情，给她讲了一遍。母亲说，我也是没有想到啊，原来人世间的秘密，就藏在我们的影子里面啊。不过不幸的是，艾尼瓦尔的爸爸出车祸了，就住在你们医院。王医生说，哦，一个好事后面怎么还跟了这么一个坏消息啊，人现在情况怎么样？母亲说，倒是抢救过来了，但腰部还要请上海专家做手术。今天上午，艾尼瓦尔和老婆来看我，二人都高兴得哭了。艾尼瓦尔说，沙代提妈妈，爸爸找到了，我现在是一个完整的人了。王医生说，是啊，多大的好事啊。爸爸找到了，太好了，什么时候我们庆贺一下吧。母亲说，等他爸爸艾尔肯出院吧。王医生说，那好，我等你的消息，我来安排。

一个周末的早晨，父亲出去买他喜欢吃的羊头肉了。晚上他要自己爆炒，然后一个人在后院自斟自饮。

父亲出去后，母亲把我叫过来，说，儿子，我越想越不放心，一枚戒指，说明不了什么啊。我想悄悄地给王医生讲一下，秘密地给他们俩验个血。我说，妈妈，不会有错的。再说了艾尼瓦尔的亲生母亲都写了信，说得很清楚啊。我们不要再说这个事情了，对艾尼瓦尔不好。母亲像看陌生人般打量着我，说，你这个逻辑怎么和你爸爸一样，不会是他教你这么说的吧？我说，妈妈，爸爸也是为了艾尼瓦尔好啊。母亲说，那就是说，你们都是好人，唯有我是坏人了？我笑了，母亲赌气的样子真的很可爱。

用了一个星期的时间，我把新房收拾出来了。根据艾尼瓦尔的意见，我把所有的家具都换了。我带着古丽巴哈尔转了好几天，最后在她朋友们的参谋下，买了一套红木家具。床是两米宽的大床，宽敞，滚过来爬过去都没问题。看着家里的新家具，古丽巴哈尔说，居来提哥哥，我们走得是不是太快了？结婚证还没有领，我们就把家具都买好了。要是过一段时间你后悔了，咋办？按照古丽巴哈尔的性格，她不属于喜欢玩幽默的那类人。我立马意识到，古丽巴哈尔冷峻的外表和她宽广的内心，是不成正比的，我觉得我没有看错人。在我看来，一个好姑娘能征服一个男人的资本是，能稳住自己，不轻易表露自己的情绪。我的感觉，古丽巴哈尔就具备这样的智慧。我说，啥咋办，该咋办就咋办。

晚上吃饭的时候，父亲又带回来一个消息。吐尔逊江腰部做手术的日子定了，在下个月的2号。父亲说，这个日子好，双号，吉利。母亲说，那你把居来提的好日子也定了吧。你日子定不下来，好多事就不好定啊。父亲说，他妈，这个日子你来定吧，定一个你喜欢的日子。母亲说，我现在还有这个权利吗？我现在连决定买什么菜的权利都没有了。从艾尔肯认儿子这件事情开始，我就发现自己在这家里是没有地位的。我现在就是墙角旮旯里的笤帚疙瘩。父亲说，笤帚疙瘩可是个好东西啊，咱家能这么干净都是笤帚疙瘩的功劳啊。母亲说，不开玩笑了，你是爸爸，儿子结婚的日子还是你定吧。父亲说，那就定在阳光灿烂的某一个星期六吧。母亲说，那我们就开始准备了，到了阳光灿烂的某一个星期六，咱们就请客办事。请柬上的时间就写：阳光灿烂的某一个星期六。父亲说，好了好了，儿子婚礼的时间，我会认真考虑的，定下来告诉你。

艾尔肯做手术的当天晚上，艾尼瓦尔来到我们家，把他爸爸做手术的情况讲了一遍。他说，那位从上海来的专家叫邹然，医术高超，手术做得很成功。我想好好感谢一下邹然医生，就给他买了一些核桃和石榴，还有上次爸爸给的两个甜瓜，今天下午通过快递公司已经给寄走了。母亲说，这么好的生意，你给人家快递公司做了，交给你阿吾提爸爸多好，让他背上跑一趟上海，也可以风光一回了。艾尼瓦尔笑了，说，沙代提妈妈，以后我会注意，再有类似的事情，我先给您打电话。母亲说，可以，孩子。你是个好孩子，心里不藏事情。唉，你爸爸受伤的事情，我们都很难过啊。艾尼瓦尔说，前天，那个肇事司机哈妮克孜和她的男人又来看爸爸了，带了一篮鲜花。临走的时候，我和他们聊了一会。原来这个女人是个老板，十多年了专门做马肠子生意，厂子在巴彦岱那家著名的包子店旁边。产品销往独山子和克拉玛依，说那个地方的人，冬天不吃她的马肠子，晚上就睡不好觉。父亲说，看看，现在的年轻人就是这样，还借机玩了一句幽默。艾尼瓦尔说，这个哈妮克孜，是个大学生。上次来时，她向爸爸忏悔说，很后悔伤害了爸爸。原本她是有司机的，可司机母亲住院了，她就自己开车出来办事了，结果就出事了。父亲说，这就叫横祸，是命中注定的，躲是躲不掉的。艾尼瓦尔说，那天他们看完爸爸，临走的时候，哈妮克孜在爸爸的枕头上放了一张银行卡，说是给爸爸看病的钱，里面有十万元，密码是六个六。如果不够，可以立马给她打电话。母亲和父亲都沉默了。我说，倒是个懂道理的老板。父亲说，这和她懂不懂道理是没有关系的，医疗费是一定要给的。艾尼瓦尔说，那张银行卡，爸爸没有要，退给他们了，说，这是天灾人祸，就应该自己承受。这次就是通过哈妮克孜的手给的一个教训。父亲说，可以看出来，你爸爸在很早以前就已经忏悔过了。母亲说，这是两码事儿。钱的事情上，不能说大话。

艾尼瓦尔说，还有一件事情，就是那个苏来提老板来找我了，要请我吃饭。父亲说，这个牙子，那天也给我讲了。吃就吃吧，但不是现在。你爸爸出院以后再说吧。人不要太多，叫他把肖开提局长、韩主任他们都请上。从前的事情嘛，已经掉到地球的窟窿里去了，咱们不能总在旧太阳下面看人，就给他个面子吧。让你哥哥卡米力也参加。对了，该让你哥哥他们回饭店住了。这两年，你嫂子也应该反省好了。艾尼瓦尔说，好的，阿吾提爸爸。前几天博斯坦古丽还跟我说，该把哥哥嫂子请回来了。嫂子专门向她道了歉，为以前做过的错事而后悔。母亲说，对的，人嘛，谁还没有个丢盹儿的时候呀。我就喜欢博斯坦古丽的心地善良。孩子，你这个媳妇娶得好，嘴巴和心都在一个地方。不像有的人，小小的肚子，可以藏万年的谎言。父亲笑了，说，他妈，你说的真好，可以做教授的教授了。儿子，记住妈妈的这个说辞，把它背会，再找一个用手指写字的书法家，把它写下来，贴在咱家客厅里、厨房里，后院我和野鸽喝酒的地方也贴上一张。你要铭记这个教诲，做一个嘴巴、肚子和心都像金子一样闪闪发光的人。母亲笑了，对我说，我经常要求你听爸爸的话，向爸爸学习，就是这个意思。我也笑着说，妈妈，我记住了。

一个星期以后，艾尔肯出院了。从他开始住院起，基本上都是我和艾尼瓦尔还有卡米拉陪护。他的前妻米日古丽只来过一次，带了一篮子鲜花，祝福他早日康复后就走了，不愿意和他说更多的话。

这天趁着父亲去家里看望艾尔肯，母亲对我说，米日古丽这个女人过于好强，脾性里面有许多不好的疖子和脓包。卡米拉曾经两次哀求她和爸爸复婚,但都没有成功。第一次是在卡米拉准备结婚的时候,哭着求她,没能打动她。米日古丽说,孩子,你不要为难我。你爸爸是一个把尊严当手纸的人,我能和这样的人一起生活吗?卡米拉说,爸爸现在已经变啦。但米日古丽就是不干。第二次是在卡米拉婚后生完孩子,抱着儿子去求妈妈原谅爸爸。米日古丽仍然说,你爸爸是一个没有灵魂的人,从今以后,不要再给我说这件事情了。从此,这个话题卡米拉就再没有提起过。米日古丽是“情感之花”的意思,但是这个米日古丽,一点情感也没有。不过令我没有想到的是,这个吐尔逊江,竟然是艾尼瓦尔的亲生父亲艾尔肯。而令我最难过的是,艾尼瓦尔的母亲阿娜尔古丽竟然也瞒着我,没有把这个秘密告诉我。于是我就开始审视自己,审视自己的嘴脸和灵魂。我不能理解的是,我和阿娜尔古丽关系那么好,我也是帮了她许多忙的。她为什么没有把真相告诉我呢?也许人就是这样,有的时候肚子里面还有个肚子。更令我伤心的是,你爸爸和你都知道这个秘密的时候,我竟然还不知道。我说,妈妈,事先我可不知道这件事情啊,我也是那天听艾尔肯叔叔自己说的才知道的,我真是恍惚了好长时间才缓过神来的。母亲说,孩子,行了,咱们暂且这样认为吧。我这些天开始研究我自己和你爸爸了。研究我自己,就是要找出你爸爸为什么小看我,蔑视我,不和我一条心。我做的饭他吃,心里的话却不给我讲,这是为什么?研究你爸爸,就是想知道他的言行和真实的内心距离有多远,他说笑的背后又会藏着一个什么样的阴谋,我看不透,也猜不透。

我听出了母亲藏在这些话里面的不满和气愤,还有她的小心思。

苏来提牙子在巴彦岱找了一个很好的地方请我们吃饭。是新开的一家别墅餐厅,南北疆的大菜小吃都有,的确是一个让人愉快的好去处。餐厅名字叫:音乐+美食+童年。

父亲看着苏来提牙子,说,有钱的老板,这可是一个讲故事的好地方啊。苏来提牙子说,民间一流的琴师歌手都在这里,今天大家好好乐一乐。父亲说,他们这个名字起得好啊,有音乐的地方,一定就会有童年般的美好。艾尼瓦尔说,这个别墅餐厅太美了,到处鲜花盛开,看着很舒服。父亲说,现在吃饭的地方都变成花园了。钱这个东西厉害,比男人还厉害。有了钱,枯树也能起死回生。父亲一张嘴,就会带来笑声,因而在这种聚会的场合,他是极有市场的,会自然而然地成为话题中心。但是我并不欣赏这个餐厅的名字,从我愚钝的认知来讲,音乐、美食和童年不应该硬扯到一起。但是,有长辈在场,我是不能表露我的这个想法的。我只好悄悄地告诉旁边的艾尼瓦尔。没想到他竟然说出让我感到意外的话。他对我说,你这样说,我就想起了羊肉啊马肉啊这些东西,羊肉马肉都可以做广告,唯有肉不用做广告。为什么?因为祖祖辈辈都知道肉是好东西。好东西是不需要做广告宣传的。老天啊,艾尼瓦尔的思维真是和平常人不一样,应该是因为他从小是在干净的空气中生活的缘故吧。我想。

因为身体还在恢复阶段,艾尔肯没有参加这次聚会。苏来提牙子这次请客比上次还用心,甚至有点铺张了。饭菜过于丰盛,就差没有宰骆驼了。我想他一定是想通过这种“大方”,逐渐地填平自己曾经的丑陋,以收买人心。我把这个意思,小声地告诉了艾尼瓦尔,他赞同地点了点头。

大家吃了一块肉两个烤包子以后,父亲看着苏来提牙子,说,有钱的男人,把酒倒上,说话吧。苏来提牙子站起来,亲自斟酒,然后举起酒杯,说,今天感谢大家光临。从前,我要嘴皮子当牙子的时候,基本上没有说过什么感谢的话，后来出了许多丑，干了许多错事，最后也受到了惩罚。当我坐下来认真反思的时候，才发现自己感恩的心几乎没有。人一旦忽视了他人的照顾和恩惠，自己的麻烦就会悄悄地萌发，我就是一个典型的例子。今天的酒，是感谢大家的酒，请原谅我从前的卑劣和狂妄。父亲说，苏来提，从前已经被埋进你的影子里了，你现在已经是仙女泉一样干净的人了。说今天的事吧，让我们大家尽快享受这美酒佳肴。

苏来提说，谢谢阿吾提哥哥。我就再说一句关于感谢的话吧。经过反思，我发现在所有的词汇里面，“感谢”是最美好的词汇！好了，进入今天的主题。祝贺我们的艾尼瓦尔终于找到了父亲，实现了他多年的愿望。让我们共同举杯，向他和他的家人祝贺！

大家举起酒杯，高兴地把酒干了。

大家开始相互间敬酒的时候，我和艾尼瓦尔聊了起来。他说，爸爸找到了，我的心可以静下来了。现在，我开始盘算去乌鲁木齐发展的事了。我和哥哥已商量过，他同意和我一起去乌鲁木齐发展。我想我们先从打馕开始，先搞几个分店，再开几个伊犁面馆，最后就是开一家饭店。我想，在五年的时间里，依托家乡饭店的收入，和你们的支持帮助，我可以实现这个愿望。我说，会的，你有这个愿望，并愿意朝着这个方向努力，就一定能得到你希望的那朵鲜花。艾尼瓦尔说，居来提哥哥，我想你在完婚之后，也能来乌鲁木齐，我们一起干！我们一定会成功！我说，好兄弟，谢谢你的信任。对你的邀请，我会认真考虑的。

宴席结束的时候，父亲喝多了。苏来提牙子安排车把大家一一送回家。路上，苏来提抓着我的手说，居来提，以后无论有什么事情，请来找我，我会全力地帮助你。以前我是半个鬼，现在我是一个崭新的人，请你一定相信我。

回到家里，父亲很兴奋，躺在客厅的沙发上，唱了起来，是伊犁民歌中最流行的一首。

美人啊，

如今您芳龄几何？

如您夜半出门远行，

我来做您忠实的旅伴。

…………

母亲说，老邮差，瞎唱什么呢？乱七八糟的。父亲说，老婆子，宽厚一点嘛，不是我在唱，是外面的夜莺在唱呢。母亲说，哦，对不起，我还以为是家里的酒鬼老公在唱呢。

第二天早茶后，母亲要我买菜买肉，说，今天是星期天，中午我给你们多做几个菜，让你爸爸高兴高兴。我看了一眼母亲，她笑着说，再买一只土鸡，我给你们炖上。你爸爸昨天喝多了，中午喝一点鸡汤，就缓过来了，咱们让他继续唱。你看，爸爸昨晚唱得多好啊，不喝酒根本唱不出这个水平。

我开着车，一个小时以内，就把母亲让我买的东西都买回来了。

中午母亲把饭菜都做好了。有父亲喜欢的清炖牛尾、手抓羊肉、花生炒玉米粒、韭菜包子，还有母亲用小火炖了一个上午，味道极其鲜美的土鸡汤。父亲坐在饭桌前，说，他妈，非常感谢你为我们辛苦制作的这些美食。不过，今天有点异常啊，不会是土鸡降价了吧？母亲说，没有，土鸡是有尊严的，不会降价的。这顿饭，是我在自己批评自己，改正自己。父亲说，这话怎么讲？母亲说，从今以后，我要在你的心灵深处，和你的心做朋友。这么多年来，我一直自我感觉良好，认为我就是播撒美丽的珍珠玛瑙，却忽略了对你，我的丈夫、我儿子的父亲的关心和尊重。如果在往后的生活中，我不能成为你私密的耳边朋友，那么，我会认为我的婚姻、家庭是失败的。如果我不能成为你血脉里的忠实旅伴，那么，我这么多年来的自信，就根本不值一提。从今天开始，你可以在客厅里喝酒。这么多年，委屈你了，请你原谅我。这句话该怎么说，我想了好几天。今天，我要勇敢地说出来：在今后的生活中，我会成为你的忠实伴侣，和你一起牵着手，享受时光恩赐我们的幸福。

我看了一眼父亲，他哭了，已不再晶莹的泪水滑过他那饱经沧桑的脸。父亲站起来，走到母亲身边，用力地抱住母亲，说，他妈，请原谅我这些年里在很多问题上的玩世不恭。我曾经认为一个男人，最后能成为一个合格的男人，只需付出一定代价就可以了，它包括颜面上的和地位上的代价。今天我终于明白了，尊重和信任才是做人最为重要的，也是一个合格男人最应该具备的。我很后悔，当我明白这个道理的时候，我们已经老去，时间不会倒流。母亲说，我能明白，所以让我们珍惜现在和将来的每一天，当初生的太阳从东方升起，当我们睁开眼睛迎接第一缕阳光的时候，所有的时间，都会成为为我们歌唱的夜莺。母亲说完，父亲将母亲搂得更紧了。

父亲为此激动了一个星期，而后在客厅里第一次宴请了他的挚友。

他们在客厅里喝酒唱歌的那种豪迈，非常激动人心。特别是父亲的歌声，在三杯酒以后，那旋律令人陶醉、令人难忘。歌声从开着的窗户飘出，飘荡到很远，很远。

你是我生命的力量，
啊，亲爱的姑娘，牡丹汗。
你是我黑夜里的月亮哎，
啊，我的姑娘，亲爱的牡丹汗。

月亮躲在云彩的后面，
啊，亲爱的姑娘，牡丹汗。
晨风莫吹断了我的思念哎，
啊，我的姑娘，亲爱的牡丹汗。
…………

2023年8月18日于伊宁市9号小区恒通家园第一稿
2024年2月28日于乌鲁木齐格林威治城第二稿